विवेकी राय

की

लोकप्रिय कहानियाँ

विवेकी राय

की

लोकप्रिय कहानियाँ

विवेकी राय

प्रभात
पेपरबैक्स
www.prabhatbooks.com

प्रकाशक

प्रभात पेपरबैक्स

4/19 आसफ अली रोड, नई दिल्ली–110002

फोन : 23289555 • 23289666 • 23289777 ❖ फैक्स : 23253233

इ–मेल : prabhatbooks@gmail.com ❖ वेब ठिकाना : www.prabhatbooks.com

संस्करण

प्रथम, 2016

मूल्य

एक सौ पचास रुपए

अ.मा.पु.स. 978-93-5186-908-5

मुद्रक

आर–टेक ऑफसेट प्रिंटर्स, दिल्ली

VIVEKI RAI KI LOKPRIYA KAHANIYAN

Published by **PRABHAT PAPERBACKS**

4/19 Asaf Ali Road, New Delhi-110002

ISBN 978-93-5186-908-5

₹ 150.00

असीम
लेखन-ऊर्जा-संपन्न
प्रियवर
डॉ. चंद्रशेखर तिवारी
को सप्रेम

भूमिका

प्रभात प्रकाशन की लोकप्रिय कहानियों वाली शृंखला से मैं भी जुड़ रहा हूँ। इस उपक्रम से अपने प्रिय पाठकों को नए सिरे से अपने उपजीव्य गाँवों के सामने लाकर खड़ा कर रहा हूँ। यद्यपि ऐसा लग रहा है कि गाँव में अब नहीं रहा, ग्राम देवता निष्प्राण हो गया है और उस देवस्थल पर शैतान का कब्जा हो गया है। तथापि गाँव मुझे बहुत प्रिय है। भीतर से कहीं लगता है, संभावनाएँ समाप्त नहीं हो गई हैं। गाँवों अथवा जनपदों की प्रतिभाएँ ही नगरों-महानगरों को सँवारती आई हैं और आज भी सँवार रही हैं। सत्य है कि गाँव ऊर्जा-भूमि है। यह राष्ट्र की आत्मा है। मेरी कहानियाँ इसी आत्म-ऊर्जा के इर्द-गिर्द वाली स्याह-सफेद स्थितियों की संवेदनाओं को पठनीय चित्र में उतारने के लिए संकल्पित हैं। मुझे लगता है, यहीं से संभावनाओं की खोज आरंभ हो सकती। एक और विनोदात्मक शिल्प के सहारे इस कलाकक्ष में प्रवेश कर पाठक कुछ संवेदित और उत्प्रेरित हो सकें—इसी कामना के साथ हिंदी-संसार की अपनी ये अट्ठाईस कहानियाँ सौंप रहा हूँ।

—विवेकी राय

अनुक्रम

भूमिका 7

1. खेल 11
2. मरछिया 15
3. रावण 20
4. मेले की तैयारी 25
5. रामलीला 30
6. टुकरा मिले बहुरिया 36
7. गोरी का गाँव 41
8. झगड़ा 45
9. नए वर्ष का पहला दिन 51
10. विद्रोह 59
11. वही इंद्रधनुष 64
12. बाप मोरे भइले कठबपवा 69
13. अतिथि 77
14. गोता 82
15. स्वयं मेले 95
16. तू क्यों सोया? 99
17. सर्कस 102
18. कहाँ बचकर जाओगी? 112

19.	समस्या : एक दो की नहीं	117
20.	गोबर-भवन में एक दिन	122
21.	छछलोल राय का तिलकोत्सव	126
22.	राक्षस	131
23.	कालातीत	141
24.	घंटा	147
25.	दमरी की खोज में	153
26.	तिरसठ, तिरासी और तिरानबे	160
27.	आदमी का पइया	174
28.	नदी-नाव संयोग	180

खेल

एक खेल देख रहा हूँ।

टोले भर की छोटी-छोटी लड़कियाँ—गुदिया, मुअली, बचमुनिया, सरली, सांती, सोमरिया और गौरी आदि—दो-दो गोल में, एक-दूसरे की बगल में विमुख खड़ी होकर परस्पर गले में हाथ डाले, धीरे-धीरे घूमते हुए सवाल-जवाब करती हैं—

"भात बनाया है?"

"हाँ!"

"दाल बनाया है?"

"हाँ!"

"भैया को खिलाया है?"

"हाँ!"

"अपने खाया है?"

"हाँ!"

"हमको रखा है?"

"नहीं।"

"क्यों?"

"बिल्ली खा गई।"

बस, अब क्या? खेल का चरमबिंदु आ जाता है। लड़कियों तेजी से चहकती, हल्ला करती, नाटकीय ढंग से घूमती हुई कहती जातीं हैं, "आई-आई रे बिलारी दाई, मुँगरी चलाई····आई-आई रे बिलारी दाई, मुँगरी चलाई··आई आई रे!" यहाँ तक कि कुछ घुमरी खाकर गिर जाती हैं। जो गिर जाती हैं, वे उठा-उठाकर धूल दूसरों पर फेंकती हैं। क्षणभर की धूल की लड़ाई शांत हो जाती है और कब एक नया खेल, निर्माण का खेल शुरू हो जाता है, पता नहीं चलता है।

घरौंदे बन रहे हैं। बीच रास्ते में जहाँ से होकर आदमी, मवेशी, साइकिल और

बैलगाड़ियों गुजरती हैं, जमाव हो गया है। पूरे रास्ते की चौडाई हाथ से बुहारकर साफ-सुथरे घरौंदों से घिर गई है। उन घरौंदों में क्या नहीं है? लंबी दालान है। छोटी-छोटी कोठरियाँ हैं, कोठे हैं। एक जगह धूल की ढेरी में नीम की पतली टहनी गाड़कर पेड़ बनाया गया है। पेड़ के आगे धूल के ही नाद और चरन हैं तथा बरगद के पत्तों के बनै बैल-गाय आदि झुंड-के-झुंड मवेशी हैं।

एक घरौंदे में गुदिया बैठी है। वह दुकानदार बनी है। साफ और चिकनी धूल की छोटी-छोटी ढेरियाँ सामने पड़ी हैं। कुछ चावल हैं, कुछ दाल आदि। उसी में गुड़ और घी भी है। बाँस की सूखी कोंपल तराजू का काम करती है। ईंट के टुकड़े बाट-बटखरे हैं। वह काले झाँवे के टुकड़े को असली 'किलो' कहती है। मिट्टी के बरतनों के टुकड़े, सिकड़े सिक्के हैं, रुपए-पैसे हैं और रास्ते में गिरे-पड़े तथा सावधानी से एकत्र किए गए रही कागजों के टुकड़े नोट का काम करते हैं।

सरली एक रुपए का नोट बढ़ाकर कहती है, "सहुआइनि जी, तमाखू है?"

"हाँ है। ले जाओ, बहिनी।" उत्तर मिलता है।

"क्या भाव है?"

"टके का तीन छटाँक।"

"दे दो चार टके का।"

सूखी मिट्टी के छोटे-छोटे तीन-चार ढेले-तमाखू के रूप में मिले। सरली ने सहुआइनि को नोट थमाया और कहा, "ठीक-ठीक पैसे फेरना। तुम बहुत ठगिनी हो।"

"अरे ना बाची, साहु-महाजन ऐसा करेगा तो कैसे उसका निकसार होगा?" कहती हुई सहुआइनि कुछ सिकड़े थमा देती है। सरली अपने घरौंदे में चली जाती है।

उसी समय अरहर की एक छोटी सी टहनी में (यह लाठी का स्थानापन्न है) मुट्ठी भर दूब बाँधकर लटकाए हुए गौरी आई। वह सरली के घर का 'मर्द' है और खेत से घास लेकर आया है। सरली एक बित्ते की लकड़ी पर मिट्टी का ढेला रखकर लाती है। यह चढ़ा-चढ़ाया हुक्का है। बगल में शोर होता है—चोर··चोर··चोर··दौड़ो! बचमुनिया ने एक ओर घेरकर अपना घर बनाया है। इसका धूल का घेरा बहुत सुंदर और सुडौल है। वह सोनार है। उसकी दुकान में गहने भरे पड़े हैं। यहाँ इन मूल्यवान आभूषणों की पहचान चूड़ियों के फूटे टुकड़े, फूल, रंगीन कपड़ों के काटन, चमकते चित्रों और शीशे के टुकड़े तथा गोलियों में निहित है। सोमरिया चोर है। एक ओर घरौंदा थोड़ा टूट गया है। सेंध लग गई है। सोमरिया के हाथ में चूड़ियों के तीन-चार टुकड़े हैं। वह चारों ओर से पकड़ ली गई है।

"ओ मुखियाजी, सिपाही-दारोगा जल्दी बुलाओ।" बचमुनिया चिल्ला रही है।

मुअली मुखिया है। ऊपर-ही-ऊपर उसकी तेज आवाज सुनाई पड़ रही है, "चलो

सिपाहीजी, पुलिसजी···पहुँचो दारोगाजी, चोर 'गिलिफ्दार' हो गया है!"

तीन-चार लड़कियाँ पगड़ी बाँधे हाथ में अगहनिया का सूखा ढाठा लिये पहुँचती हैं। एक के हाथ में बेंत की छड़ी है। ये सिपाही हैं। शांती थानेदार है। उसके सिर का झबर-झबर बाल पगड़ी के नीचे लटक रहा है। कुछ तुतलाकर बोलती है।

"कहाँ है चोल? ले तलो, देल में धुका दो।···ले आओ लुपइया, गिनो थनाथन्न।" शांती ऑर्डर करती है।

टुन···टुन···टुन···टुन···शांती का भाई साइकिल भगाता हुआ आता दिखाई पड़ता है। क्षणभर के लिए समूचे खेल का स्वाँग उतर जाता है। लड़कियाँ चुपचाप, कुछ सहमी सी रास्ते के एक ओर खड़ी हो जाती हैं। पैदल जाने वालों को तो बचा-बचाकर जाने के लिए कहती हैं, साइकिल वाले को क्या कहें? बीच घरौंदे से साइकिल को जाना था। सभी को अपने-अपने घरौंदे की चिंता है। देखें, रामजी की दया से किसका-किसका बच जाता है और किसका बिगड़ जाता है। वे हाथ बाँधे साँस रोककर खड़ी हैं। एकटक रास्ता देख रही हैं। साइकिल सर्र से निकल गई। आफत टली। वे शोरगुल करती झपट पड़ीं। घरौंदे दखल हुए। टूटे हुए घेरों पर धूल चढ़ाकर सँवारा जाने लगा। मगर मूड बदल गया था।

"शांती रे, ओ शांती!" आगे साइकिल रोककर बाबूलाल चिल्ला रहा है, "संध्या हुई, कब तक खेलोगी? घर चलो।"

पर कौन सुनता है! न जाने क्या हुआ कि क्षण भर शांती दारोगा से 'बहू' बन गई है। अब वह अपनी सास के सिर पर तेल-मालिश करने में मशगूल है। पाँच वर्ष की शांती पतोहू और ढाई-तीन वर्ष की उर्मिला सास! पतोहू की गोद में सास बैठी है। पतोहू कहती है—

"सासुजी का झोंटा खाउर-खाउर? देखेगा सो क्या कहेगा? ले आ लौंडी, सुच्चा चमेली का तेल!"

गुदिया बाँस की सुपेली में थोड़ी धूल रखकर दे जाती है। धूल तेल है, जिसे बहुत प्रेम और लहास के साथ थोड़ा-थोड़ा सिर पर रखकर विधिवत् मिलाया और दबाया जा रहा है। उर्मिला की नई धुली कमीज की किसे चिंता है? वह फूली-फूली बैठी सिर पर धूल चढ़वा रही है, मानो सचमुच वह सास-पद पर प्रतिष्ठित हो गई है। उस गुड़िया सी बालिका के शरीर पर नीचे से ऊपर तक धूल छा जाती है और उस धूल की दुनिया में वह फूल सी खिल उठती है। उसी समय 'चिट्ठी···चिट्ठी···चिट्ठी···' की एक तरफ से आवाज आती है।

लकड़ी के एक टुकड़े से धूल की ढेरी पर चावल छाँटने का अभिनय करती बचमुनिया उठ खड़ी हुई। बाँस की सुपेली मिट्टी के कणों को अनाज रूप में फटकती

और सावधानी से एक जगह रखती जाती। मुअली उठकर एक कदम आगे बढ़ आई। ईंट के टुकड़े रखकर अपने घर में बनाए चूल्हे पर खपरैल का तवा रख पीपल की पत्ती की रोटी उलटती-पलटती और सरकंडे का ईंधन सरकाती सोमरिया बैठे-बैठे बोली, ''हमारी भी चिट्ठी ले लेना। रोटी तवे पर डाल दी है। जल जाएगी।''

डाकमुंशी के रूप में गौरी का आम की सूखी पत्तियों की चिट्ठी बाँटना शुरू है। ''···यह तुम्हारे मामा ने भेजा है···यह बंबई से आई है···यह डिल्ली का तार है···''

''तीन तिलाक! हमारी चिट्ठी कोई न बाँचे।'' पीपल की पत्तियों की पक्की रोटियों की लौकी को बड़ी पत्ती रूपी थाल में सजाते हुए सोमरिया कहती है।

''आय-हाय! चिट्ठी का इतना गुमान? बाँड़ी-डूँड़ी को कौन चिट्ठी? है?'' मुअली हाथ चमकाकर कहती है।

''तू बाँड़ी रे!'' सोमरिया झनककर खड़ी हो जाती है, ''तोरे सात पुहुत बाँड़ा डूँड़ा रे! घाव लवनी!!''

मुअली के गोल में गौरी, शांती, सरली और बचमुनिया तथा सोमरिया के गोल में केवल गुदिया। जमकर वाक्‌युद्ध होता है और अंत में खेल खतम।···आना हमारे घर की ओर···आना नदी के तीर पर···चलना बगीचे में···

पता नहीं सूरज डूब गया। संध्या ने पंख फैलाना शुरू किया, चिड़ियाँ चहककर चुप होने लगीं। प्रकाश मटमैला होकर धूमिल हो गया।

मैं सूने पड़े घरौंदों को देख रहा हूँ। बनाने वालों ने प्रेम से बनाया, भोगा और फिर छोड़कर चले गए। सूनी राह पर सूना घरौंदा।

फिर मैंने खेल का अंतिम अंश देखा।

रामदास भड़भूजा बबूल की टहनियों का एक भारी बोझ जमीन पर घसीटता आ है सरर्···सरर्···सरर्···! बोझ घसीटता सामने आ गया। रामदास घरौंदे की कुछ नाटिस नहीं ले रहा है। वह अत्यंत निरपेक्ष भाव से बोझ खींचता राह से चला गया। बोझ घरौंदों के ऊपर से गुजर गया। एकदम साफ। सबकुछ पुँछ गया। न घर, न घरौंदा और न खेल का कोई चिह्न। बच गई एक राह। उस राह में घरौंदा खोजने के लिए बहुत देर तक एकटक देखता रहा।

□

मरछिया

आज मरछिया के बारे में कुछ लिखने की जबरदस्त इच्छा है। इस स्त्री को जब से होश हुआ, देख रहा हूँ, परंतु जब कलम उठी और सचमुच कुछ लिखने का सुर आया तो ऐसा लगा, जैसे मैं उसके बारे में कुछ नहीं जानता हूँ। यह बहुत आश्चर्य की बात है। आश्चर्य सबसे अधिक इस बात पर है कि क्यों नहीं कभी उन बातों की ओर ध्यान गया, जो परिचय के लिए आवश्यक हैं! बुनियादी बातें ही अज्ञात हैं। उदाहरण के लिए यह कि क्या उसका ब्याह कभी किसी के साथ हुआ था? वह इस गाँव की बेटी है या बहू? उसके माँ-बाप कौन थे? इत्यादि। वास्तव में कोई इन बातों की चर्चा करता ही नहीं है। मरछिया का जो ज्ञात रूप है, वह इतना भरा-भरा है कि अज्ञात की ओर ध्यान ही नहीं जाता है। जब कोई छोटा लड़का जान-अनजान में 'मरछिया' शब्द का उच्चारण कर लेता है तो बड़े लोग डाँटते हैं—"मूर्ख कहीं का। ऐसे बोला जाता है? कहो, मराछो फूआ।" यदि संयोगवश मरछिया वहाँ मौजूद रही तो लड़का सिर्फ सिखाकर छोड़ नहीं दिया जाता है, बल्कि उससे स्कूल के भूले पाठ की तरह कई बार उसके सामने दुहरवाया जाता है। ऐसे अवसर पर मरछिया खूब खुश होकर चहकती आवाज में हाथ भाँज-भाँजकर कहती है, "अरे बबुआ, तुमको खेलाया, तेरे बाप को खेलाया। हाँ, जुग-जुग जीओ। जब तक साँस है, प्रान है, जागर पाहुँच है सबकी सुसुरुका करनी है और देखो हमारी लुगरी···कैसी फट गई है? चलो, खरीदवा दो। खरीदवाओगे न?"

लड़का टकर-टकर ताकता रह जाता है। तब उसकी माँ सिखाती है, "बेटा, कहो कि हमारा ब्याह होगा तो तुमको जोड़ा साड़ी देंगे।" और बिना लड़के के मुँह खोले ही उसकी मराछो फूआ अपना सम्मान पाकर फूल उठती है और तब आँखें चमका-चमका ब्याह के गीतों की कुछ पंक्तियों को दुहरा-दुहराकर, धधा-धधाकर मुँह से आशीर्वचनों की बौछार करती है। ऐसे मौकों का उपसंहार और विचित्र होता है। बड़े से बड़ा अढ़ौना क्यों न हो, इस समय खुले मन से हँस-हँसकर मरछिया से करा लीजिए।

आज इस प्रकार कई बातों पर हमें आश्चर्य हो रहा है। उसकी उम्र क्या होगी? यह गजब का सवाल हो गया? कोई नहीं बता सकता कि उसकी उम्र क्या है? अनुमान चकनाचूर हो जाता है। आज वह जैसी है, वैसी ही मैं बराबर देखता आया हूँ, इससे न तनिक जवान और न तनिक बूढ़ी। बुढ़ापा तो शायद इससे डरता है। इसका मतलब यह नहीं कि वह खूब खाती-पीती है अथवा स्वास्थ्य के नियमों का पालन करती है। उस बेचारी निरक्षर अनाथ गँवारिन को अच्छा खाना-पीना तो क्या साधारण रूखा-सूखा भी दोनों जून नियमित शायद ही मिलता है। आज तक किसी ने उसे चूल्हा जलाते नहीं देखा। इस बात को यों कहना और ठीक होगा कि उसे अपने घर रहते, खाते-पीते या उसका प्रबंध करते शायद किसी ने नहीं देखा। दिन भर कोई नहीं बता सकता कि कहाँ रहती है और न ऐसा ही हुआ कि किसी ने कभी उसकी खोज की और न मिली। वह सदा सब जगह मौजूद रहती है। रास्ता चलती है तो बोलती चलती है। अकसर वह गाँव के लड़के-लड़कियों का रोना रोती चलती है। बात यह है कि ये उसे बहुत तंग करते हैं। फिर यह भी है कि यदि लड़के उसे तंग न करें तो उसका जीवित रहना कठिन है। उसकी चिल्लाहटं बालकों के लिए कबीरदास का अनहद नाद है और उसकी गालियाँ मानो रोज गोवर्धन बाबा के पूजा की गालियाँ हैं।

अब इतनी कथा सुनाकर हम असली कथा शुरू करेंगे। यह कथा आज की एक महत्त्वपूर्ण घटना है। यह गाँव के एक सबसे सनाथ और अनाथ का सम्मिलन है। अनाथ का तात्पर्य बताने की जरूरत नहीं। सनाथ हैं गाँव के सबसे धनी मंजु प्रसादजी। पाँच सौ बीघा सीर है। नए कानून की पकड़ के बाहर होने के लिए स्त्री, भाई, बेटे और घर के अन्य लोगों के नाम जमीन का पोख्ता बंदोबस्त बहुत पहले कर चुके हैं। चकबंदी हुई तो ए.सी.ओ. ऑफिस इनके दरवाजे पर रहा। हुआ क्या कि गाँव के देखते-देखते समूची जमीन की कीमती पेटी कटकर इकट्ठे उन्हें मिल गई और पहले वर्ष की खेती में पैदावार दूनी हो गई। अब ट्रक पर लादकर अनाज गोला में जाता है। बंदूक का लाइसेंस ले लिया। मूँछें कुछ और झंगाड़ू, लंबी तनी और खूँखार हो गईं। नहीं मानते हैं कि अभी जमींदारी टूट गई। अपनी बिरादरी के गरीब लोग भी सामने चारपाई पर नहीं बैठते। अब कोआपरेटिव, ग्राम-सभा, सस्ते गल्ले की दुकान, ब्लॉक और कांग्रेस कमेटी के सर्वेसर्वा हैं। बंदूक सदा कंधे पर रहती है। बड़ी हिम्मत के साथ एक दिन उनके एक पुराने मित्र ने कहा था कि खादी और बंदूक का मेल नहीं बैठता। इसपर मंजु बाबू आपे से बाहर हो गए। 'बहे न हाथ दहै दिस छाती' वाली हालत हो गई। उन्होंने कहा, "अपने दरवाजे का मामला है, नहीं तो इसी बंदूक का निशाना बनाकर तुम्हारा खद्दरपन निकाल देता। भिखमंगा कहीं का।" वास्तव में उनका वह दोस्त भिखमंगा था। उसकी सात बीघा जमीन इन्होंने नकली शिकमी की रसीद बनवाकर हड़प ली थी। बात यह थी, जिस

साहब के इलजास में मुकदमा पेश था, उसे एक 'कृष्णा' की जरूरत थी। कृष्णा अर्थात् काले रंग की गाय। किसी ने इस साहब को बता दिया था कि काले रंग की गाय का दूध पीने से आदमी पूर्ण निरोग रहते हैं और साथ ही घर में भूत-प्रेत नहीं आते। यह बात जादू के जोर से मंजु बाबू के कानों में गई और बात की बात में साहब के बँगले पर गाय बँध गई। साहब ईमानदार आदमी थे। उन्होंने रुपया देना चाहा, मगर यह मंजु प्रसाद जैसे आदमी की शान के खिलाफ बात थी। उनके दोस्त के एक टुटहे वकील ने यद्यपि बहस में जान लड़ा दी, परंतु मंजु बाबू के आधे दर्जन नामी वकीलों के आगे उसकी बात हवा हो गई और बात की बात में मंजु बाबू बाजी मार ले गए। उनका दोस्त इसे भाग्य-दोष मानकर अब भी कभी-कभी उनके द्वार पर जाकर सलामी दागता है। परंतु उस दिन के बाद से उसके प्राणों के मोह ने उसे उनके दरवाजे पर जाने से रोक दिया।

एक और कारण है, आजकल मंजु बाबू चावल का व्यापार करते हैं। उन्होंने एक ट्रक खरीदा है। चावल बाहर से आता है और आनन-फानन में उत्तर प्रदेश से बिहार में चला जाता है और पच्चीस-तीस हजार बैठे-बिठाए मिल जाता है। पुलिस मँडराती रहती है और चारा मिलता रहता है। चारा के साथ मंजु बाबू कुछ कम्युनिस्टों की लिस्ट भी उन्हें बराबर देते रहते हैं। कौन उस लिस्ट में आ जाएगा, कहा नहीं जा सकता है और किसे पकड़कर पुलिस वाले उनके दरवाजे पर मुर्गा बना देंगे, इसको भी कोई नहीं जानता। इसलिए समझदार दोस्त कतराए रहते हैं। आतंक और तेज के मारे सारा गाँव सिकुड़ा रहता है। तो इसी मंजु प्रसादजी से आज सुबह भेंट हो गई मरछिया की। वे पीपल के नीचे ब्रह्म बाबा के चबूतरे पर बैठे थे। बंदूक पास में पड़ी थी। खादी का तह किया हुआ सुंदर किनारीवाला धवल दुपट्टा गले में होकर कंधों पर से नीचे लटक रहा था। वे यह देख रहे थे कि अरहर काटकर बनिहारों ने खलिहान में जमा कर दिया या नहीं। इसी बीच मरछिया उधर से सिर पर डाली में पका हुआ शकरकंद लिये निकली। वह प्रत्येक मौसम में भिन्न-भिन्न वस्तुएँ बेचती है। मगर उसकी जीविका का मुख्य साधन यह नहीं है। यह तो सिर्फ एक मनसायन है। वैसा ही मनसायन, जिस प्रकार दिन भर कचहरी में या ऑफिस में काम करने के बाद बड़े लोग कभी-कभी पिकनिक में या क्लब में जाते हैं। उसका सबसे मनोरंजक व्यापार होता है जेठ में खरबूजा का और असाढ़ में आम का। मरछिया चबूतरे के पास पहुँची, तब तक भजन राम की आठ वर्षीया लड़की दौड़ती आई। बोली—

"फूआ···फूआ, अम्माँ ने बुलाया है।"

"मरकी पड़े," मरछिआ बड़बड़ाई, "काहे को बुलाया है? कौन राज सून है? दामाद परिछना है? एक घड़ी चैन नहीं। मरछिया मर जाए तो बधाव बजे···तू नहीं जानती है? बताओ न धिया, काहे को बुलाया है?"

"मशीन पर से आटा पिसवाना है और बहनियाँ के यहाँ पाहुर-पकवान लेकर जाना है।" बालिका ने कहा।

"तब का हो?" शकरकंद की डाली ज़मीन पर रखकर मरछिया तुनक उठी, "चिरई के जान जा लड़के का खिलौना? लेनी न देनी बजाव रे बजाव। माहुर घाम में चार कोस मरछिया धावल जाय और पराइल आवे।···जाकर कह देना, बारह बजे का अमल में मरछिया 'आवेगा' और पिसान 'पिसावेगा' और पकवान जब 'चीखेगा' तब दरवाजा 'हेलेगा'—और यह क्या? यह लो पंचो यह लो···निरबंसिया···मुँह फुकौना··· मरकीनौना···माता मइया का रथ में नाथ देई···सब लूट ले गए···कौन है··· सितवा, काली चरना, महेसवा और फकीरवा···है कोई गाँव में बाबू-भइया, पंच-सरदार···यह लूट कैसे सहूँ? हे ब्रह्म बाबा···जागो···जागो···इरसूब्रय लमेटों की मूड़ी मरोर···दो···चट्ट से बाँह छटका दो···आँखें भड़का दो···।"

उधर लड़के कूद-कूदकर लूट का शकरकंद खा रहे थे और थोड़ी दूर पर मोर्चा बाँधे बोल रहे थे।

"ए फूआ फुफेली···पैसा-अधेली···चाम पर चमेली··· तूरुक कि तेली··· पाकल-पाकल अमवा खिअइहो ऐ फूआ!!"

और फूआ बिगड़कर शकरकंद उठा-उठाकर मारने लगीं। मारने में भी कला है। गौर कर देखें तो पता चले कि मार नहीं रही है, उसे लोका रही है। और साथ ही···सूअर का छीना···कुत्ते का पिल्ला···बकरी का जनमा··· बाँडा··· अखझ···डोम आदि विभूषणों से विभूषित करती जा रही है।

और इस कांड में कूद पड़े मंजू बाबू।

लड़कों की ओर बंदूक तानकर चमकाते हुए बोले, "शैतानो, भाग जाओ, नहीं तो फ़ैर कर देंगे। बेचारी का मूलधन भी नहीं लौटेगा।"

फिर क्या था?

छाती पीटती मरछिया कूदकर आ गई बंदूक के सामने। बोली, "फैर क्या कर दोगे? क्या ये सब लड़के इमली के खोंडरे में से काढ़ कर आए हैं? वाह रे वाह!"

"तब क्या ये कपार पर नाचेंगे?"

"जिसके कपार पर नाचते हैं, उसे पीस नहीं होती है, तुमको काहे होती, इतना बड़ा बंदूकवाला बाबू तू बहुरियाँ नहीं खुला है?··· हो गया मगर का आँचर···तू कठकरेजी क्या जानी लरिका के दरद?"

"तो गारी काहे बकती है? ब्रह्म बाबा को काहे घिघिया-घिघिया के सानती है?" बंदूक जमीन पर रखकर मंजू बाबू बोले।

"तू काहे सिपाही-दरोगा को सानते हो? बुला-बुला के गरीबन के गरदन रेतते

हो। हलुआ-पूरी खिला-खिला के चहबच्चा बटोरते हो? बोलो…हमारे आगे का जनमा तू, नानी के आगे ननिहाल का बखान करेगा? सब बखिया उधेड़कर रख दूँगी। हमसे मत टेढ़ की तरह बोलना। तुम्हारे बाप को भी देखा। पइया की तरह थे और मिनमिन बोलते थे। देस चोरी परदेस भिक्षा। पूरब की कमीनी से जमीन की खरीदारी की। हमारे देखते-देखते बुढ़ौती में दरभंगा की ओर से खरीदकर तुम्हारी माई…।''

''तू तो मरछिया ग्रामोफोन हो जाती है। बहुत बक-बक मत कर।''

''तू हमारा बक-बक करना रोक लेगा? बड़े-बड़े लाट-दरोगा हमारी जबान नहीं बंद कर सकते।…अरे तुझको मैंने गोद में लेकर खेलाया रे…हमको पैयाँ-पैयाँ चलना सिखाया है…अब बाबू हो गया है? अब तेजंसी हो गया है? रोब उसको दिखाना, जो तुम्हारा रिआया हो। हमारा राम मालिक है। किसी का आसरा नहीं। दो कवर भात की कमी नहीं होगी। मरछिया बिना खाए भी सूत रहेगी। मर भी जाएगी तो कौन पूछने वाला है। राम ने सुख नहीं लिखा तो आदमी क्या देगा। कमरे में आग लग गई। अब दइव काहे को जिला रहे हैं? कौन सुख है? कोई पूछने वाला नहीं…मरछिया जीती है कि मर गई।''

और टप्-टप् आँखों से आँसू निकलकर गिरने लगे।

मंजु बाबू हड़बड़ाकर उठे। पास आकर बोले—

''अरे मराछो फूआ, काहे दुःख मान गई। हम सब तुम्हारे लड़के हैं। अब तो तुम कुछ नहीं खाने को देती हो।''

''मुँह फुकौना, जब देखो इसके पेट में आग-बजर पड़ा रहता है।…ले डाल ले करेजा में। दो तो बचा है।''

और दो शकरकंद मंजु बाबू की ओर फेंकती मरछिया खाली डाली को टोपी की तरह सिर पर डालकर तेजी से एक ओर चली गई।

□

रावण

आज सनीचरी सुबह-सुबह ही एकरंगा की लाल साड़ी पहनकर और आँखों में भरपूर काजर लगाकर रास्ते से जाती हुई दिखाई पड़ी। गले में पड़ी मोटी हँसुली और हाथ के मोटे बाजूबंद की भी रुपहली झलक मिली। जूड़ा न बाँधकर बालों की एक मोटी चोटी बनाती है और उसमें कभी किसी चटक रंग का फीता और कभी काले रंग की झब्बेदार चोटी गूँथ देती है। चोटी इतनी लंबी बनाती है कि राह चलते दिखाई पड़ जाती है। उसके चलने में भी विशेषता है। चलती क्या है, ढहती चलती है। मगर यह चाल, यह रूप, यह पोशाक सब दिन नहीं, मौके-मौके पर दिखाई पड़ती है। आज जो देखा तो तुरंत ध्यान में आया कि विजय दशमी के मेले की तैयारी है। फिर सारे श्रृंगार के साथ हाथ में हँसिया दिखाई पड़ी। मेले में तो अकसर लोग शाम को जाते हैं। यह हँसिया लेकर और सिंगार-पटार कर कहाँ जा रही है? मैं कुछ भी सोच न सका।

मुझे याद आया कि मुंशीजी के यहाँ एक कागज समझना है। मुंशीजी के यहाँ पहुँचा तो पता चला कि कोदोंवाला खेत कटवा रहे हैं। खेत मेरा देखा हुआ था, अतः उल्टे पाँव खेत में दाखिल हुआ। वहाँ देखा कि बराबर हाथ में छड़ी लेकर चलने वाले मुंशीजी छह हाथ की लाठी लिये खेत के डाँड़ पर खड़े किसी से बात कर रहे हैं। बनिहार खेत पर उसी प्रकार टूट पड़े हैं, जिस प्रकार बानर-भालुओं का दल लंका पर पिल पड़ता है। हाथ छूट गए हैं और जुझाऊ बाजा के रूप में पछिमा के ताल पर ज्वार के पत्ते खड़खड़ा रहे हैं।

मैंने देखा, यह कोदों की फसल ज्वार (अगहनी) के भीतर खड़ी है। इसी खेत में अरहर और पटुआ भी है। कहीं-कहीं तिल के पौधे भी झाँक रहे हैं। पटुआ के माथे पर गुलाब जैसे बड़े-बड़े, पीले-पीले फूल शोभा दे रहे हैं। अगहनी में जवानी आ गई है और ऊपर रेंडा लग गया है। कहीं-कहीं बाल भी फूट गई है। तिल के आँख जैसे सफेद-सफेद फूल झड़ चुके हैं। उसमें इमली के बीज जैसी हरी-हरी जुड़वी फलियाँ लग गई हैं। अत्यंत बचपन का भोलापन है अभी अरहर में। पत्तियाँ भी छोटी और हल्के

रोवेंदार मुलायम तथा टहनियाँ भी कोमल। इसमें कहीं से कुछ फूटने अथवा फल-फूल लगने के संकेत नहीं हैं। सब तरह का पौदा परिवार। अरहर एकदम भोली बालिका की तरह, पटुआ मुग्धा की तरह, अगहनी तरुणी की तरह, तिल वयस्का की तरह और कोदों बूढ़ जैसे। तभी तो कटिया लग गई है। आकार में सबसे छोटे कोदों जी तब भी जहाँ खड़े हैं, ज्वार की छाया में सुस्ती ले रहे हैं। जिस कतार में हँसुआ छू गया है, वहाँ मुट्ठे-मुट्ठा कोदों खेत हो गया है। पड़े की शोभा अलग और खड़े की अलग। काले दाने की बालियों वाले शरीर पर कोदों ने जो पीली पत्तियों का ओवरकोट धारण किया है, वह खेत में ढेर हो जाने पर काला पड़ जाता है।

मैंने देखा, यह सनीचरी है, जो यहाँ ताबड़तोड़ हँसिया चला रही है और मैंने जाना कि यह पोशाक कटियावाली भी है। और लोगों के लिए मेले का जो आनंद है, युवती बनिहारिन के लिए कटिया में भी वही उल्लास है। वह अपने अच्छे गहने, कपड़े पहनकर कटिया करने जाएगी। मेले में उसे देखने वाले तो सिर्फ देखते हैं और यहाँ तो देखने वाला साक्षात् अन्नदाता है। वहाँ मेले में जागर-जवानी का क्या करतब रखा है? यहाँ तो हाथ चलता है, चूड़ियाँ खनकती हैं, आँखें चलती हैं और बोझ का बोझ छन में बाँधकर तैयार! हाथ चलाती वह अकारण भी हँसती अपनी कतार में सरकती चली जा रही थी। पटुआ के फूल उसकी ओर देख-देखकर मुरझाने लगे। ज्वार की हरियाली में और कजरारे रस चढ़ने लगे। हरे-हरे झुरमुट में उसकी लाल-लाल साड़ी में ढकी सुंदरता इस प्रकार खिलने लगी मानो शरद ऋतु में टेसू वन का प्रतीक लेकर वसंतांत आ गया। आज विजयदशमी के दिन जो बनिहार रूपी बानर-भालुओं ने इस खेत रूपी गढ़ लंका पर धावा किया है तो यह सनीचरी इस हरे-भरे अशोक वन की सीता तो नहीं है? मगर रावण कौन है? क्या ये कोदों के पौधे ही रावण और उसके विस्तृत वंशवाले हैं? मगर कोदों तो अन्न है, अतः वह ब्रह्म अर्थात् साक्षात् राम स्वरूप है, तब तो संगति ही नहीं बैठ रही है। वास्तव में अब रामलीला उलट गई है।

"जय रामजी, जय राम-राम जी, मुंशीजी, आज विजय के दिन के मौके पर आप कटिया नहीं कराते तो भेंट भी नहीं होती।" मैंने कहा और मुंशीजी खेत के पासवाले पेड़ के नीचे आकर बैठते हुए बोले—

"अब वह जमाना बीत गया कि रामलीला देखने हम लोग काशी और कहाँ-कहाँ जाया करते थे। अब तो सलामत रहे यह सरकार कि घर बैठे सालोसाल रामलीला देखने को मिल जाती है।"

"आपके कहने का मतलब यह कि जितने चुनाव उतनी रामलीला। एक अच्छी लीला फिर...होनेवाली है, परंतु उससे पहले कम मजेदार लीला ग्रामसभाओं के चुनाव में न होगी।"

"बस इस दो लीला में गाँवों का अंत है। यह शहरी सरकार गाँवों को जिस प्रकार अपने स्वार्थसाधन के लिए मटियामेट कर रही है, उसे देखते हुए अब गाँव अधिक दिन तक नहीं जी सकते। वैसे आप देखें तो साफ पता चल जाएगा कि गाँव दम तोड़ रहे हैं। उनकी एकता की दरार दिन-प्रतिदिन चौड़ी होती जा रही है। पार्टियाँ क्या बनीं, गाँवों के भोले-भाले किसान हिंसक जंतु होकर एक-दूसरे पर गुर्रा रहे हैं और इसे बढ़ावा देने वाले, उन्हें शह देने वाले वे लोग हैं जो शहरों में बैठे हैं और नेता कहलाते हैं।"

"हमारी समझ में तो यह आ रहा है कि आज के नेता नामधारी जीवों की नेतागिरी बस झगड़ा करने, झगड़ा लगाने और बीच में उसका मजा उठाने तक सीमित रह गई है। चाहे वह दिल्ली हो, चाहे लखनऊ हो, चाहे जिला हो और चाहे गाँव हो, हर जगह झगड़ा! उधर जनता झगड़ा देखने में बझी और इधर लूट! झगड़ा उजाले में है और लूट अँधेरे में। मैं ठीक ही सोच रहा था कि रामलीला उलट गई है। रामलीला की जगह रावणलीला चल रही है।"

"जरूर रामलीला उलट गई है। लंका-विजय के बाद बंदरों ने अपने-अपने घाव दिखाकर सारे पद हथिया लिये और देख ही रहे हो कि अयोध्या में रामराज्य की तरह बंदर राज्य हो गया है।"

"अभी तुम अधूरा जानते हो। जंगली बंदरों का युद्ध के सिलसिले में राजनीतिक संबंध रावण से हुआ। उसकी राज-प्रणाली का उनके ऊपर असर पड़ा। जब अयोध्या में रामराज्य की जगह बानर-राज्य हुआ तो वह जड़ जम जाने पर कुछ ही दिनों में रावण-राज्य के रूप में परिवर्तित हो गया। बानरों के सारे आचरण रावण जैसे हो गए। उसका फल क्या नहीं भुगत रहे हो?"

"क्यों नहीं? यह शोषण, तानाशाही, नौकरशाही, भ्रष्टाचार, दरिद्रता, अकाल, महँगाई, घूसखोरी, बेकारी और सांस्कृतिक पतन के दशानन से कौन नहीं ऊब गया है?"

"क्या इस दशमुख का अंत होगा?"

"नहीं होगा। यह अजेय है। यह चक्रवर्ती है। इसे जनता-जनार्दन का वरदान प्राप्त है। भयवश, त्रासवश, लोभवश और स्वार्थवश सब लोग इसकी जय-जयकार करेंगे। यह आधुनिक रामलीला का हीरो है। यह नवयुग का पंडित है, शास्त्रकार है, वेदज्ञ है और महाबलशाली है। यह मंच का महामानव है। यह लाउडस्पीकर पर प्रवचन प्रवक्ता है। पत्रों के पृष्ठों को सुशोभित करने वाला अभिनव आसुरी संस्कृति का महान् अभिनेता है। यह सर्वत्र व्याप्त है। जितने व्यापक राम हैं, उससे अधिक व्यापक यह रावण है। इसने लाखों निराकार रूपों में अपने को विस्तृत कर दिया है। जाओ, आँख खोलकर देखो। जहाँ-जहाँ रामलीला है, वहाँ-वहाँ रावण है। वह कागज का रावण तो धोखा है।

कागज का पुतला जलने से रावण जलेगा? वह बराबर अट्‌टहास करता जाएगा।''

''तो मुंशीजी, जरा रुकिए। आपने कहा है कि जहाँ-जहाँ रामलीला है, वहाँ-वहाँ रावण है। मैंने यहाँ आते ही कल्पना की है कि ये मजदूर इस कोदों के खेत पर उसी प्रकार टूट पड़े हैं, जिस प्रकार वानर-भालुओं की सेना गढ़ लंका पर। तो यहाँ रावण कौन है?''

''मैं हूँ। यहाँ मैं रावण का अभिनय कर रहा हूँ। यह मेरा खेत गढ़ लंका है। तुम देखते चलो।···हाँ, यह तो कहो कि कैसे चले?''

''यह एक चकबंदी में मिली खेत की परची है। जरा इसे जाँच दीजिए। इस नंबर से निकलने और उस नंबर में मिलने का ऐसा हिसाब है कि समझ में नहीं आ रहा है।

मुंशीजी पेंसिल लेकर हिसाब लगाने बैठ गए। इस बीच मुझे फिर खेत और कटिया की ओर ध्यान देने का अवसर मिला। कटिया लगभग समाप्त थी। सनीचरी इधर ही काट रही थी। वह जब-तब आँखें उठाकर मुंशीजी की ओर देख रही थी। मैं जब आया तो ये उससे हँस-हँसकर बात कर रहे थे। मुझसे बात करने के सिलसिले में भी जब-तब उधर देखा करते थे और मुसकराहट में मिठास आ जाया करती थी। मैंने जाना कि यह एक निष्कलुष ग्रामीण व्यापार है। काम करने वाला इस प्रकार अधिक पा जाने के लिए तीर छोड़ता है और काम कराने वाला अधिक काम कराने का मायाजाल फैलाता है।

उस समय मजदूरों के लड़के कोदों का पौधा चबा-चबाकर मुँह लाल कर रहे थे। वे कहते थे कि पान खा रहे हैं। सचमुच मुँह लाल हो गया था। कुछ लड़के पटुआ फूल रहे थे और कुछ लड़के भौंरे-तितलियों के पीछे दौड़ रहे थे। दो बहुत ही छोटे-छोटे लड़के 'माई-माई' करते खेत में घुसे जा रहे थे। मैं सोचने लगा कि एक खेत में खरीफ की पाँच-छह फसल उग रही हैं और तब भी देश में गरीबी है। क्या कारण है? कौन ऊपर-ऊपर चर जाता है? इसी समय मुंशीजी सिर उठाकर बोल उठे—

''सनीचरी, क्या कर रही है? कोदों मलकर फाड़ में बटोर रही है?''

सनीचरी तुनककर खड़ी हो गई और साड़ी झाड़ती हुई बोली, ''कहाँ मुहर गठियाए हुए हूँ। नहीं दिखाई पड़ता हो तो चश्मा काहे नहीं फिर चढ़ा लेते हैं।''

हिसाब ठीक कर मुंशीजी ने चश्मा उतार दिया था। सनीचरी का उत्तर सुनकर उन्होंने मुसकराते हुए एक मजाक किया—

''साफ तो देख रहा हूँ! वह क्या गठियाये हुई हो।''

''आग लगे!'' एक मीठी मुसकान और सनीचरी बोझा बाँधने लगी।

मैं सोच रहा था कि खेत की यह सरसता क्या खलिहान में भी बनी रह सकेगी? हिसाब कुछ-कुछ समझना रह गया था। साथ-साथ खलिहान तक आया। बोझ आने

लगे। कुल बावन बोझ काटा गया था। मुंशीजी बड़ी गंभीरता से बोझ का हिसाब करने लगे। मैंने देखा, उनका रंग एकदम बदल गया है। जैसे-जैसे बोझ ढोने का समय समाप्त होता, उनके चेहरे का तनाव बढ़ता जाता। आँखें बढ़ती जाती थीं। यहाँ तक कि ज्यों ही सब बोझ और मजदूर खलिहान में आ गए तो वे गरज उठे, "निकालो, बन्नीवाले उधर से तीन बोझ!" मैं आश्चर्य में पड़ गया। क्या यह उसी मुंशीजी की आवाज है? अब वे सनीचरी की ओर आँख उठाकर भी नहीं देख रहे हैं। खाने के लिए अँटिया के रूप में कुछ देने का रिवाज है। इसके लिए सनीचरी ने एक छोटा मगर दमदार बोझ बाँध रखा है। वह उसके पास अपने सारे हथियार पैनाए खड़ी है। मैं सोच रहा हूँ कि आज विजयदशमी के त्योहार के उपलक्ष्य में दो मुट्ठी अधिक ही ये मजदूर ले लेंगे तो क्या बिगड़ जाएगा। विशेषकर इस सनीचरी बेचारी को तो छूना ही नहीं चाहिए। उधर मुंशीजी आँखें लाल किए गरज उठे, "यह देखो लूट! तनिक भी इन बेईमानों को तमीज नहीं कि कितनी कटिया हुई और कितनी अटिया बाँधते हैं। मालूम होता है, हम अंधे हैं?" और मजदूरों की अटिया उठा-उठाकर अपने बोझ की ओर उसी प्रकार फेंकने लगे जैसे कंस देवकी के नवजात पुत्रों को फेंक रहा हो। सनीचरी पैर पटकती रह गई और उसकी अटिया भी मुंशीजी ने फेंक दी। बोले, "तुम लोगों जैसे बनिहार मिल जाएँ तब तो भीख माँगनी पड़ जाए…।"

मैं स्तब्ध हो गया। मुंशीजी के उस उग्र रूप से डर लगने लगा। उस उग्र रूप से अधिक उग्र था उनका भाषण। बेचारे मजदूर सटक गए। बन्नी में मिले दो-दो, चार-चार मुट्ठी पौधों को लेकर धीरे-धीरे भुनभुनाते चले गए।

तब मुझे याद आया, मुंशीजी ने ठीक ही कहा था कि यहाँ रावण मैं हूँ। □

मेले की तैयारी

जिस मेले की तैयारी ऐसी है, वह मेला कैसा होगा? मन में उठती उमंग की लहर को रोक रहा हूँ। यह एक दूसरी ही पुनिया है। नया बहुत मोहक है, पुराना बहुत विस्मयजनक है। एक बहुत बेतुकी बात रह-रहकर बेचैन कर रही है कि मैं कैसे इतना बड़ा हो गया? बड़ा अर्थात् बूढ़ा हो गया। जंगल की तरह जिस समय दाढ़ी-मूँछें नहीं उग आई थीं, बातें उस समय की याद आ रही हैं। अब तो यह जंगल भी शरद् ऋतु के कास की तरह कुछ और ही संदेश दे रहा है। लेकिन न जाने क्यों, ऐसा लगता है कि मैं यह नहीं हूँ। बराबर भासता है कि मैं वही हूँ। बेशक, यह मनियापुर वही है। यहाँ के बाग-बगीचे वही हैं। गाँव के पास बहती नदी के तीर की छटा वही है। खेतों के डाँड़-मेंड़ तक एकदम चिह्नारी दे रहे हैं। वह ब्रह्म बाबा के चौरावाला पीपल का पेड़, वह बँसवारी और वह पक्का कुआँ, सब ज्यों-के-त्यों हैं। एक नशा सा छा जाता है। इस गाँव में मेरी कौन सी रिश्तेदारी है, यह तो मुझे पता नहीं। बहुत पुरानी रिश्तेदारी है परंतु खूब चलती है। आना-जाना, करनी पाहुर, सब बड़े प्रेम से चलता है। एक लंबे मुँहवाले बिना जूते के घास-पात करने वाले सज्जन को मैं काका कहता आया हूँ। काकी अभी काफी तगड़ी है। अभी काका की बड़ी माँ भी जीवित हैं। मैं उन्हें आजी कहता हूँ। छोटे पर धड़धड़ाते हुए घर में चला जाता था और काकी, आजी को पावलागी करता था। अब जब से काका के लड़के नरेंद्र की शादी हो गई है, बंधन हो गया। नरेंद्र हमको भैया कहता है। उसकी बहू ने जब हाँड़ी छू दिया अर्थात् खाना बनाना शुरू किया और मैं पहले-पहल पहुँचा तो मेरी थाली छेंककर उसने निहाल कर दिया। कोठिला की आड़ से हँसकर धीरे से उसने जो कनफूल का नाम लिया, सो मैंने सुन लिया और उस दिन दो रुपया देने के साथ बाद में वह गहना बनवाकर भेज दिया। तो अब जब खाने जाता हूँ तो काकी-आजी से मुलाकात होती है। इस बार ऐसा हुआ कि बैठक में पहुँचने पर आशीर्वाद देकर काका ने हँसकर कहा कि इस घर में तुमसे लजाने वाला कोई नहीं है, घर जाकर पानी पिओ और मैंने समझ लिया कि नरेंद्र की बहू नैहर गई है। आजी के चरन छूकर मैं आँगन में पड़ी चारपाई

पर बैठ गया। काकी भीतर कुछ खूरखार कर रही थी। मैंने जोर से पावलागी की। काकी धधाकर ढेर सा आशीश देती जब चारपाई पर सुजनी बिछाकर भर थाल पानी लेकर चलीं तो उसकी सारी तरी मेरी आँखों में छा गई। उन्होंने थाली में रखकर मेरे दोनों पैर मल-मलकर धो दिए, आँचल से पोंछ दिए, लोटे में टटके जल के साथ झाँपी में से निकाली गई नई लाल कुरुई में भरकर चिउड़ा पटौरा सामने रख दिए और जरा सा घूँघट खिसकाकर चारपाई के पास बैठकर समाचार पूछने लगीं तो मुझे संदेह नहीं रह गया कि मेरा बचपन लौट आया। वह सुख क्या लिखा जा सकता है?

चिलम चढ़ाकर काकी ने हुक्की पर रखा और आजी की ओर बढ़ा दिया। आजी ने उसे सावधानी से पकड़ते हुए कहा, ''भले मौके से आ गए हो। चलो, तुमको मेला लिवा चलूँगी।''

मैंने सोचा कि कितनी विचित्र बात है। आजी हमको मेला घुमाने के लिए ले चलेंगी। मैं बहुत छोटा हो गया।

''कब मेला है, आजी?'' मैंने पूछा।

''अभी पाँच दिन है।''

''कितने दिन मेले में लगेंगे?''

''पाँच कोस का मेला है, पाँचों करने पर पाँच दिन। दिन काहे पूछता है?''

''स्कूल से छुट्टी लेनी पड़ेगी।''

''ठीक है, कहो तो धाना नाई को भेजवा दूँ। चाहे दूखी बारी को।''

''आजी, क्या नेवता देना है, जो नाई-बारी जाएगा? मैं पोस्टकार्ड भेज दूँगा।'' मैंने कहा।

''पोसकाट में पैसा-कउड़ी नहीं खर्च होगा?''

''होगा। मगर खर्च तो करना ही पड़ता है। तुम्हारे मेले में क्या खर्चा नहीं लगेगा?''

''मेले में क्या खर्चा है रे पागल?'' आजी हँसने लगीं। उनका बिना दाँत का पोपला मुँह विचित्र प्रकार से फैल गया। उनकी ठुड्डी पर एक ललछहूँ मसा है। उसमें एक लंबा सा बाल है, जो सफेद हो गया है। उस मसा पर जमे मोटे सफेद बाल पर मेरी दृष्टि जम गई। सचमुच आजी इतनी ऊँचाई पर से बोलती है कि मैं उनके सामने सहज ही छोटा बच्चा हो जाता हूँ। वह मेरा कैसा मेले में खर्चे की कल्पना का पागलपन था, जिस पर आजी हँसने लगीं? कुछ न समझकर मैं समझ गया कि बहुत कुछ समझना है। मैं पाँच वर्ष का बालक बनकर, आजी के बिना दाँत के ओठों में उँगली लगाकर या मना करने पर भी उनके मसावाले बाल को पकड़कर खींचते हुए उनकी पावन गोद में लोटकर पूछने के लिए कि मेले में जाने पर खर्चा कैसे नहीं होगा, आतुर हो उठा।

लेकिन बिना पूछे ही यह मुझे मालूम हो गया। भोजन करने बैठा तो काकी बैना

डुलाने लगीं। मैंने कहा—

"काकी, रहने दो, जाड़े का दिन है। भोजन भी गरम ही अच्छा होगा।" लेकिन वह उनका प्यार था। बिना चित्ती लगी हल्की-हल्की रोटियाँ घी में इस प्रकार चुपड़ी गई थीं कि आपस में सट गई थीं। दूध का भाप निकलता लबालब भरा बड़ा सा कटोरा पास रखकर काकी बोलीं—

"खा पूता। क्या निकाल रहे हो? एक-एक कौर की तो रोटियाँ हैं। इतना ही खाया जाता है? बूढ़ी के लिए मेला में ले जाने के लिए सूरन का अचार बना है। ले आती हूँ।"

काकी ने लाकर अचार की कटोरी पास में रख दी और बिना पूछे बतलाया कि बूढ़ी के लिए सातू-पिसान तैयार करना है। गेहूँ धूप में डाल दिया गया है। सत्तू के लिए चना भिगों दिया गया है। केवल चने का सत्तू बूढ़ी को पसंद नहीं पड़ता। उसमें जौ-मटर भी मिलाती हैं।

"आजी के दाँत तो हैं नहीं? आटा ले जाकर क्या करेंगी।"

"तुम अपनी आजी को नहीं जानते हो। अपने कितना खाया है। संग-साथ में जो जाएगा, खिलाएँगी और दान-पुण्य करेंगी।"

दूसरे दिन शीशी-डिब्बे धो-मलकर साफ किए जाने लगे। हर चीज को साफ कर काकी अंतिम बार अपने आँचल से पोंछती हैं। मानो काकी का आँचल स्वच्छता और पवित्रता की मुहर है। रुई की बहुत सी बत्तियाँ बनाई गईं। उन्हें घी में लपेटा गया और एक डिब्बे में बंद किया गया। एक दियासलाई खरीदी गई। यह गंगा माई और दूसरे देवताओं के लिए दीपदान का आयोजन था। नई मूँज को कूटकर लौटा ले जानेवाला ओरिवन बनाया गया। एक बोरी को धोकर साफ किया गया। उसके छेद को सीकर दुरुस्त किया गया। जब एक दिन मेला जाने के लिए शेष रह गया तो सुबह काकी की छोटी लड़की मुनिया धोबी के यहाँ भेजी गई। आजी का लुग्गा-झुल्ला धोकर आ गया। उन्होंने सामान सहेजकर धोकर सुखाई गई बोरी में भरने के लिए हुक्म दिया। मैं देख था कि आजी के शरीर में कितनी फुरती आ गई है। उन्होंने आटा, सत्तू, चावल, दाल, नमक, चिउड़ा, भुजना, भेली और दूसरी गठरियों को स्वयं ही सहेज-सहेजकर रखना शुरू किया। यद्यपि काकी ने हर सामान को एकदम अमनिया करके, उचित परिणाम में सावधानी से रखा था, फिर भी आजी उसकी जाँच किए बिना नहीं मानती थी! उन्होंने अचानक पूछा—

"जेंवाइन-मंगरइला कूटा नहीं गया है क्या? मँकुनी कैसी लगेगी?"

"हाय मैया!" काकी ने ओठ काट लिये और झपटकर उसे कूटने चलीं। आजी हर चीज की पुड़िया का निरीक्षण करने लगीं। मिर्च का चूर्ण, बुकी हुई हल्दी, जीरा, खटाई, अदरख, हरा मिर्च, राई, घोड़राई और लवंग-चूर्ण।

"अचार परसाल छूट गया था, आजी!" छोटी लड़की मुनिया ने खयाल दिलाया। आजी ने खोलकर देखा और मिट्टी की तीन छोटी-छोटी चूकियों में आम, मिर्चा और सूरन के अचार रखे गए थे। तेल की बोतल का कार्क उन्होंने अपने हाथ से बंद किया। थोड़ी सी तिल, थोड़ा अक्षत और सुपारी आदि एक जगह रखा। दो थाली, एक कटोरा, तसला और एक लोटा, एक कटोरा बरतन के रूप में बोरी में कसा गया। तेल के बारे में निश्चय हुआ कि वह हुक्के के साथ लटका दिया जाएगा। अचानक कुछ याद करके आजी ने मुनिया को हुक्म दिया कि "जा पूछ आ कि साहुजी की दुकान पर आलू-भंटा क्या भाव है।" उन्होंने कहा, "मेले में महँगा हो जाता है। यहीं से बेसाह लेना ठीक है।" फिर काकी को उन्होंने हुक्म दिया, "वह जो बलुड़ी में से जोन्हरी निकली है। इसी में से एक सूप दे देना, यदि यहीं भाव से तरकारी मिलती है तो खरीद ली जाएगी।"

कहने की आवश्यकता नहीं कि तरकारी भी खरीद ली गई। काकी ने प्रस्ताव किया कि बबुआ (मेरे) के लिए कुछ पनिपिआव (जलपान) की चीज बना दी जाए। मुझे आजी के हाथ का बना गुड़ में का लकठा याद आने लगा। न जाने कैसे आजी ने मेरे मन का भाव जान लिया। उन्होंने कहा कि मैं अपने हाथ से लकठा बनाऊँगी और काकी के बारंबार रीझने-खीझने के बावजूद आजी कड़ाही के सामने बैठ गईं। सारा काम काकी ने किया, परंतु आजी को ऐसा लग रहा था कि वे ही कर रही हैं। मनिया दौड़-दौड़कर कभी थाली लाती तो कभी छनौटा धोती। उसके पैर जमीन पर नहीं पड़ रहे थे। उसके झबर-झबर बालों को देखकर आजी ने कहा—

"धिया काहे बेमोआर की तरह माथ खउराए है।"

"सँझा को तेल डालकर काढ़ देंगी।" काकी ने कहा।

परंतु मैंने देखा कि संध्या समय मनिया से पहले आजी को लेकर काकी बैठ गईं और शरीर की मरम्मत होने लगी। गुनगुने किए गए उबटन से सारा शरीर मला गया। उस पर से कड़वे तेल की मालिश हुई। बुढ़िया सास पाँच दिन मेले में रहेंगी। घूमेंगी तो थक जाएँगी। वहाँ कौन इस प्रकार सेवा कर के थकावट दूर करेगा। इस तरह की कल्पनाओं में काकी बार-बार मना करने पर भी आजी की सेवा से हटती ही नहीं। आजी के बाद उन्होंने मुझे पकड़ा। मैंने कहा कि मेरे कपड़े गंदे हो जाएँगे। काकी, योग-क्षेम मिटाने के लिए केवल हथेलियों में लेकर मैं उबटन मल लेता हूँ। परंतु हाथ के बदले पैर और मुँह मुझे उबटवाना पड़ा। तीसरे नंबर पर आई मनिया। काकी ने उसे चमका दिया। सुबह चार बजे मेले के लिए प्रस्थान करना था। घर से दरवाजा लगभग लगा हुआ ही है, अतः मुझे यह जानने में तनिक कठिनाई नहीं पड़ी कि क्या काकी, क्या आजी और क्या मनिया, कोई भी रात भर सोया नहीं है। कुछ घी की सुगंध, कुछ छनन-मनन की आवाज रात भर मेरे नाक और कान महामोदनद में गोते लगाते रहे। लगभग

ग्यारह बजे रात को काकी ने याद दिलाया कि तंबाकू तो रखा ही नहीं गया और उसी रात को काकी ने लालटेन के साथ मनिया को लेकर साहु की दुकान पर जाकर फाटक खोलवाया। फाटक खुलने में कठिनाई नहीं पड़ी, क्योंकि वहाँ भी वही तैयारी हो रही थी। तंबाकू लेकर आई तो काकी घर जाकर एक बार फिर दरवाजे पर धीमे-धीमे आई। वे इस सावधानी से आ रही थीं कि आहट से मेरी नींद में खलन न पड़े। उन्होंने हँसिया लेकर पकवान गठियाने के लिए केले के पत्ते काटने की तैयारी की।

''रहने दो काकी, मैं काट लेता हूँ।'' मैंने उठकर कहा।

काकी कुछ न बोली। मैं निकट जाकर काटने लगा। पत्ते लेकर काकी के साथ मैं घर गया। वहाँ सामान की व्यवस्था हो रही थी। एक ही बोरी में सुरक्षा की दृष्टि से सारा सामान रखने की मेले की परिपाटी है। हुक्का, चिलम, तेल, कंबल, लोटा, आजी की चप्पल और कुछ उपले बाहर रह गए थे। शेष सामान बोरी में कसकर भर दिया गया था। मैंने बोरी को उठाया। काफी भारी लगी। तिस पर भी तेल, हुक्का और लोटा ऊपर से लटकाया था।

''इसे ले कौन चलेगा?'' मैंने पूछा

उत्तर में कोई बोल न सका, पर मनिया मेरी ओर देखने लगी। मैंने सोचा, यह काम इसी के जिम्मे है। उस समय रात बाकी थी और खूब चटक चाँदनी फैली हुई थी। पड़ोस से खबर मिली कि सब लोग बाहर गाँव के गोंयड़े बगीचे में गई, अतः आजी भी चलें। आजी ने चार-पाँच उपले की एक गठरी बनाई और उसी में अपनी चप्पल रखकर गठरी को माथे पर रख लिया और एक हाथ में लोटा लटका लिया, कंबल मेरे जिम्मे आया और बोरी मनिया के कपार पर उठा दी गई।

''मनिया इसे नहीं ले जा सकती।'' मैंने कहा।

''भारी नहीं है। सभी लड़कियाँ ले जाती हैं।'' काकी ने कहा।

''मैं तो परसाल भी ले गई थी।'' मनिया बोली, पर बोझ के भारीपन से उसकी आवाज लड़खड़ा रही थी।

तुलसी दाई के चौरा पर माथा नवाकर और गंगाजी का नाम लेकर आजी ने प्रस्थान किया। पीछे-पीछे मनिया चली। सबसे पीछे मैं चला। बाहर रास्ते में एक भारी भीड़ चली जाती मिली और वैसी ही बड़ी-बड़ी गठरियाँ, जिसे लड़कियाँ ढो रही हैं। मगर इस परंपरा की परवा न कर मैंने बाहर आ कुछ सामान गठरी से निकालकर ले लिया और उसे हल्का बना दिया। आजी ने हँसकर कहा—

''चल, तब असली मेला तू कर रहा है। गंगाजी तुझे एक से इक्कीस करेंगी।''

और मैं मेला चला। सोचिए, जिस मेला की तैयारी ऐसी है, वह मेला कैसा होगा?

□

रामलीला

गोबरहा और खुराँव—ये दोनों गाँव एकदम पास-पास हैं। अंतर केवल एक बगीचे का है। दोनों में एक ही गोत्र के किसान हैं और प्राय: समान हसब-हैसियत के हैं। दोनों गाँव मिलकर रहते हैं, कोई दुराव नहीं रहता। परंतु गोबरहा गाँव वालों के सामने खुराँव का जिक्र आता है तब वे ऐसा भाव प्रकट करते हैं, जैसे उनके सामने वे 'कुछ नहीं' के बराबर हैं। कहते हैं, "अजी, इन खुराँववालों को तो हमारे गाँव का एक अदना बच्चा भी खड़े-खड़े चौराहे पर बेच देगा।" ऐसे अवसरों पर गोबरहा गाँव का हर आदमी यह भी कहते पाया जाता है कि हमारे गाँव का पागल भी उस गाँव के पागल को पाठ पढ़ा देता है।

आखिर एक दिन इस रहस्य का परदा खुल गया। मालूम हुआ कि बीस वर्ष पहले सचमुच गोबरहा में एक ऐसा सनकी व्यक्ति था, जो अपने गाँववालों को पीढ़ी-दर-पीढ़ी बढ़-बढ़कर बातें करने का काफी दिलचस्प मसाला छोड़ गया।

बात उन दिनों की है, जब खुराँव की मठिया पर एक महंतजी बड़े मशहूर थे। देखने में एकदम दिव्य, परंतु परम सनकी। सच बात तो यह है कि ऐसे लोगों को होश में रहने की जरूरत भी नहीं। अकेला शरीर। लंबी जमींदारी। अपार संपत्ति। गद्‌दी का ऊँचा ओहदा यानी भगवान् से भी एक सीढ़ी ऊँचा गुरुपद प्राप्त। समस्त गाँव के कुलपूज्य, तिस पर भी गाँजे की संगति। गाँजा तो जैसे इस गद्‌दी की परंपरा ही रही और इसीलिए गाँव वालों के इस कथन में अचरज की कोई बात नहीं कि इस मठिया का जो भी महंत होता है, सनक जाता है।

तो हमारे महंतजी ने इस परंपरा की खूब रक्षा की। अंतर इतना ही है कि चिलम के दाँव पर खेत के बीघों के कुछ अंक झुक गए और जमाने के फेर से प्रतिष्ठा पर भी थोड़ी आँच आई। तब भी लक्ष्मी पैर तोड़कर पड़ी रहती थीं। वैशाख में जब अन्न खलिहान से आता, कहीं रखने की जगह नहीं रह जाती। किसी ने पूछा कि गुरुजी, इतना अन्न कैसे खर्च करेंगे? महंतजी ने चट चिलम का मुँह दिखा दिया और कहा, "बच्चा! इस पर

रखते ही सब धुआँ बनकर उड़ जाएगा।''

ठाकुरजी का वह दरबार सबके लिए खुला रहता था। यह बात दूसरी थी कि भगवान् के लिए कम, परंतु उनका राग-भोग पाने के लिए ही अधिकांश लोग मँडराते रहते थे। गाँव-देहात के सारे चिलमचट्ट, सनकी, बेकार, बातफरोश, खाऊमल और शरीफ निकम्मों का वह अड्डा था। चिलम की सोहबत से महंतजी की महफिल सदा रौशन रहती थी। बाबा की गद्दी के नीचे, उनकी चरण-सेवा में भक्तों की यह भीड़ उस समय तक लगी रहती थी, जब तक उनके सनकने का सीजन नहीं आ जाता था।

जब लात, मुक्का, पनही, थप्पड़ और डंडों के साथ चुनी हुई गालियों की मूसलधार वर्षा होने लगती तो बड़े-बड़े धीर भक्तों का धीरज भी छूट जाता था। ऐसे में भी गाँजे के कुछ विकट रसिक बाबा के समस्त प्रहारों को आशीर्वाद स्वरूप झेलकर भी डटे रहते थे। महंतजी के ऐसे ही भक्तों में एक थे—गोबरहा गाँव के मर्दाना बाबाजी।

एक दिन कार्तिक के महीने में मर्दाना बाबा को ऐसा लगा कि वे भाँड़ हो गए और गाँव के पूरब बगीचे में अकेले कूद-कूदकर लगे घोड़ा छोड़ने। कहीं से एक लड़का आ गया। महाराज को इस विकट स्थिति में देखकर सिर पर पैर रखकर भाग खड़ा हुआ, पर क्षण भर भी नहीं बीता कि उसके नेतृत्व में बालकों का एक भरपूर दल आ धमका। अब पूरी जमात रम गई और रंग आ गया। ताली बजने लगी। लकड़ी के डंडे और सिकटे बजने लगे। संयोग की बात थी, एक पुराना टीन भी मिल गया। अब बाबा की भँड़ैती पूरे जोर पर थी। वे अपनी इस कला का प्रदर्शन गुरु महाराज के पास भी करना चाहते थे और यह पूरा जुलूस शंकरजी की बारात की भाँति खुराँव गाँव की ओर चला। चलना था ही कितनी दूर? बात की बात में पहुँच गए।

घोड़े की भाँति हिनहिनाते और उछलते हुए जिस समय मर्दाना बाबा मठिया पर पहुँचे, महँगी दम लगा रहे थे। यह उनकी मौजों का प्रलयकाल था, अतः बिहारी लोगों ने किनारा कस लिया था। यही कारण था कि वे अकेले थे। उन्होंने आव देखा न ताव, चट चिलम रखकर गरदन पर सवार हो गए। यही नहीं, ''बड़ा कटहा घोड़ा है'' कहकर एकाध एड़ जमा भी दिया। लड़कों का दल सहमा-सहमा सा दूर से ही आनंद लूट रहा था। बाबा ने दो-चार चक्कर लगाए और अंत में पसर गए।

''इसी ताकत पर फुर्र-फुर्र करता था रे, ऊँट की औलाद।'' महंतजी बोले और धूल झाड़ कर खड़े हो गए। मर्दाना बाबा कब चूकने वाले थे। बोले—

दाना घास जब पाऊँ,
तब दुलकी चाल दिखाऊँ।

''अच्छा, तब आ।'' और दोनों धीर धर्मटाट पर जुट गए, तमाम कारपरदाज और

नौकर-चाकर बाहर खेत की बुआई पर गए थे। अब थी बस मठिया और उसके बादशाह। खोल-खोलकर लगे निकालने—दही, चीनी, किशमिश, लड्डू भूँजा, गुड़-बताशा, मुरबा, घी और अचार आदि। लड़कों की थोड़ी हिम्मत बढ़ी और थोड़ा सरककर पास आ गए। बाबा की जीभ से पानी गिरने लगा।

"ऐसा इंतजाम तो राजा जनक ने भी जानकी की शादी में नहीं किया था।" बोले।

"तूने जानकी की शादी देखी है?"

"हाँ, देखी है।"

"कहाँ देखी है?"

"रामनगर में।"

"हम भी जानकी की शादी करेंगे। पहले लो यह प्रसादी।" और हर चीज महंतजी खुले हाथों बाँटने लगे। बालवृंद को मुँहमाँगी मुराद मिली और कहने की आवश्यकता नहीं कि बाबा भी खूब डटे।

अब निकली एक हाथ की चाँदी की मढ़ी हुई काली चमकती चिलम और मला गया भरपूर गाँजा।

"बम-बम शंकर, गड़े न काँटा-कंकर।" महंतजी ने जमकर दम लगाया और चिलम से एक बालिश्त ऊँची लपट उठ गई। मुँह मानो भट्ठे की चिमनी हो गया और धुआँ जैसे बादलों के बच्चे, जो घर में घुस आए हों। बाबा की अब बारी रही। चिलम दबोचकर जोर मारा कि चिलम पर ही लट गए। महंतजी ने एक लड़के को बुलाया, "लो बच्चा! बूटी है।"

लड़का पीछे सरकने लगा। अब महंतजी गरम हो उठे, "ऐं! फतिंगे की जात, कहाँ जाता है? धत्तेरी···।" बिजली की तरह झपटे, परंतु पहले से ही सजग बालमंडली हवा हो गई।

"जाओ साले, अकेले ही रामलीला होगी।" महंतजी बड़बड़ाए और फाटक बंद कर लौट आए।

"हाँ महाराज, कुतिया तो है ही।" बाबा ने मुसकराकर अर्ज किया।

"अरे मुरादाबाद का मल्लू! हनुमान तो मैं हूँ। जानता नहीं है?" महंतजी ने सीना तान दिया।

"तब आज कौन लीला होगी?"

"जो भी हो। लगे लंकाकांड।"

बरामदे में एक दरी बिछ गई। उस पर एक चौकी रखी गई। चौकी पर कालीन डाल दिया गया और रामायण की एक पोथी रख दी गई। महंतजी ने एक लाल रंग की जाँघिया कस ली। एक कच्चे बाँस की छड़ी से पूँछ बना ली और गदा लेकर फाँदने लगे।

मर्दाना बाबा ने जोर लगाकर पूरी लय बाँधते हुए चौपाई बोलकर रामलीला का शुभारंभ किया—

कपि बंधन सुनि निशिचर धाये।
कौतुक लागि सभा ले आये॥

फिर बोले, ''देखो हनुमान, तुम बँधकर आ गए। मैं रावण हूँ। तुम बहुत बक-बक करोगे तो तुरंत फाँसी पर लटकवा दिए जाओगे।''

महंतजी ने एक पैंतरा बदलते हुए कहा, ''एकदम गलत! अरे रावण के बच्चे, तुमको यह पूछना चाहिए कि तुम कौन हो और किसके बल से हमारा बगान चौपट कर दिया तथा हमारे सिपाहियों को भी मारा। खैर, आगे चौपाई बोलो।''

जिन मोहि मारा तिन्ह मैं मारा।
तापर बाँधे तनय तुम्हारा॥

चौपाई बोलकर बाबा ने व्याख्या शुरू की, ''हे दस मूड़ी वाले रावण! जिन्होंने हमको मारा, उन्हें हमने पीटा। इस पर तुम्हारा बेटा हमको पकड़ लाया। अगर तुम खैरियत चाहते हो तो जानकी को दे दो। अन्यथा तुमको और तुम्हारी लंका को…।''

''क्या कर लोगे? अभी चाहूँ तो गरदन बाँधकर तुम्हें समुद्र में फिंकवा दूँ। रावण को तू मामूली समझता है?'' महंतजी ने कहा।

''सब गड़बड़ हो गया। पता नहीं चल रहा है कि तुम रावण हो अथवा मैं हूँ। फिर यह कथा कहाँ की आ गई?'' बाबाजी ने कहा।

''अच्छा, फिर से ठीक हो जाए। मैं रामचंद्रजी का दूत वीर हनुमान और तुम लंका के राक्षसराज रावण! बस, आगे चौपाई बोलो।'' महंतजी गदा ठीक करते हुए बोले।

''आगे तो क्षेपक आ गया।''

''उसके बाद की कथा बोलो।''

''उसके बाद तो लंका ही जल गई है।''

''तब उसे जल जाने दो।'' महंतजी गरजे।

रहा न नगर बसन घृत तेला,
बाढ़ी पूँछ कीन्ह कपि खेला।

मर्दाना बाबा बोले, ''देखो हनुमान, नगर में बसन, घृत और तेल नहीं रह गया।''

''तो मैं क्या करूँ? मैं तो रामचंद्र के गोल का हूँ। तू ही निशाचर है न? लाओ घी-तेल सब खोजकर।''

महंतजी की आज्ञा पाकर बाबा मठिया में से खोज-खोज कर कपड़ा, चिरकुट, मिट्टी का तेल, कड़ुआ तेल, रेंडी का तेल, तिल का तेल और घी सब उठा लाए।

''यह छोटी सी पूँछ में कैसे बाँधा जाएगा।''

"अरे उल्लू के औजार! हमारी पूँछ तो लग्गी जैसी बढ़ती चली जाएगी? लाओ वह लाठी। उसी में बाँधो। बोलो एक बार, राजा रामचंद्र की जै।"

"जै! जै!! जै!!!" बाबा ने दुहराया।

"तू हमारी जै क्यों बोलता है? अपने बादशाह की जै बोल।"

मर्दाना बाबा ने जोर लगाया, "बोलो, बोलो पंडित जवाहरलाल नेहरू की जै!

"लुच्चा कहीं का! रामलीला हो रही है कि वोट हो रहा है। फिर से बोलो!" महंतजी ने डाँटा।

बाबा ने रावण की जय-जयकार की। तमाम कपड़ा लाठी में लपेट दिया। उसे रस्सी से लपेटते भी गए। ऊपर से सारा तेल और घी गिरा दिया।

अब हनुमानजी एक हाथ से कंधे पर रखी गदा और एक से तेल-पट निर्मित लाठी की पूँछ पकड़े बरामदे में पैंतरा बदलने लगे। इसी समय मर्दाना बाबा चौपाई की लय में झूम उठे—

बाजहिं ढोल देहिं सब तारी।
नगर फेरि पुनि पूँछ प्रजारी॥

महंतजी बोले, "देखो, मैं नगर में घूम रहा हूँ। तुम मेरे पीछे बाजा बजवा दो। बोलो, बजरंग बली की जै!"

वहाँ ढोल बजाने वाला कौन था? बाबा स्वयं उनके पीछे-पीछे देर तक ढोल बजाते रहे। जब थक गए तो बोले—

"ठहरो हनुमान! अब तुम्हारी पूँछ जलाई जाएगी।"

"जलाई जाएगी?" महंतजी चौंक पड़े। पुनः धीरे से कहा, "देखो यार, बड़ी वैसी लीला लग रही है। देखते नहीं, पसीना छूट रहा है। मैं तो थक गया। अब एक चिलम बादशाही कट जाए। क्यों?"

"ठीक है। हमारा भी दम फूल रहा है।"

अब दोनों वीर चिलम पर जम गए। तमाखू बना। चिलम पर रखा गया। रस्सी की बिठई जलकर लाल हो गई और चिलम पर बैठा दी गई। मुँह का इंजन चालू हुआ। एक गहरा सर्राटा और धुएँ के गल्ले से बरामदा भर गया। महावीरजी लाल हो गए और रावण पीला।

"अब बोल चौपाई," महंतजी ने उठकर अपनी पूँछ सँभाली।

महाराज ने जोर से उठाया—

जरइ नगर भा लोग बेहाला।
. . . . ॥

और महंतजी आधे में ही चौपाई काटकर मर्दाना बाबा के पास जाकर चिढ़ाने की

मुद्रा में चौपाई में चौपाई मिलाकर बोले—

‘पावक देहु लगाइ कृपाला।’

बाबा को अपनी भूल मालूम हुई। “अरे···रे···रे···रे···यह तो भूल ही गया।” और चट से दियासलाई की जलती तीली कृत्रिम पूँछ में लगा दी।

महंतजी दूनी ताकत से बजरंग बली की जै बोलकर उछल पड़े। आगे भूसे की बखारवाली छानी थी। लुकाड़ के स्पर्श से वह आकाश चूमने लगी। बरामदे के पास रखे पुआल के बोझ धधक उठे। बरामदे की अगली ओर दो जगह फनफनाने लगीं। वह उत्तर का छज्जा बारूद हो गया। आनन-फानन में चारों ओर आग फैल गई। महंतजी और हुंकार भरने लगे। चौपाई बोलने की डाँट पर बाबा डरते-डरते बोले—

उलटि-पलटि कपि लंका जारी।

. . . . ॥

“बोल···बोल··· आगे क्यों नहीं बोलता है?”

“महाराज, सिंधु तो कहीं दिखाई ही नहीं पड़ता है, आगे क्या बोलूँ?”

“अबे सिंधु का बेटा सिंधौटा! जल्दी से कहीं सिंधु खोजो, नहीं तो तुम्हें भी इसी पूँछ से पोंछ दूँगा।” महंतजी ने कहा और फिर पैंतरे पर लौट गए। उनके आने तक बाबा को उत्तर देना था। जान मुसीबत में पड़ गई।

“खोजा कहीं कि नहीं?”

“नहीं···महाराज···पर हाँ···याद आया। सिंधु तो आपके दरवाजे पर ही है सरकार! काफी गहरा! पक्का! पानी भी खूब है।” बाबा ने कहा।

“तब ठीक! बोल चौपाई!”

उलटि-पलटि कपि लंका जारी।
कूदि परे तब सिंधु मँझारी।

मर्दाना बाबा ने फाटक खोलकर महंतजी को ‘सिंधु’ दिखा दिया और वे कुएँ में जलती लाठी फेंककर कूद पड़े।

मठिया कार्तिक के सुनसान में धाँय-धाँय जल रही थी। जब तक कोई आवे, मर्दाना बाबा जैसे आए थे, वैसे ही घोड़ा छोड़ते अपने गोबरहा गाँव की ओर चल पड़े।

□

टुकरा मिले बहुरिया

रात। एकदम सन्नाटा। शून्य सायँ-सायँ कर रहा है। गाँव में आठ बजते ही मानो आधी रात हो गई। कहीं किसी ओर जागरण का कोई चिह्न नहीं मिल रहा है। पड़ोस में कहीं किसी घर से थाली खनकने का शब्द आ रहा है। परिवार का कोई कनिष्ठ सदस्य शायद खाने के लिए शेष है। शीत के सूक्ष्म कण शैत्य संकट लिये छा गए हैं। गलियाँ सूनी हो गईं। किवाड़ बंद हो गए। चाँदनी का वैभव कौन देखता है? चेतन-मात्र निलय में या नीड़ में बंद हो गए हैं। बाहर है जड़ प्रकृति, जिसे हिमसेना स्तब्ध किए है। हाँ बाहर हैं अभी तक कुछ प्राणी भी, जिनके मन को विधाता ने चट्टान सा बनाया, जिनके तन को झाड़-झकाड़ सा रूप दिया और जिनके भाग्य को वीरान के डहकुआ-सा बना दिया।

किसी ऐसे ही जीव के डहकने की ध्वनि रात के सन्नाटे को चीरती हुई दूर से आ रही है। ध्वनि में निरंतरता है। गीत की एक संक्षिप्त परंतु उचित आरोह-अवरोह से गठित कड़ी के समान एक रूप में रह-रहकर वह कान के परदे पर झनक जाती है। ध्वनि से लगता है जैसे कोई वेदना, कोई भूख-प्यास अथवा कोई भारी थकावट जोर लगा-लगाकर रो रही है। शब्द अस्पष्ट से हैं, पर भावों में दीनता भरी याचना भासती है। पहरेदार का वक्त नहीं हुआ है और सभापति की ड्योढ़ी वाला आदमी तो ढोल के साथ किसी बात का ऐलान करता है। तब यह कौन है जो सूनी गलियों, मौन खपरैलों के बीच और जनशून्य से गाँव में सचमुच ही वीरान के डहकुआ की भाँति अपनी दर्द भरी रटन लगाए चला जा रहा है?

मुझे अनुभव हो रहा है कि ध्वनि पास चली आ रही है। मेरा समूचा ध्यान उधर ही खिंच गया है। कभी मालूम होता है कि कोई कहता है कि "सुकवा उगा जानिए!" बिल्कुल बेतुकी बात। अभी तो एक पहर रात मुश्किल से बीती होगी। कभी मालूम होता है, 'सोना नहीं चाहिए!' मगर यह आवाज हरगिज पहरेदार की नहीं हो सकती। वह ठनक, वह ताव, वह खौफनाक रोबीली गरज यहाँ कहाँ? फिर परामर्श क्यों देगा?

वह तो ऑर्डर देता है, 'जागते रहो!' यह तो मानो बोल नहीं रहा है बल्कि कोई बाहर या भीतर से इसे मार-मारकर बोलवा रहा है। तब यह क्या पुकार रहा है? बीच-बीच में पाँच मिनट तक चुप रहा है। पुकार लगाता है तो लगातार तीन-चार बार।

लो, अब तो यह एकदम समीप ही गली के मोड़ पर कहीं बोल रहा है। आवाज भी साफ हो गई। "टुकरा मिले बहुरिया!" एक बार। दो बार। तीन बार। मैं सुन रहा हूँ। खट्ट···खट्ट···खट्ट··· । यह उसके सोटे की ध्वनि है। "टुकरा मिले बहुरिया?" एकदम पास। दौलतराय के दरवाजे पर खड़ा है। एक बार। दो बार। हैरान होकर फिर बोलता है, "भूखे रहीं? बहुरिया! मिले टुकरा।" भीतर से आवाज आती है, "चौका बढ़ा दिया गया।" खट्ट···खट्ट··· । वह बढ़ गया। फिर वही पुकार··· ।

गाँव का डोम राजा! जाड़े की रात! गाँव को एक छोर से दूसरे छोर तक अपनी मर्मभेदिनी याचनाओं से नाप डाला। राजा के बेटे, राजा की बेटी और स्त्री अपने 'महल' में जगती होंगी, आँखें रास्ते पर पसरी होंगी। आशा की मद्धिम आग उकसा-उकसाकर साँस लेती होंगी। सोचती होंगी, अभी तो बोल बंद नहीं हुए। जब राजा की ऊँची आवाज अंत में मौन होकर मिले टुकरे के अन्नकणों में समाई हुई लौट पड़ेगी तो आसरे में बैठे जीव खट्ट···खट्ट पर कान लगाएँगे। टुकरे के अन्नकण मन-प्राण की कल्पनाओं में विविध भाँति बँधते रहेंगे और जब राजा 'महल' में पहुँचेगा तो सच मानो, टूट पड़ेंगे उस खुशी की खाँची पर।

मेरी विचारधारा को, मगर एक भारी ठेस लगती है। 'चौका बढ़ा दिया गया!' अगर इसी तरह चौका बढ़ते गए होंगे तो? अगर कुछ नहीं मिला होगा तो? अगर भूखे रह गए तो? इस 'तो' के उत्तर के लिए मेरा मन तैयार नहीं है। वह कन्नी काटकर भाग-छूट रहा है। वह 'चौका बढ़ा दिया गया' वाक्य के 'बढ़ना' शब्द से उलझ रहा है। लगता है कि हमारे देश में क्या विशेषता है कि चीजें 'घटती' हैं, तब उन्हें 'बढ़ना' कहा जाता है। खेत की बोआई के समय बीज घट गया तो किसान दूसरों के यहाँ उधार माँगने जाते हैं, कहते हैं, 'हमारा बीज ही बढ़ गया है।' दूसरे किसान घटने का आशय समझ लेते हैं, घर का कूड़ा-कचरा साफ करने वाला जो झाड़ू है, उसका नाम बढ़ावन (इसी का अपभ्रंश है बाढ़न)। अन्न की राशि पर गोबर की पिंडी रखा—नाम पड़ा 'बढ़ावन'। घर में खाना खत्म हो गया तो चौका 'बढ़' गया। दीपक बुझा दिया गया। मगर कथन में आया 'छू दिया गया'। रहीम का वह दोहा, 'बारे उजियारो करे, बढ़े अँधेरा होय।' तब यह 'बढ़ना' मंगलसूत्र है। शुभ कथन है। सांस्कृतिक विशेषता है।···मगर वह गाँव का राजा? वह चीत्कार—टुकरा मिले बहुरिया और यह निष्ठुर उपसंहार—चौका बढ़ा दिया गया।

फिर प्रश्न सामने आया। उसे कुछ नहीं मिला होगा तो? उत्तर के लिए मन नहीं होता। वह उसके 'महल' का चित्र आँखों के सामने लाकर उपस्थित कर रहा है। गाँव

के दक्षिण ओर बगिया के छोर पर इमली के पेड़ के नीचे दो झोंपड़ियाँ हैं। एक चारों ओर से खुली है और दूसरी के पूरब ओर घास-फूस की टट्टी है। झोंपड़ियों का फूस झड़ चला है। दोनों ओर लटकते छोर के उघड़े भाग कंघी के समान हो गए हैं। झोंपड़ी के चारों ओर चीजें अस्त-व्यस्त हैं। इमली की टहनियों में बाँस के बने लंबे-लंबे छीकों के सहारे रसोई बनाने से काली पड़ी मिट्टी की हाँड़ियाँ झाड़फानूस का काम कर रही हैं। कच्चे-पक्के बाँस के टुकड़े बिखरे हैं। बुने-अधबुने बाँस के बरतन मैदान में वैसे ही पड़े हैं। कहीं बाँस की कइनि की ढेरी है, कहीं मैटा लुढ़का है। कपड़ों के चिथड़ों का ढेर एक जगह है। एक पुरानी बँसखट खड़ी है, जिसे बुना नहीं गया है। मैदान (आँगन कहना चाहिए) में बाँस काटने के हथियार यों ही पड़े हैं। इस समय काम ठप है। फिर चोरी का क्या भय? राख, कूड़ा-कचरा, खरपात और इधर-उधर मिट्टी के छोटे-मोटे बरतन। झोंपड़ी खाली है? राजा का परिवार अभी इमली के नीचे आग के पास नंगे-अधनंगे किसी की प्रतीक्षा में है। चाँद ने इनके 'महल' को रौशन कर रखा है। चाँदनी समान भाव से इनके संसार पर छाई है। उसके प्रकाश में झोंपड़ी के एक भाग में पुआल बिछी सी लगती है। जो खुली है, उसमें कुछ खड़बड़ सी चीजें डंडे, मिट्टी के बरतन और खाँची वगैरह से हैं। यह महल ऐसे ही रहता है। क्या जाड़ा, क्या बरसात और क्या गरमी। जिस झोंपड़ी में एक चारपाई भर की जगह नहीं है, उसमें छह प्राणी बसते हैं। उदासी इसका प्राण है। मनहूसी इसकी शोभा है। राहित्य इनका साहित्य है। घोरतम अभाव इनका भाव है। नीरसता ही यहाँ रस है। मौन की शांति में या तो फिर कलह-कलाप में अखंड काव्यधारा यहाँ चलती है! ये बाँस के बरतनों के निर्माता! ये ग्रहण के समय मोक्ष के लिए संकल्पित अन्न के एकमात्र अधिकारी! विवाह के अवसर पर डाल प्रस्तुतकर्ता! श्राद्ध में यज्ञ पूर्ण करने वाले! गाँव के राजा डोम! चाहें तो गाँव बेच दें। मुखिया, सरदार, पंडित और महाजन सब उनकी प्रजा! गंदे, मौजी, आलसी, मूर्ख, बेकार, चोर और झगड़ालू कहना तो सरासर इनका अपमान करना है। कभी अपना प्रिय बाजा हुरका, सिकटा और बाँस का करताल बजाकर इनकी पिहकार जिसने सुनी है, वह जानता है इनके भीतर के रस को। ऊँची तान, दर्द भरी आवाज, सीधी-साधी भाषा, हल्ला, इज्जत, काँव-किच और गँवार-गादहि के बीच गीतों में पूड़ी-चीनी से लेकर सजनी तक का आह्वान।

तोर करनवा हो मोर सजनी
तोरे करनवा ना।
भइलीं जोगिया रे विरगिया
तोरे करनवा ना।

(ऐ सुंदरी! तेरे कारण ही मैं योगी-विरागी हो गया।) जैसे मस्त डोम वैसी ही डोमिनी! वह गाँव का राजा और यह गाँव की रानी। गाँव की महत्त्वपूर्ण इकाई! इकाई, शून्य सी इकाई। बहुत कुछ भी और कुछ नहीं। ये गाँव के अंदर भी हैं और गाँव बाहर भी हैं। ये मुक्त जीव दुनिया को याद भी हैं, भूले भी हैं। ये सत्य हैं, पर सड़े हैं। बड़े नाम वाले गाँव के राजा हैं, पर कितने उपेक्षित हैं! कौन कहता है कि इनके लिए कोई सरकार है?

ओफ्! अभी उसकी आवाज बंद नहीं हुई। रात की सर्दी एकदम भीन गई। सायंकाल की तरल चाँदनी ओस-कणों से लदकर बोझिल हो गई। ठंडक के सूक्ष्म अदृश्य तीर मोटे ओढ़ने में घुसकर भी परेशान करने लगे। हाथ बाहर निकालते ही वह बर्फीले जल में डूब जाता है। मारे ठंडक के जिंदगी सिकुड़कर गठरी हो गई। सारे क्रिया-कलाप बँधकर सिमट गए। और वह? उसकी क्षुधा का वह विस्तार? उसकी याचना का फैलाव? जमीन से आसमान तक छा गया। सितारों ने आँसू बहाए, रात रोई, चाँदनी का जी भर आया, धरती का दिल पसीज गया, पर शायद मानवों का पत्थर सा कलेजा नहीं पिघला। शायद दीनबंधु की दोहाई देने वालों के दिल को उसकी करुण पुकार स्पर्श नहीं कर सकी। इसीलिए तो वह पुकार पर पुकार लगाता चला जा रहा है। इसीलिए तो निराशा के अथाह जल में आशा की ईंटों को नींव के लिए गिराता चल रहा है। क्या वह गरीबी के महासागर में इस प्रकार पुल बना सकेगा? नहीं बना सकेगा। दुनिया नहीं बनाने देगी। यह दुनिया गरीबों की नहीं है।

एक भारी झटका सा लग रहा है, जब अत्यंत धीमे रूप में गाँव के सुदूर पश्चिमी छोर पर उसकी ध्वनि उठकर गिर पड़ती है। मुझे ऐसा लगता है कि आज तो उसकी झोली रिक्त-की-रिक्त ही रह गई। आज तो उस मुक्त परिवार के तड़पते प्राण के लिए कोई संबल नहीं मिला। मैं सोचता हूँ कि गाँव का राजा दुःख के कुएँ में डूब जाता है, पर कुआँ उसे फिर बाहर फेंक देता है। हाथ लगता है, कुएँ का सीकड़ और कड़कते जाड़े में प्राणों की बाजी लगाकर वह बाहर आता है तो बगल में खड़ा है मेरी कल्पनाओं का एक चूने से लिपा-पुता घर, जिस पर चाँदनी के पैर नहीं टिकते। दक्षिण ओर के अँधेरे भाग से वह बिल्ली की भाँति धीरे-धीरे आगे बढ़ता है। बरामदे में बोरे रखे हैं। अन्न भरा है इनमें। सस्ते गल्ले की दुकान है। गाँव का राजा एक कदम पीछे हट जाता है। जेल की मार याद ही है। तब तक भूख जोर करती है। नसें झनझनाने लगती हैं। सर्दी से सिकुड़े शरीर में गरमी आ जाती है। आगे बढ़ता है। पास ही लोग सोए हैं। गल्ला रात में ही आया है। भीतर नहीं रखा जा सका है। गाँव का राजा अब एक बोरे के पास है। कमर का चाकू उसके हाथ में है। बोरा चाकू के सामने लाचार हो जाता है। अब राजा की रिक्त टोकरी में चमचम आटा है। चाकू वह कमर में खोंस लेता है। सावधानी से

टोकरी उठाता है। सोटा लेकर एक बार सोए हुए लोगों की ओर देखता है। ठीक उसी समय कुत्ता भूँक उठता है और महाजन के आदमी चोर-चोर चिल्लाकर झपट पड़ते हैं। गाँव का राजा भागना चाहता है। ठोकर लगती है। आटे की टोकरी ऊपर लुढ़क जाती है। सारा शरीर आटे की उजली चिकनाहट से ढक जाता है और उसी समय तड़···तड़···तड़···तीन-चार जमी लाठियों की चोट! गाँव का राजा ढेर हो जाता है। चौकीदार आता है, फिर थाना···कचहरी···और अंत में जेल! चलो छुट्टी! राजा को रोटियाँ मिलने लगती हैं!···मगर उसके वे इमली की छाया के नीचे आग के सहारे रात बिताने वाले नन्हे-नन्हे लड़के? उसकी स्त्री? उनका क्या होगा।

अब मैं सोचना बंद कर रहा हूँ। कल्पना ने गाँव के राजा को जेल तक पहुँचाकर अपना काम पूरा कर दिया। उसकी आवाज भी अब एकदम बंद हो गई। अब वह अपने 'महल' में पहुँच गया होगा। मिलने वाले अन्न को बाँटकर खाते होंगे।···मगर यदि कुछ नहीं मिला होगा तो?

□

गोरी का गाँव

नदी के किनारे जहाँ बाँध बनाया गया है, रामदत्त की वह ख़ूबसूरत औरत गोरी रोज सबेरे बरतन माँजने आ जाया करती है। जब उधर से गुजरता हूँ, उसे देख लेता हूँ। अब उससे ही नहीं, उसके बरतनों से भी परिचित हो गया हूँ। एक तसला, एक कड़ाही, दो थाली और एक कलछुल, बस यही।

आज मैंने सोचा कि यह गोरी भारतमाता है। इसका टीन का चतुर्दिक् से पिचका तसला आज की राजनीति के समान है। यह असली अंत्योदय पात्र है। इसकी लोहे की तरह लगने वाली मिट्टी की कड़ाही सरकारी कड़ाही है। भीतर तेल की चिकनाई और पेंदी में की एक तह कालिख दूर-दूर तक पानी में तैर रही है। दो थालियों में एक टीन की है और एक पीतल की। एक में काम के स्वार्थवादी खाते हैं और एक में नाम के समाजवादी। कलछुल विरोधी पार्टियों के छूँछे नारे परसने का काम करती है। और वह? वह भारतमाता?

आइए, उसका एक दिन का किस्सा बताऊँ। गाँव में एक मुकदमेबाज सज्जन हैं। सुविधा के लिए उनका नाम कचहरीसिंह समझ लिया जाए। एक दिन ब्राह्म-मुहूर्त में उठकर उन्होंने अपने दोनों हाथों को देखा और भगवान् का नाम लिया। नित्य-क्रिया से निवृत्त होकर इधर-उधर देखा। कोई नहीं है, रास्ता साफ है, यह देखकर बस्ता बगल में दबाकर निहुरे-निहुरे बाँध की ओर बढ़े।

गोरी बरतन माँज रही थी। बरतन पर बालू-माटी खरखरा रहा था। न जाने कैसे, जिसे हम नहीं देखना चाहते हैं, वही दिख जाता है।

उस पार उस दिन कचहरीसिंह मिले तो बड़बड़ा रहे थे, ''जरा भी शऊर नहीं। बैठ गईं बरतन लेकर रास्ते पर! लोग साइत-सगुन पर घर से बाहर होते हैं। ट्रेन का यही वक्त है, घर से निकलने का यही वक्त है। रोज का यही धंधा है। मन करता है कि लौटकर तमाम बरतन उठाकर उधर फेंक दूँ—एक तो काले रंग की कड़ाही, दूसरे जूठी और तीसरे खाली पड़ी। हे भगवान्! न जाने आज क्या होगा? मुकदमे का काम ठहरा।

इस ससुरी ने साइति बिगाड़ दिया। आज लौटकर आते हैं तो मजा चखाते हैं। देखें कि कैसे यहाँ सबेरे-सबेरे खाँची भर जूठी भँडेहर लेकर बैठती है? पता नहीं, इनके बाप की नदी है, कि यह घाट खरीदी हुई है, कि इनके दादा लोगों ने इस बाँध के पास बैठने का पट्टा लिखाया है।''

अब आप जरा कचहरीसिंह को देखिए। 'सीस पगा न झगा तन में' वाली बात चाहे पूरी तरह सच न भी हो तो 'धोती फटी सी लटी दुपटी, अरु पाँय उपानह की नहीं सामा' वाला कथन तो हू-ब-हू उतरता है। मगर इसका अर्थ यह नहीं कि कचहरीसिंह 'सुदामा' हैं। नहीं, अगर किसी पौराणिक पात्र से उनकी तुलना हो सकती है तो वह पात्र हैं 'नारद', मगर यहाँ भी कमी रह जाती है। नारदजी के बारे में यह कहीं चर्चा नहीं आती है कि वे विष्णु भगवान् की कचहरियों में रुपया बिखेरते रहे। इधर हमारे कचहरीसिंह हाकिमों, वकीलों और बाबुओं के टेबुल पर पैसा खिसकाया करते हैं। इन्होंने भूख-प्यास को जीत लिया है। दिनभर बिना दाना-पानी के जूझते रहेंगे। इन्होंने शीत-ताप को जीत लिया है। कठिन-से-कठिन जाड़े में एक चादर पर रात काट देते हैं। दाढ़ी बढ़ी है, शरीर उकठ गया है। सजीव इनसान नहीं, वे हमें एक धूहा की तरह लगते हैं, कहा जाता है कि ऐसे ही जनम भर से लड़ते-भिड़ते ही 'जिमदार' की जिंदगी बीत गई। मुँह तो खूब बड़ा बनाया, पर कुछ हाथ लगा नहीं···तो आज ये खाली कड़ाही देखकर भड़क उठे।

कसूर किसका है? कड़ाही कहाँ जाए? वास्तव में नाचीज कड़ाही को जो वह गरीब माँजनेवाली है, वही झिझक तथा खीज के मूल में है। उसकी सुंदरता इन बरतनों से मेल नहीं खाती है। लोगों की आँखें एक बार उसकी ओर उठती हैं और फिर इन कुरूप बरतनों पर आकर भिनभिना उठती हैं। जैसी वह कमल के समान खुद है वैसी ही सामग्रियों से उसे घिरी हुई होना चाहिए।

लेकिन हमें मालूम है कि सुबह से शाम तक कटिया-बिनिया करने के बाद भी उसे केवल किसी प्रकार सूख-पाख भोजन भर मिल जाता है। बनिहारिन बिटिया की सुंदरता माटी की सुंदरता है। वह चारों ओर माटी से घिरी है। ऐसी माटी की ढेली, जिसका रवा-रवा गरीबी के घाम में बिखरकर छितरा गया है। हम जो देख रहे हैं, सो अपने देखने के संस्कार को देख रहे हैं। अन्यथा वहाँ देखने लायक कुछ है नहीं। सब उपेक्षित हैं और दुत्कारों से घायल हैं। वह घूर है। गरीबी का घूर है। भारी घूर है। इस पूरे समाज का घूर। अगर घूर पर एक धतूरे का उजला, टटका और मनोहर फूल खिल गया तो वह घूर कमल-बन नहीं हो गया। घूर घूर ही है। उस दिन इस घूर पर एक खाँची 'बातों का बुहारन' एक स्वामीजी ने फेंक दिया और घूर को क्या कहना है? चुपचाप सह लिया।

बात यह हुई कि स्वामीजी, जो भगवान् की भक्ति करते हैं, सो उनके विधान में है

कि सुबह-ही-सुबह स्नान हो जाना चाहिए। स्नान के बाद तिलक-त्रिपुंड और उसके बाद आसन-ध्यान। यही उनकी आजीविका है। वास्तव में वे एक मकड़े के समान हैं और रोज जाला तानकर बैठते हैं। पूड़ी, मिठाई, दूध, चीनी, फल, कपड़ा, रुपया और मान-सम्मान के कीट-पतिंग भगवान् उनके लिए भेजा करते हैं।

कहते हैं, किसी गाँव में ही ये स्वामीजी पैदा हुए। इनके पिता एक जमींदार थे। लालन-पालन बहुत प्यार-दुलार से हुआ। जमींदारी टूट जाने पर नमक-तेल की बीहड़-परती तोड़ना पड़ी तो उधर पिता चल बसे और इधर ये 'स्वामीजी' हो गए। अभी ईश्वर-भक्ति की जमींदारी को तोड़ने वाला कोई गोविंदवल्लभ पंत पैदा नहीं हुआ। अब आइए, देखिए इस क्षेत्र के इस एक छोटे 'जमींदार' के नखरे—

स्वामीजी स्नान करने पहुँचे तो वह औरत अपने उन्हीं बासनों पर हाथ चला रही। स्वामीजी गरज उठे—

"जो है सो क्या यही वक्त है बरतन माँजने का? तमाम जल को नास दिया। कटकटाए हुए और जले हुए भात की किकोरी यह पानी में तैर रही है। राम! राम!! न किस जाने अन्न का भात है। अरे, यह तो बाजरा मालूम होता है। जो है सो, क्यों इतना कसके काहे को रीन्ह दिया? तेरे को शऊर नहीं है? फिर उधर देखो, तमाम करिखा-करिखा पानी में उतराया है। साक्षात् कलियुग घाट पर छा गया है। हे प्रभु! अब मैं कहाँ नहाऊँ? रोज-रोज इसका यही धंधा है। रोज सोचता हूँ कि पहले आकर नहा लूँ, परंतु आते-आते ई यहाँ हाजिर! अरे देख, फजिर के बेला में आदमी के नहाने-धोने का वक्त है। देखकर आया कर। शिव-शिव-शिव! रोज तुमसे कहता हूँ—यह पानी गंदा मत कर। भगवान् पर चढ़ता है। कल से उधर हटकर बैठना। साधु-संत और देवता-पितर से डरो। जो है सो, क्या कह रहा हूँ…"

स्वामीजी बड़बड़ाते हुए बाँध के रास्ते उस पार नहाने के लिए चले। नदी मुश्किल से पंद्रह-बीस गज चौड़ी है। इस पार से उस पार जाने के लिए एक बाँध बना है। बाँस के खंभों पर बाँस बिछाकर यह बाँध बना है। बाँस बहुत बेतरतीब और खुले हैं। आने-जाने वालों को भरपूर सरकस करना पड़ता है। यह बाँध बाँध नहीं, गाँव के टूटेपन का प्रतीक है। यह तसवीर गाँव की है। यहाँ सुख-दुःख के दोनों किनारों के बीच जो जोड़-बटोरकर एक काम-चलाऊ जीवन बाँधा गया है, वह इतना अस्थिर, इतना डगमग, इतना उखड़ा, इतना डरावना, इतना लुजलुज है कि हर चलने वाला त्रस्त है। कोई भरोसा नहीं। पाँव डगमगाते हैं। फिसलन-पर-फिसलन है। अब गिरे, तब गिरे। ऐसा यह गाँव की टूटी जिनगी वाले टूटे लोगों का बाँध।

स्वामीजी ने अपनी चटाकी निकालकर हाथ में ले ली और शिव-शिव करते जब वे उस पार चले गए तो उधर से बसंत बाबू बाँध पर सवार हुए।

बसंत बाबू का किस्सा यह है कि ये गाँव के उस सबसे बड़े किसान के सुपुत्र हैं, जिनका हल उस बरतन माँजने वाली का पति जोतता है। ये आज पाँच वर्ष से इंटरमीडिएट में फेल हो रहे हैं। यह छठवाँ साल है। कॉलेज में 'प्रिपरेशन लीव' हो गई है। गंभीर अध्ययन के लिए गाँव में आए हैं। गाँव में शहर की भाँति टहलने-घूमने वाले स्मरणीय स्थान कहाँ हैं? बसंत बाबू का कथन है कि हमारे गाँव में एकमात्र ब्यूटीफुल प्लेस यदि कोई है तो वह बाँधवाला स्थान ही है। यहाँ नदी के दोनों किनारों पर झाड़ियाँ हैं, जो नदी के पानी में झुकी हैं। ऐसे स्थलों को सिनेमा वाले खोजा करते हैं। यदि सूचना दे दी जाए शूटिंग करने के लिए तो वे बंबई से यहाँ आ जाएँ। सुबह इसकी खूबसूरती बहुत बढ़ जाती है। पानी शांत रहता है। बाँध पर जाते लोगों की शोभा, उनके डगमगाते पाँवों की शोभा, सूरज की किरणों के किनारों पर भिड़ी हरियाली पर खेलने की शोभा, बतखों के तैरते रहने की शोभा और ऊँचे किनारों के बीच नदी के सपाट-सीधे बहार की शोभा! बस इस बीच यदि कोई भद्दगी है तो गोरी का बरतन माँजते रहना। सुबह-सुबह यह गंदे बरतनों को लेकर बैठ जाती है। इस औरत को चाहिए कि बरतनों को तो यह घर पर ही साफ कर ले और यहाँ आकर खड़े-खड़े कुछ निहारा करे या अपनी एड़ियाँ पत्थर पर रगड़े या अपना ब्लाउज उतारती रहे या पानी में तैरती रहे। तब इस स्थान की सुंदरता और बढ़ सकती है।

बाँध पर सवार होकर बसंत बाबू ने रोज की तरह उस औरत, उसके गंदे बरतनों की ओर निहार-निहारकर अनेक नखरे किए और कैसे हवा खाते, टहलते आए थे, उसी प्रकार चले गए।

अब यहाँ आज का प्रसंग बता दूँ, जिसके सिलसिले में मैंने सोचा कि यह गोरी मुझे भारतमाता की तरह लगी, जिसे आरंभ में ही मैंने लिखा है।

आज ऐसा हुआ कि गोरी बाँध के पास आई और नदी के किनारे बैठ गई। वह केवल हाथ धो रही थी। उसके साथ आज एक भी बरतन नहीं था। कचहरीसिंह आए। उसे देखते ही मुसकराते चले गए। स्वामीजी आए। उधर देखकर मन-ही-मन बहुत खुश हुए। बसंत बाबू आए और एकदम अपमा कैमरा ठीक करने लगे, फोटो लेने के लिए। मगर किसी ने यह नहीं सोचा कि आखिर रोज-रोज धोने के लिए आने वाले उसके जूठे बरतन आज क्यों नहीं आए?

□

झगड़ा

मुखलाल बो चाची को जो लोग नहीं देखे हैं, वे एक बार जरूर चाहते हैं कि देख लें, कैसी हैं चाची! मगर चचिया ऐसे रहती हैं कि कभी किसी ने आवाज भी नहीं सुनी और सामने पड़ीं तो हाथ-पैर भर झलके, गोरे, चिकने और गुदगर। चचिया के शरीर पर आब है मगर जो रोशनी मुखलाल चाचा में है, वह अलग है। उमर पचास से ऊपर हुई और गाँव में रहते हैं, मगर रोज सबेरे उठकर दाढ़ी-मूँछ मूड़ते हैं। गेहुँआ रंग, लंबे, कुछ ढला शरीर। जब काला चश्मा और बुश्शर्ट डटकर निकलते हैं तो चच्ची भुनभुना उठती हैं, ''चले अब बंसी लगाने।''

रोज का चर्खा है। गाँव-घर परेशान। पहले साँय-फुस बात होती थी और दबे-दबे उँगली उठती थी, अब खुल्लमखुल्ला चर्चा होती है। लोग हँसी उड़ाते हैं, चचिया कटकर रह जाती हैं। कोई गाँव की औरत आती है और कुछ चिहाई हुई जैसी पास बैठकर कहना शुरू करती है, ''आ बहिनी, तोहार जना⋯'' तो चचिया ताड़ जाती हैं। वह किसी बहाने उठकर चल देती हैं या बात बदल देती हैं। किसी प्रकार यह अप्रिय प्रसंग टालने की कोशिश करती हैं। लेकिन जब टलता नहीं है तो चचिया इस प्रकार बेचारी बन जाती हैं, जैसे गो-हत्या लगी है। माहुर खाकर सो रहने की इच्छा होती है। मगर लड़के-लड़की का खयाल सालने लगता है। लड़की कुसुमी अभी कुँआरी है। उसका कोई जोगाड़ नहीं बैठता है। घर में भी इसकी कोई चर्चा नहीं। उसकी समउरिया लड़कियाँ वर्षों पहले विवाह-गौना होकर विदा हो गईं। एक-दो के आँचर भी खुले और इधर बाछी बेमोआर जैसी उमड़ आई है। जल्दी कोई सहारा न मिला तो भहराकर कहीं कुठौर में ढह न जाए। चाची को मारे फिकिर के रात भर नींद नहीं आती।

एक दिन चाची ने सोचा कि अब फैसला हो जाए। चार-पाँच वर्ष से दिल्ली की अच्छी-भली सर्विस छोड़कर यहाँ बैठे-बैठे निठल्लेबाजी से जो उनकी छाती पर कोदों दल रहे हैं, उसका उद्घाट हो जाए। बात ममहम और अनकही रहकर घाव बन गई है, वह सड़ न जाए, अच्छा है निपटारा हो जाए। मामला किसी घाट लग जाए। और कहीं

ठौर नहीं तो कुआँ है, नदी है, लड़की को लेकर वह डूब मरेगी। अब यह उपद्रव नहीं सहा जाता। वह गहने बेच-बेचकर घर-खर्ची चलावे, लड़के की फीस जुटावे और खेत रेहन रखकर खाँवा-खूँटी-खेत में गहने, साड़ी-ब्लाउज और पाउडर-क्रीम बिखेरते फिरें। जात-कुजात का कोई खयाल नहीं। आग लगे ऐसी आग में। सो भी इस उमर में! राम, राम, अपना जनम-जनम का नेम-धर्म सब बिगड़ गया। घर नरक हो गया। अब आज आवें दुल्लर!

अगहन का महीना था। एक बोझ बाजरा गुलबिया रख गई है। बाजरे में बालें अभी लगी हैं। एक विचित्र प्रकार की सौंधी टटकी गंध उससे उड़ रही है। चाची की निगाह पर वे सीधी, चढ़ाव-उतार वाली, गाड़ी, दरगर, श्यामल और जवान बालें चढ़ी हुई हैं। खूब दाना बैठा है। बोझ गरहू होगा, गुलबिया कैसे मटकती हुई हलर-हलर लिये आ रही थी। रेशमी साड़ी पहनकर बोझ ढोती है हरामजादी। उन्होंने ऊपर देखा, सूरज माथे पर अभी नहीं आया है। सोचा, अभी आने का वक्त नहीं हुआ। अभी तो चक्कर मार रहे होंगे। कहते हैं, चोर पकड़ते हैं। कभी रतजगा कर गाँव की गलियों में चोर पकड़ते थे। राम जाने क्या हुआ, एक बार कई दिन तक खटपर बने क़ँहरते रहे। कहते थे कि गोड़ में बाई ढुक गई है। उधर हल्ला था कि भरटोल में मरम्मत हुई है। उस दिन मुँह पर भी चन्नन पाड़े ने कहा, "बबुआजी, यह चश्मा भूल-भटककर भी बमनटोल में आया तो खैरियत नहीं।"

चाची ने घर निर्मक्षिक कर दिया। चरवाहे को तेल लाने बाजार भेज दिया। रविवार होने के कारण स्कूल बंद था। अतः लड़के से कहा, "तू जरा सीवान वाले खेत में चला जा। सुना है लतरी में चूहे लग रहे हैं। तो भइया, जहाँ खा रहे हों, वहाँ ढेले पर ढेला गाँजकर ऊँचा कर देना। उस पर रात में मुसकुडुर नाम की चिड़िया बैठेगी और निकलने वाले चूहों को खा जाएगी। बाबूजी को गरज नहीं। तनिक खेत-बारी का भी खयाल रखो। जल्दी आना।" इसके बाद चाची ने कुसुमी से कहा, "का धिया, रात-दिन घर में गड़ी रहती हो। मूँज का बरुआ और टेकुरी लेकर फूआ के यहाँ चली जा। कहना, डाली बुनना सिखा दें। जमाने की बुद्धि पर चाकी पड़ गई है। लड़कियाँ स्वेटर, मोजा, कंटोप बुन लें, कमीज-सलवार काट-छाँट लें, फूल-पत्ती काढ़ लें और किसम-किसम का हुनर दिखावे, मगर डाली-कुरूई का गुन नदारद! जा, जा, बहिनी सीख ले। बिना गुन के माटी भाकठ हो जाती है। काफी बरुआ ले ले।" सब गए तब तक बिलरी की माई पहुँच गई। चाची बोलीं, "जा बहिनी रात में आना। अतवार है न, गनेस देवता को बैठाना है। जून हो गई है। आ रहे होंगे।"

लेकिन चाची के गनेस देवता कहीं बिलम गए थे। बेर ढरकने लगी। लोहा ढीला पड़ने लगा। सारी तैयारी अकारथ जाएगी क्या? वैसे तो चाची कभी मुँह नहीं खोलती

हैं। लड़के हैं, नौकर-चाकर हैं, टोल-महाल है, लोग क्या सोचेंगे! आज मन बटोरकर वे एक निश्चय पर आई हैं। दालान से लाकर चारपाई आँगन में इस ओर डाल रखी थी कि बोल-चाल की आवाज बाहर न जाए। उन्हें मालूम था कि 'वे' आते ही पहले तो चारपाई पर ढह जाएँगे। कहेंगे, 'अरे का हो कुसुम की माई, पानी रखा है।' चाची ने सोच रखा था कि वे चट उत्तर देंगी, 'बाहर गंदी गड़ही में बुड़की मारकर यह घरनहान फबता नहीं है।' और बात बढ़ेगी तब कद-पद होगा। मगर यह तो तिजहरिया हो चली। छौंड़ा खेत से ढेलाढूली टार कर आता ही होगा और कुसुमी कहाँ बाहर खपती है? सती है बेटी। अकसर लोग जो उसके बाबूजी की 'बड़ाई' करते हैं, सुन नहीं सकती। सो वह भी आती ही होगी। आखिर आज कहाँ अटक गए!

बात यह हुई कि मुखलाल बाबू आ तो गए वक्त पर ही, परंतु गाँव के गोंयड़े आते-आते मुलाकात हो गई चिलरी की माई से। बोली, "घर गई थी। आपसे भेंट नहीं हुई। लेहना बिना गाय टंटा रही है। दो मुट्ठी मिल जाता तो गौत के लिए हो जाता।"

"अच्छा," उन्होंने आँख से चश्मा उतार उसकी ओर देखा, "गाय के चारा नहीं है! जा, जा, जल्दी कर, यहीं खड़ा हूँ, भेज अपनी छोटी लड़की चिलरी को। परिया की लेहनी मैं दिखा दूँगा। एक बोझ काट लेगी। जल्दी भेज।"

"मैं चल तो रही थी।" उसने सहमते हुए कहा।

"अरे, तू बूढ़-ठेढ़ क्या बोझ ले जाएगी! काँट-कुस है, तू फँस जाएगी। खावा-खाई लाँघना है। फिर तू कितना ले जाएगी! वह तो नवही है। दमचकर एक बड़ा बोझ बाँध लेगी तो कई दिन का काम ठरकेगा। जा, जल्दी कर, नहीं तो अभी कितना काम है, नहाना-खाना है, पूजा-पाठ भी बाकी है।"

चिलरी की माई एक क्षण तक असमंजस में रही, परंतु 'जा-जा और जल्दी कर' की कोच खाकर जब वह लौट पड़ी तो मुखलाल बाबू ने कहा, "और सुन, इतनी भली लड़की का नाम यह चिलरी-फिलरी क्या खाकर रख दिया? इतना सुंदर फूल मानो घूर पर उगा। लुगरी लपेटे गड़ी रहती है। दिल्ली में ऐसी छोकरियाँ जब सलवार डटकर निकलती हैं तब क्या बताऊँ! खैर, जा भेज। यहीं हूँ।"

और इस प्रकार देर से जब चाचा लौटे तो संयोग से घर अभी सूना था। दरवाजे पर ही चाची से मुठभेड़ हो गई। रोज की तरह आज वे दुबक कर सरक नहीं गईं। करेजा पोढ़कर भरपूर आँखों से उनकी ओर निहारकर बोलीं, "फँसी कोई बरारी?"

यह स्थिति और प्रश्न मुखलाल बाबू के लिए अप्रत्याशित था। दरवाजे पर राह छेककर उनकी वह धर्मपत्नी खड़ी है और जवाब-तलब कर रही है, जिसने जनम, भर मुँह नहीं खोला। वे ठक हो गए। मगर दूसरे ही क्षण उनके होंठों पर मुसकराहट खेलने लगी। बोले, "नहीं डियर, चारा लेकर भाग गई।"

''शर्म नहीं आती है।'' झनककर चचिया ने कहा और भड़ाक से बाहर का फाटक बंद कर दिया।

''शर्म काहे की?'' चाचा ने कहा और अब दोनों आँगन में चारपाई के पास आ गए। मुखलाल बाबू समझ गए कि आज लोहा गरम है। नहाने के लिए पानी के बारे में पूछने की हिम्मत नहीं हुई। वैसे ही जूता-चश्मा पहने चारपाई पर पसर गए और शांत भाव से बोले, ''तुम बूढ़ी हो गई हो, मगर यह बात नहीं समझ सकीं कि मुखलाल को जिंदा रहना है।''

चाची भीतर-ही-भीतर दहक रही थीं। फाटक बंद कर लड़ने के लिए इधर आईं, पर समझ नहीं आता था कि तकरार किस प्रकार शुरू हो। बाई झोंक में पैर पटकती, झल्लाती रसोईघर में गईं और लौटीं तब तक मुखलाल बाबू के इन शब्दों ने आग को भड़का दिया। चारपाई के पास मचिया खींचकर बैठती हुई बोली—

''शहर में रहकर और किताब पढ़-पढ़कर तुम्हारा दिमाग सड़ गया है। लाज-हया घोरकर गटक गए। बहू-बेटी कुछ न गुनना। छी-छी!''

''तुम तो कुसुमी की माई, एक दम गुल्लर की किरौनी हो। आँख पर पुरानपंथी का टट्टर बाँधे जिंदगी भर गाँव की झाँपी में बंद रह गईं। नई दुनिया को देखा नहीं। सो दुनिया कहाँ से कहाँ गई।'' मुखलाल बाबू जूता उतारकर चारपाई पर बैठ गए। अब मोर्चा आमने-सामने का था। चश्मा उतारते उन्होंने मुँह बिचकाकर अपनी बात पूरी की, ''दस वर्ष दिल्ली में जूते नहीं साफ किए हैं। हमने नई दुनिया को देखा है, नई जिंदगी को जिया है। तुम हमें समझो और मस्ती-पानी में जीने दो।''

''इस मस्ती-पानी वाले लोग घर का काम-धाम नहीं करते हैं? सयानी लड़कियों का शादी-ब्याह नहीं करते हैं?''

''धत्तेरे शादी-ब्याह की! जमाना बदल गया कुसुमी की माई, अब लड़के-लड़कियों को छोड़ दिया जाता है कि वे अपने पसंद की शादी खुद कर लें।''

''और बूढ़ों को छोड़ दिया जाता है, कुत्तों की तरह घर-घर घुसकर चुहान चाटने और हाँड़ी ढूँढ़ने के लिए।''

''तो तुम हमें बूढ़ा समझ रही हो।''

''नहीं, अभी तो सोरह बरस के छैला हो!''

''यही समझो। विदेशों में तो चालीस-पचास की उमर से लोग जिंदगी की शुरुआत मानते हैं।''

''तो काहे नहीं कहीं से नई मेहरिया लाकर घर में डाल लेते?''

''यह दूसरी बलाय कौन कपार पर ढोवे!''

''अब हम तुम्हारे लिए बलाय हो गई न! कह लो, कुछ बाकी न रह जाए। समय

कहलवा रहा है। हम मर भी जातीं तो टंटा-बखेड़ा खतम हो जाता।" चाची वहीं बैठे-बैठे दोनों हाथों से मुँह ढाँप फफक-फफककर रो उठीं। बाँध टूट गया और भीतर की वेदना आँखों के रास्ते उपट पड़ी।

मुखलाल बाबू अत्यन्त गंभीर हो उठे। चारपाई से उठकर नंगे पाँव टहलने लगे। वे नंगे पाँव वहाँ तक जाते, जहाँ बाजरे का बाल सहित ढाठा जमीन पर पड़ा था। वे खोए-खोए से किसी बाल को पैर से दबाकर पिचकाते और फिर चारपाई तक आ जाते। मन उड़ा हुआ था और तन आँगन में डोल रहा था। चेहरा सूख रहा था। सुबह के सँवारे गए खिजाब-खिचड़ी बाल उलझ गए थे। उन पर कुछ तिनके जैसे पड़े थे। गोल मुँह कुछ खिंचकर लंबा हो गया प्रतीत होता था। चश्मा चारपाई पर पड़ा था और रह-रहकर वे दाहिने हाथ से बाईं आँख की पपनी को सहलाते हुए चल रहे थे। उस समय वे इस प्रकार कहीं लीन थे कि निःशब्द आँसू बहाती और जड़वत् सिर झुकाए बैठी चाची के अस्तित्व का भी उन्हें पता न था।

उसी समय कुसुमी ने दरवाजे पर आवाज दी। उसकी आवाज से आगन की हवा कुछ बदल गई। मुखलाल बाबू चारपाई पर बैठ गए। चाची गीली आँखों को भीगे आँचल से सुखाने लगीं और दरवाजा खोलने के लिए आहिस्ते-आहिस्ते बढ़ीं। न जाने क्यों फाटक खुलते ही कुसुमी को देखकर उनकी अयार एक बार फिर जोरदार रूप में उमड़ आई।" हमरी ही कोख में तू अभागी जनम लेने को थी?" आँसुओं में डबडबाई उनकी आवाज लड़खड़ा रही थी। संयम उखड़ गया और जनम-जनम का जुगाया लाज-पानी का परदा फट गया। मुखलाल बाबू के पास पहुँचकर दोनों हाथों से कुसुमी की ओर संकेत करते हुए वे बिलबिला उठीं—

"यह देखो पंचो, कमासुत साहेब की जवान बेटी की यह सस्ती ताँत की फटी साड़ी! और इनकी गुलबिया राँड़ आजकल बनारसी झाड़कर कटिया सारती हैं।"

लेकिन उस आँगन में पंच कौन था? मुखलाल बाबू लपककर उठे और द्वार का फाटक बंद कर आए। उन्हें लगा कि कुसुमी को अभी नहीं आना चाहिए था। मगर अब तो वह भीतर आ गई। उसे भी आज जैसी स्थिति की स्वप्न में भी कल्पना नहीं थी। वास्तव में वह काँप उठी और कुछ न समझकर भी बहुत कुछ समझ वह भागकर दालान के आड़ में जा घुसी।

मुखलाल बाबू ने झपटकर चाची का हाथ पकड़ लिया और लगभग दाँत पीसकर बहुत गंभीर, मगर शांत धीमी आवाज में कहा—

"कुसुमी की माई, पागल मत बनो। सुनो, मैं तुमसे कह रहा हूँ। यह नगरनाच बंद करो। तुम हमें समझो और हमारी भूख को समझो।"

"बहुत भूख है तो हमें ही कच्चे चबा जाओ।" हाथ झटककर चाची चिल्ला उठीं

और आँचल फेंक तनकर खड़ी हो गईं। यह एक अद्‌भुत अकल्पित रूप था। गोरा दिप-दिप, चौड़ा मुख, बड़ी-बडी सतेज आँखें, फड़कते से लाल-लाल होंठ, वह आहत सिंहनी। मुखलाल बाबू सकते में पड़ गए। क्षण भर बाद एक विष भरी मुसकान उनके होंठों पर और एक शरारत भरी बेहया चमक उनकी आँखों में खेलने लगी। बोले—

''तुम तो एकदम भोथर हो गईं। अब राम भजन करो, कुसुमी की माई। मुखलाल बाबू को चोखा माल चाहिए।''

''अपनी शकल जाकर जरा शीशे में न देखो।''चाची चिल्ला उठीं।

''हमारी शकल एकदम दुरुस्त है।'' चाचा दुगुने चिल्ला उठे।

''तो लोगे चोखा माल?'' वे एक कदम आगे बढ़ गईं।

''हाँ लूँगा।'' चाचा भी झपट पड़े।

''लोगे?'' चाची के माथे पर पसीना आ गया।

''लूँगा।'' आवाज फट गई थी।

चाची ने झपटकर दालान के कोने में सुबुकती कुसुमी को खींचकर मुखलाल बाबू के ऊपर ढकेल दिया। कहा, ''तो लो चोखा माल।'' और स्वयं चक्कर खाकर गिर पड़ीं।

□

नए वर्ष का पहला दिन

आज वर्ष का पहला दिन है। आज का दिन प्रसन्नता और निश्चिंतता में बीतना चाहिए। इसीलिए आज स्कूलों में छुट्टी है। बच्चे खुशी-खुशी आजादी से खेलेंगे। अध्यापक दिनचर्या का जुआ कंधे से उतारकर सवेरे देर तक धूप सेवन करेंगे।

इस प्रकार के विचार आज अचानक हमारे दिल में नहीं पैदा हुए। कल ही छुट्टी की सूचना के साथ मैंने नववर्ष के प्रथम दिन की कल्पना की थी। आज उस कल्पना को चरितार्थ करने के लिए सवेरे चारपाई धूप में डालकर लेटने का प्रयत्न कर रहा था कि सुमन, मेरी छोटी बच्ची, आ गई और हाथ की अधखाई मिठाई के लोभ में उसके पीछे-पीछे कुतिया भी। सुमन ने आते ही कुतिया की वकालत की।

''कुकुरिया मिठाई नहीं खाएगी?''

''नहीं, मिठाई तुम्हारे लिए है।'' मैंने कहा और सुमन को चारपाई पर बैठा लिया।

''कुकुरिया के लिए क्यों नहीं है?''

''वह क्या खाती है?''

''कौरा।''

''कौरा कौन देता है?''

''तुम्हारी माँ।''

''माँ उसे मिठाई नहीं देती है?''

''कहीं कुत्ती मिठाई खाती है?''

अब सुमन फेर में पड़ गई। खाए चाहे न खाए, परंतु उसकी समझ में कुतिया को मिठाई तो मिलनी ही चाहिए। बोली—

''वह नहीं खाएगी, तो उसके बचवा खाएँगे।''

''उसके बच्चे तो दूध पीते हैं।'' मैंने कहा।

''कौन पिलाता है?''

''कुतिया।''

''कुतिया हमको क्यों नहीं पिलाती?''

''छिह-छिह! तुम कुतिया का दूध पीओगी?''

सुमन को लगा, जैसे उसने कोई भारी गलती कर दी। क्षण भर विचारकर बोली—

''हम अपनी माँ का दूध पीएँगी?''

''हाँ!''

''कुतिया भी अपनी माँ का दूध पीएँगी।''

''नहीं, कुतिया की माँ अब उसे नहीं पिलाती।''

''क्यों?''

''अब वह बड़ी हो गई।''

''हमको भी बड़ा हो जाने पर माँ नहीं पिलाएगी?''

''नहीं!''

अब सुमन रोने का उपक्रम करने लगी। ऊँ…ऊँ…ऊँ…। बोली—

''तब हम क्या पीएँगी?''

''अरे, तुम गाय का दूध पीओगी तब बेटी!''

''तब वही कुतिया को भी पिया दो बाबूजी।''

मेरी ओर इस प्रकार देखने लगी, जैसे कुतिया को अभी गाय का दूध पिला देना जरूरी हो। मैंने कहा—

''वह गाय का दूध नहीं पीएगी।''

''तब माँ से कह दो उसे दूध पिया दे बाबूजी!''

''दुत पगली! ऐसा भी होता है?''

''क्यों नहीं होता?''

''ऐसे ही नहीं होता है।''

''उसको नहीं तो उसके बच्चों को मेरी माँ दूध नहीं पिलाएगी?''

''नहीं।''

''क्यों?''

''वे गंदे हैं।''

इस बात को तो सुमन ठीक तरह से समझ न सकी। रुआँसी होकर बोली—

''हम गंदे नहीं है?''

''नहीं, तुम तो बहुत अच्छी हो।''

''हम मिठाई और गाय का दूध पीएँगे?''

''हाँ।''

''और कुकुरिया के बचवा नहीं पीएँगे?''

"नहीं।"

"और कुकुरिया भी नहीं?"

"नहीं।"

"तो वह अपने बच्चों को दूध कैसे पिलाएगी?"

इस प्रश्न के बाद शायद सुमन को विश्वास हो गया कि इसका उत्तर मेरे पास नहीं। इसीलिए क्षणभर रुककर इस प्रसंग को बदलते हुए उसने प्रश्न किया—

"कुतिया अपने बच्चों को खूब ढेर दूध पिलाती है?"

"हाँ।"

"हमको माँ ढेर दूध नहीं पिलाती?"

"नहीं।"

सुमन का चेहरा उतर गया। रुआँसी मुद्रा बनाकर बोली—

"हम भी ढेर दूध पीएँगी?"

"नहीं मिलेगा।"

"तो मैं जमीन पर लोटूँगी।"

"लोटोगी तो गंदी हो जाओगी!"

"कुतिया के बचवा के समान हो जाऊँगी?"

"हाँ।"

"तो कुतिया हमको दूध पिलाएगी?"

"नहीं।"

"क्यों नहीं पिलाएगी?"

"क्यों पिलाएगी? तुम्हीं को पिला देगी तो अपने बच्चों को क्या पिलाएगी?"

सुमन जैसे क्षणभर के लिए कुतिया के बच्चों की व्यथा-कल्पना में डूब गई। पुनः छूटते हुए बोली—

"उनको हम दूध-भात खिलाएँगे?"

"दूध-भात कहाँ से पाओगी?"

"माँ से माँग लूँगी।"

"तुम्हारी माँ कुतिया के बच्चे के लिए दूध-भात नहीं देगी।"

"क्यों नहीं देगी?"

"ऐसे ही, नहीं देगी।"

सुमन एकदम मुझसे लिपट गई और आवाज में अत्यंत याचना और सहानुभूति भरकर बोली—

"बाबूजी, माँ से कुतिया के बच्चों के लिए दूध-भात दिलवा दो।"

मैं क्षणभर चुप रहा तो पुनः उसने और जोरदार रूप से अपना आग्रह उपस्थित किया—

"दिलवा दो न? बोलो, बाबूजी?"

"अच्छा! जाओ, दिलवा दूँगा।"

"खूब ढेर दिलवाओगे न?"

"हाँ!"

सुमन चारपाई से उछलकर जमीन पर आ गई। ताली बजाकर उछलती-कूदती, किलकारी भरती घर में भाग गई। मैंने इधर-उधर आँखें दौड़ाईं। कुतिया कहीं नहीं दिखाई पड़ी। उसे विश्वास था कि शायद उसका पक्का वकील, चाहे वह रहे चाहे न रहे, बहस में कमी नहीं करेगा।

अब सूरज की मधुर चमचमाहट की ओर मुँह किए पूरा पसरकर मैं लेट गया। इस प्रकार बिना काम का धूप में पैर पसारकर लेटना भी क्या मजेदार है! आँखें बंद कर लीं। साफ नीले आसमान के सरोवर में चमकता सूरज हजार-हजार कोमल किरनों से मुझे गुदगुदाने लगा। मुँह पर धूप की मधुर आँच की मुलायम परत छाने लगी। आज जो यह धूप खा रहा हूँ, इसकी क्या कोई कीमत हो सकती है?

उसी समय कुछ वर्षों पूर्व का प्रकाशित एक समाचार याद आया। पंडित जवाहरलाल नेहरू इंग्लैंड गए थे तो उन्होंने लेडी माउंटबेटन के देहात स्थित निवास-स्थान पर निश्चिंत रूप से खुली धूप में बैठकर आनंद प्राप्त किया था। भारत का सूरज और इंग्लैंड की धूप।

इस समय मैं भी चिंतारहित होकर अपने गाँव में धूप खा रहा था, और शीघ्र ही अपने को पंडित जवाहरलाल नेहरू के समान अनुभव करने जा रहा था कि भंडाफोड़ हो गया।

"अरे मास्टर! आज छुट्टी है क्या?" मेवालाल ने आकर पूछा।

"हाँ।" वैसे ही लेटे-लेटे मैं बोला।

"किस चीज की?"

"न्यू ईयर्स डे।"

"ऐं! यह कौन त्योहार? पंचमी, अष्टमी, नवमी और पूर्णिमा कुछ नहीं?"

"हाँ, यह अलग त्योहार है। अंग्रेजी साल के पहले महीने की पहली तारीख है। सालभर काम करने के पूर्व आज प्रथम दिन आराम और आनंद मनाते हैं।"

"ओ यह बात है?" मेवालाल ने कहा।

"कुछ भोजन करने के लिए मिले, बाबू! दो दिन का भूखा हूँ।"

मैंने आँखें खोल दीं। सामने एक बूढ़ा खड़ा था। साक्षात् दुर्भाग्य की प्रतिमा। फटी

हुई धोती और किसी दयालु सज्जन द्वारा दी गई पुरानी कमीज़ में लिपटा, याचना की निगाहों से मेरी ओर ताक रहा था। ''यह देखो, जैसे मालूम होता है कि यहीं खजाना गाड़ गए हैं, कि कूंड़ा लेकर आए हैं। जाओ, जाओ, आगे बढ़ो।'' मेवालाल ने झिड़क दिया।

मेवालाल के शब्द मुझे भले न लगे। उसे निश्चय ही इस प्रकार नहीं बोलना चाहिए। बेचारा भाग्य का मारा है। लेकिन इसको यहाँ न आकर घर जाना चाहिए। बोला—

''अरे बूढ़े दादा! घर चले जाओ, यहाँ क्या रखा है?''

''कुछ नहीं मिलता बाबू, कहते हैं लोग कि हाथ खाली नहीं है, फेरा माँगो, आगे बढ़ो।''

''तो यहाँ भी तो यही हाल है।''

''बाबू! दया हो। मर जाऊँगा।''

''मर जाओगे तो क्या सूना हो जाएगा? लाखों-करोड़ों लोग मरते-जीते हैं। मैं तुम्हारे मरने-जीने का ठेका लिये बैठा हूँ।''

''आजकल यही रोजगार हो गया है।'' मेवालाल ने कहा।

''देख रहे हो न? आकर कपार खाने लगा।'' मैंने कहा।

भीतर से कोई गलती दिल को कचोटने लगी। मुझे इस प्रकार निर्दय नहीं हो जाना चाहिए। इसको घर से दो मुट्ठी अन्न लाकर दे देने में मेरी क्या हेठी हो जाती है? भूखा है और भोजन माँग रहा है तो क्या गलती कर रहा है? वह आखिर क्या करे? दरिद्र होना कौन सा गुनाह है? मुझे इससे क्षमा माँगनी चाहिए। मैंने इसके दिल पर अकारण चोट की है। कहाँ से यह बेमौके आकर याचना कर बैठा।

''दया हो बाबू।'' वह फिर गिड़गिड़ाया।

''क्या बेकार दया-दया चिल्ला रहा है? कह तो दिया कि घर चले जाओ। भारी बेवकूफ हो।'' मैंने डाँट दिया।

उसकी दयनीय बेबस स्थिति ने मुझे अपने बड़प्पन की अज्ञात प्रेरणावश भड़का दिया। अब मुझे उसके ऊपर सचमुच क्रोध आने लगा। क्यों वह मेरे ही यहाँ बैठकर अपना प्रदर्शन कर रहा है? क्या गाँव में और लोग नहीं हैं? उसे मैंने कहा कि घर चले जाओ तो क्यों नहीं गया?

''देखो बूढ़े, जल्दी यहाँ से भाग जाओ, नहीं तो भारी फजीहत में पड़ जाओगे। एक कुत्ता है, तुम्हारे जैसे बूढ़ों को देखकर वह काट खाता है। कहीं गया है। आ जाएगा तो गजब हो जाएगा। जल्दी भागो। चलो, चलो, हटो।'' मेवालाल ने कहा।

मेवालाल का यह कहना मुझे फिर खलने लगा। वह मेवालाल झूठ क्यों बोल रहा है? क्यों नहीं लाकर कुछ दे देता? इस पीड़ित जीव पर इस प्रकार निर्दय हो जाना कहाँ तक उचित है? मनुष्य को इस प्रकार पत्थर नहीं हो जाना चाहिए। इनसान यदि इनसान

की पीड़ा नहीं समझेगा तो फिर कौन समझेगा? जरूर यह दुर्दैव का सताया एक निरीह जीव है। भूख से जल रहा है। 'जाके पैर न फटे बिवाई, सो क्या जाने पीर पराई।' पिछले जन्म की न जाने कौन सी चूक है कि इस प्रकार मुट्ठी भर अन्न के लिए दर-दर ठोकर खा रहा है। अच्छा, अब तो बैठ ही गया। इसे कुछ खिलाना चाहिए।

"तो जाऊँ?"

"जाओगे नहीं तो क्या यहाँ छावनी बनाओगे?" मेवालाल ने कहा और देखा, बूढ़ा उठने का प्रयत्न करने लगा।

"दुनिया में गरीब का कोई नहीं।"

"गरीब के लिए भगवान् है, बूढ़े।" मैंने कहा और लाख प्रयत्न करने पर भी उसे रोक न सका। बात जबान पर आ-आकर अटक जाती थी कि रुको, रुको, मैं तुम्हें खाने को दे रहा हूँ।

"अच्छा, बने रहो बाबू।" आशीर्वाद देकर वह आगे बढ़ा। इस समय तक मैं उसे रोकना चाहता था। क्यों मैं उसे यों खाली हाथ चले जाने दे रहा हूँ? यह एक विचित्र स्थिति थी। बोला—

"मेवालाल! इस बूढ़े को कुछ खिलाना चाहिए।"

"अरे, हटाओ मास्टर। ऐसे खिलाने लगो तो दरवाजे पर कल भुक्खड़ों का मेला लग जाएगा।"

"यह बात ठीक है, परंतु इनसानियत... ।"

"हूँ इनसानियत। तुम्हें क्या पता है। ऐसे भी भिखमंगे हैं कि बैंक में खाता खुला हुआ है। भीख नहीं, यह नौकरी है महाराज।"

"तुम्हारी बात ठीक हो सकती है, परंतु मेरा मन मुझे धिक्कार रहा है मित्र। आज साल के पहले दिन की हुई गलती साल भर हृदय में सालती रहेगी।"

"घबराओ मत, अभी शाम तक कई बार इस गलती को सुधारने का मौका मिलेगा।"

उसी समय सुमन दौड़ी हुई आई, "बाबूजी! चलिए भोजन करने।"

"हमको भी खिलाएगी बिटिया?" मेवालाल ने कहा।

"हाँ तुमको, बाबूजी को, सबको खिलाऊँगी।"

"क्या खिलाओगी?"

"दही भात सोहारी, हलुआ।"

"चलूँ?"

"चलो।"

सुमन उसे ले चलने के लिए लिपट गई। किसी प्रकार स्नान का बहाना कर वह घर गया।

स्थान कर मैंने भोजन किया। घर से लौट रहा था तो सामने गली में स्थित कुएँ के पास सुमन किसी से मीठी-मीठी बातें कर रही थी। अरे, यह तो वही भिखारी बूढ़ा है।

"तुम्हारे घर दूध है?"

"नहीं बेटी।"

"भात है?"

"नहीं।"

"हमारे घर तो चिउरा हैं।"

"हमको भी खिलाओगी बेटी?"

"हाँ, चलो हमारे घर, माँ से दिलवा दूँगी। चिउरा है। दही भी है। चलो न!"

"तुम्हारी माँ तुमको मारने लगेगी।"

"मारेंगी तो बाबूजी से कह दूँगी।"

"बाबूजी भी डाँटने लगेगे।"

"तो मैं जमीन पर लोटने लगूँगी।"

"बड़ी अच्छी हो बेटी।"

"बाबा! तुम्हारी थैली में क्या है?"

"एक अमरूद है बेटी।"

"कहाँ से पाए हो, बाबा?"

"एक बनिए ने दया करके दिया है, बेटी।"

"दया करके क्यों दिया है, बाबा?"

"मैं भिखमंगा हूँ बेटी।"

"भिखमंगा क्यों हो, बाबा?"

"हमारा घर-द्वार कुछ नहीं है, बेटी। द्वार-द्वार माँगकर खाता हूँ। कुछ नहीं मिला है तो यों ही सो रहता हूँ बेटी।"

"तुम हमारे घर क्यों नहीं चलते, बाबा?"

"जाने पर तुम्हारे पिताजी खेद देंगे, बेटी।"

"हमारे पिताजी बहुत अच्छे हैं।"

"हाँ।"

"हमारी माँ मिठाई रखे है बाबा।"

"तो हमको भी खिलाओगी?"

"चलते तो हो नहीं। आओ, चलो हमारे साथ।" सुमन ने उसकी उँगली पकड़ ली।

"चला नहीं जाता बेटी।"

''तुम्हारे पैर नहीं हैं?''

''भूख से बेदम हो रहा हूँ, बेटी। सबेरे से यही तो एक अमरूद मिला है।''

बूढ़े ने अमरूद निकालकर हाथ में ले लिया और उसे देखने लगा। सुमन भी कुछ पास सरक गई।

''खूब बड़ा है बाबा?''

''हाँ बेटी।''

''पका हुआ है बाबा?''

''हाँ बेटी।''

''मीठावाला है बाबा?''

''हाँ बेटी।''

''खूब कड़ा है बाबा?''

''नहीं बेटी।''

''तो खाओ बाबा। खाते क्यों नहीं हो?''

''इसे मैं नहीं खाऊँगा बेटी।''

''तब कौन खाएगा?''

''तुम खाओगी बेटी।''

''मैं खाऊँगी?''

''हाँ।''

और बूढ़े ने सुमन के हाथ में वह अमरूद थमा दिया। सुमन का ध्यान अमरूद से हटकर बूढ़े की ओर गया। वह उसे अपलक देखने लगी और इधर वह बड़ा सा अमरूद उसकी छोटी-छोटी हथेलिथों में बड़ा पड़ने पर भी स्थिर हो गया। सुमन सहमी सी स्थिति में एक क्षण तक खड़ी थी। शायद वह निर्णय नहीं कर पा रही थी कि यह अमरूद लेना चाहिए अथवा नहीं। उसकी इस द्विविधा की स्थिति को मैं देर तक रहने नहीं देना चाहता था और कुएँ की आड़ से आमने आकर बोला, ''क्या है सुमन?''

सुमन ने मेरी ओर देखा और अमरूद बूढ़े की ओर फेंककर मुझसे लिपट गई, पर अमरूद का मालिक अब वहाँ कहाँ था!

□

विद्रोह

सुनील को अपनी सीमा मालूम है कि वह समाज का बँधुआ गुलाम है। उसकी एक अदृश्य नकेल है, जो जहाँ चाहे घसीट ले जाए। विद्रोह की शक्ति भीतर टटोलता है तो संकोच होता है। क्या विद्रोह किया जाता है? नहीं, वह हो जाता है। उसके लिए सोच-विचार की प्रतिक्रियावादिता आत्मापराध है। इस अपराध को अच्छी तरह जानते हुए भी वह क्यों बरबस इस चक्कर में पड़ जाता है?

मुश्किल यह है कि उसे देखते ही सुनील का मन या तो सुखद सपनों में या फिर दुखद कल्पनाओं में खो जाता है। भीतर से सवाल उठता है, अपनी ही भावनाओं के रंग में रँगकर वह क्यों देखे? यह अनीति है। वह क्यों उसपर दया करने की बात सोचे? क्यों उबारने जैसी कल्पना कर तरस खाए? अथवा उसे देखकर कुछ भी क्यों सोचे? किस नाते? दुनिया में लाखों-करोड़ों पीड़ित लोग हैं। किस-किसके बोर में वह विचार करता है? कोरी मानवीयता को इस प्रकार बीच में घसीटना धोखा या आत्मप्रवंचना जैसा कुछ नहीं है क्या?

उसने सुना, एक दिन उस लड़की के पिता दीना बाबू झंख रहे थे कि दुर्घटना के बाद जब से वह यहाँ आई है, मनहूसी छाई हुई है। अभागी का हँसना, बोलना दुर्लभ है। कहीं आती-जाती नहीं। गुमसुम पड़ी भीतर ही भीतर रोती रहती है। क्या करे, करम फूट गया।

सुनकर अजीब लगा। कोई जवान लड़की (हाँ वह, अभी जवान है, लड़की भी, अठारह में शादी हुई और इस उन्नीसवें में ही सब खत्म) जो हँसती-बोलती नहीं, कैसी होती है? इधर दो-एक बार उसने उसे झटके से देखा है। लगा, गंभीर ढंग की खूबसूरती छिपाए वह असाधारण ढंग से सिमटी है, पर युवा देह की लयभंगिमा सुरक्षित है। चढ़ती आयु की तड़पती काया-कांति को उसके साधारण वस्त्र ढक नहीं पाते। आभा बाहर फूट-फूटकर निकल आती है। तो भी वह कभी इस प्रकार सामने नहीं आई कि सुनील उसके मुँह के भावों को पढ़ सके। कभी इसका मौका नहीं मिला। दीना बाबू के घर

उसका आना-जाना कम तो था, किंतु उसमें कोई बाधा नहीं थी।

एक दिन दोपहर में जबकि आसमान में बादल मंडरा रहे थे, वह दीना बाबू के घर गया। इस वक्त का चुनाव उसने खास वजह से किया था। अकसर इस समय वे लोग दालान वाली कोठरी में जमे रहते हैं। उन लोगों की बातों से निरपेक्ष एक कोने में लड़की चरखा कातती रहती है। पुराना यरवदा-चक्र है। पूरी बाँह के पसार-फैलाव में बारंबार सूत का उठना-लिपटना, उसके युवा अंगों के तनाव की एक सुखद झाँकी बन जाता है। मगर अफसोस, उसके जाते ही प्रायः चरखे का बाजार समेट वह भीतर चली जाती है। आखिर क्यों? वह दिमाग पर जोर लगाकर समझना चाहता है। क्या यह दुराव है? नहीं! अपनाव जैसा कोई प्रश्न भी नहीं। सब सुनील के मन का दुश्चक्र। वह झल्लाता है कि इस तरह अगड़म-बगड़म सोचे ही क्यों? आज मन शांत था, मगर कोठरी का दरवाजा बंद मिला।

वह लौटने को था कि भीतर से बोलचाल के साथ हँसी की आवाज आई। आवाज परिचित सी लगी। क्या वह हँसती है? उसने दस्तक के लिए बड़े हाथ को रोक लिया। आहिस्ता से झाँककर भीतर देखा। जरा सी फाँक थी, मगर उसी से उसे बहुत बड़ा दृश्य दिखाई पड़ गया। सूत कातना बंद कर चाखे के सामने बैठी, अपने छोटे भाई से वह कुछ कह रही थी। सिर से आँचल खिसक गया था। सिंदूर पुँछ जाने से कहाँ मद्धिम हुआ है तेज? सुघड़ गरदन पर टँगी वह खिली-खिली सी पीली सूरजमुखी खूब मुखर थी। कोई बात थी कि मारे उत्साह के आँखें फैल गई थीं। उन आँखों में बड़ी-बड़ी कौड़ी की जो निर्मल चमक थी, उसमें कहाँ थी किसी पीड़ा की मलिनता? या स्थायी नमी? इस लड़की में कहाँ है दीना बाबू की कथित करमजली?

इधर-उधर देखकर सुनील ने फिर एक बार उस फाँक में बाईं बंद कर दाहिनी आँख डाल दी। अरे हाँ, कहाँ है मुँह पर बुझी आग का धुआँ? कहाँ सिले हैं उसके होंठ, वे ताजे लाल-लाल, जिनकी फड़क उसे चकित कर रही थी। खिलखिलाकर हँसती है तो गरदन के नीचे के अंगों की कसी थरथराहट सुनील को झकझोर देती है। एक छोटे क्षण में उस छोटे छिद्र ने जैसे विराट् रूपांतर झलका दिया। आँखें स्तंभित, कानों को मौका नहीं मिला कि कुछ शब्द पकड़ लें, और इसी बीच पानी के बुलबुले जैसा सारा परिदृश्य बुझ गया। कैसी चंट है उसकी आँखें? ताड़ गईं कि फाटक पर कोई है। किंतु उसके भाई के फाटक खोलते-खोलते वहाँ कोई नहीं था।

वह भाग आया था। काँपते हाथों अपनी कोठरी खोली थी। फिर दरवाजा बंद कर चारपाई पर पड़ गया था। क्या चीज है, कैसी कचोट है, सब पकड़ बाहर। किसी की हँसी-खुशी किसी को क्यों अखरे? फिर कौन दयनीय है? लड़की या अहंहत स्वयं वह? वह एक नारी पर तब दया करता, जब वह आँखों के असहाय आँसुओं में डबडब

डूबी किसी अदृश्य दुर्भाग्य के अलीक घेरे में घिरी दिख जाती। अब क्या करे? जो दिखाई पड़ा, क्या वास्तव में वह नहीं है? जब सारा संसार कहता है कि असीम दुःख की काली छाया में सतत डूबी, वह दीन-हीन अमंगल मूर्ति है, तब क्यों उसे ऐसा नहीं दिखाई पड़ना चाहिए?

लेटे-लेटे बहुत भटकने के बाद सुनील को एक बात समझ में आई। उस लड़की के जिस सही वैयक्तिक रूप को उसने चोरी से देख लिया है, वह उसके छोटे भाई के अतिरिक्त संसार के और किसी व्यक्ति के सामने प्रत्यक्ष रूप में नहीं आना चाहिए। आता भी नहीं है। संसार जो देखता है, वह बाहर से बलात् चस्पा किया, झूठा सामाजिक रूप है। सत्य सदा चोट करने वाला होता है। उसके साक्षात्कार का झटका झेलकर सुनील क्या झूठ का जाल काट सकेगा? उसके कानों में माँ के कुछ शब्द झनकते लगते हैं 'कुलच्छनी ससुरे में भतार चबाए के नैहर में डेरा डाले हैं। अब के के खाई?' ओह, यह माँ है? अपनी बेटी के प्रति ऐसी क्रूर कठोर? कोई व्यक्ति जिसे लड़की बिल्कुल नहीं जानती थी, अचानक उसका सर्वस्व होने की मान्यता पाने के बाद मर गया, तो इसमें उस लड़की का क्या दोष है? नहीं, सुनील ने अपनी साँखों से देखा है, उसमें कहीं कोई कुलक्षण नहीं। वह परम सुलक्षणी देवी है।

बाहर आँगन में पिताजी की आवाज आ रही थी। वे माताजी को कुछ समझा रहे थे। कुछ आगंतुकों के स्वागत-सत्कार की बात थी। तैयारी जमकर हो रही थी। बीच-बीच में रुपए की भी चर्चा उठ रही थी। तीस-पैंतीस और चालीस हजार नकद के भीतर का कोई झमेला था। अस्पष्ट होकर भी बात स्पष्ट थी, उसके व्याह की बात है। ये लोग उसे बेचना चाहते हैं। सौदा पट नहीं रहा है। पिताजी का कहना है, ''तिलक तो इतना आप लड़के को चढ़ा देंगे, मुझे क्या मिल रहा है? मैं कहाँ से क्या खर्च करूँ?...तो साहब, सारा व्यय-बोझ आपके सिर। दहेज की लिस्ट के अतिरिक्त नाच, बाजा, शामियाना, टेंट, रोशनी, बिछौना, बरात जाने-आने की सवारी, दूल्हे की पृथक् कार आदि सब प्रबंध आपको करना है।''

''इतना भार उन लोगों पर मत दो।'' माताजी कहती हैं।

''दे कहाँ रहा हूँ। वे लोग खुद तैयार हैं।'' पिताजी का उत्तर होता है।

''हाँ, इतना नहीं होगा तो रिश्ता मंजूर कैसा होगा? अरे हाँ, सुनील से भी पूछा है?''

''क्या उसे मुझसे बाहर समझती हो? एम.ए. पास कर गया तो क्या हुआ? लड़का गऊ है।''

''नहीं, गदहा है,'' अपनी कोठरी में लेटे-लेटे सुनील ने धीरे से बुदबुदाकर कहा, ''कर दो खड़े-खड़े नीलाम इसे चौराहे पर।''

मन कड़वाहट से भर गया। भयंकर हाहाकारी तूफान की भाँति एक अशुभ विचार उसके भीतर उठा, 'यदि वह ब्याह के बाद मर गया तो क्या उधर से प्राप्त धन उस चित्रवाली लड़की को मिल जाएगा?'

चित्रवाली लड़की!

हाँ, एक दिन माँ ने एक लड़की का चित्र दिखाया था। कैसे नापसंद करता? ठीक चरखे वाली लड़की जैसी प्रतीत हुई। सभी कुमारी कन्याएँ एक सी क्यों लगती हैं? सलज्ज, सभीत...तो सवाल चित्र वाली लड़की के दुर्भाग्य का सामने था। उसे याद आया, एक दिन कोई कह रहा था, "दीना भाई की लड़की के शरीर पर का एक-एक सूत जेवर उतार लिया गया है।" उसकी सारी कीमती साड़ियाँ और वस्त्र उसके शरीर की रौनक के साथ छिन गया। उसका अपना घर पराया सा हो गया। एक ही दिन में शोक-शृंगार के लिए बुढ़िया बन वह यहाँ इस पिता के घर चरखे पर बैठ गई। और वह पिता? जो लड़की को प्रतीक रूप में लक्ष्मी मान सादर घर ले जाते वक्त वास्तविक रूप में कमरतोड़ धन लेता है, रातोरात कैसे बदल जाता है? पिताजी की एक जमात केवल देने वाली और एक जमात लेने वाली। एक ही व्यक्ति में दो-दो जमात का चेहरा। ब्याह नहीं, सारा मामला व्यवसाय का। लड़की का फिर ब्याह इसलिए नहीं कि फिर व्यय-भार कौन उठावे? वह फिंकी फिरे...।

सुनील बेचैन होकर कोठरी में टहलने लगा। बाहर शायद बरषा की तैयारी थी। अचानक दरवाजा खोल माँ भीतर आ गई। "बेटा, बस एक इंतजाम तुम्हारे जिम्मे। बिना दही के मंगलकार्य सिद्ध नहीं होता। झम्मन के यहाँ से जाकर एक कहतरी लेते आओ।"

विनम्र आज्ञाकारी बालक की भाँति सुनील चप्पल पहनकर निकल गया। बहुत वेग था उसमें...है हिम्मत कि माता-पिता के विरोध में तनकर खड़ा हो जाए? बंद करो यह सांस्कृतिक धाँधली! अरे वह कहाँ आ गया? ग्वाल टोले का मार्ग तो उधर से होकर जाता है। यह तो दीना बाबू का घर आ गया। छत पर लड़की कुछ पसार रही है। जरूर वही है। नहीं तो कफन जैसी सफेद साड़ी आजकल कौन लड़की बाँधती है।

ग्वाल टोले की ओर मुड़ते-मुड़ते उस पुराने अशुभ विचार ने फिर नई शक्ल में जोर लगाया, मैं मर गया तो उस चित्र वाली लड़की को भी ऐसे ही कफन पहनाकर जीते रहने के लिए दफना दिया जाएगा?

दही के बरतन को गमछे में बाँध सुतील झम्मन चौधरी के यहाँ से लौटा तो भी वह विचार भीतर चलता रहा। नहीं, वह मरेगा नहीं, जिंदा दफन एक लड़की की देह पर से कफन उतार देने के लिए आगे बढ़ेगा।

आँगन में चौक पूरा गया था। बचा हुआ गोबर अभी पड़ा था कि तेजी से आता सुनील उसपर फिसल गया। दधिभांड फूटकर चौक में लुढ़क गया। काँव-काँव मच गया।

''बरतन तो फूटा, पर गमछे में दही कुछ बच गया।'' पिताजी बोले और बैठकर सरियाने-बटोरने में जुटे।

''फूटे बरतन का अमांगलिक दही बटोरना बेकार है, पिताजी।'' सुनील ने साहस बटोरकर कहा।

पिता हैरान! हाथ रोक सुनील को देखते हैं।

''तुम्हें क्या हो गया है? तुम्हारी बात समझ में नहीं आती।''

''हमारी बात आपकी समझ में नहीं आएगी।'' कहता हुआ सुनील बाहर निकल आया।

□

वही इंद्रधनुष

पश्चिम ओर, जिधर मुँह करके वह खड़ा था, ठीक उसके सामने एक खूब बड़ा सा इंद्रधनुष उग आया। उसे लगा, भीतर का इंद्रधनुष बाहर कढ़कर टँग गया है। कहीं टूट नहीं, एकदम पूर्ण इंद्रधनुष, आसमान की ऊँचाई को छूता हुआ, पूरे क्षितिज को घेरकर, सतरंगी निखार का, तरल ज्योति-पथ, आँख-मन-प्राण और समस्त क्षणों को समेटकर अपने में लीन कर लेने वाला।

कोई सपना नहीं, जादू नहीं, कल्पना नहीं, बिल्कुल ही सामने नमूदार है, एकदम पास में, जैसे दोनों हाथ बढ़ाकर उसे पकड़ लिया जा सकता है। ऐसा इंद्रधनुष उग आया नदी उस पार बिना किसी सूचना के, बिना हल्ला-गुल्ला किए।

वह नदी भूल गया, नाव भूल गया। एक बार मुँह से निकला, 'ऊगत ऊगे महि भरै!' मगर क्या सचमुच? किसकी जमीन भरेगी? शरद के सौभाग्य-जल की बूँदों में उसका मन नहा रहा था। पानी में खड़े-खड़े एक बार फिर उसके कानों में चूड़ियों की खनखनाहट, मुक्त खिलखिलाहट और कठवीणा के कुछ बोल गूँज गए। फिर एक बार एक गंगाजली प्रतिभा उसकी आँखों में लहरा गई।

भोजन के लिए पीढ़े पर बैठा तो पीछे चुहान घर में, कोठिला के ओट के पीछे कुछेक क्षणों का समारोह हो गया और वही आर-पार का संग, लेकिन कितना जोरदार!

वह कल ही वहाँ गया था। जरूरी काम था। नहीं तो भदवारी की शेष बीहड़ता में वह 'यात्रा' नहीं करता। वहाँ पहुँचा तो अभी दिन था। दोस्त ने खूब खातिर की। उसे मालूम था कि 'वह' है और एक बड़ी थाली में उदारता के साथ भरकर ढेर सी पकौड़ी आईं। तेल-मसाले में तर आम के अचार की एक बड़ी सी सलगी फट्ठी और उसी तरह मिरचे का भी एक भीमकाय अचार। देखकर ही मारे 'मिठास' के उसका मन भर गया।

यह उसके दोस्त की बीवी है। उसे वह अच्छी तरह जानता है। एकाध बार देखा भी है। खूबसूरती में जवाब नहीं, लंबी, छरहरी सोनगुड़िया। संयोग नहीं बैठा, कट गई, नहीं तो उसकी शादी 'उसी' के साथ लगी थी। यह कोई चार-पाँच साल पहले की बात है।

"थके होंगे?" दोस्त ने पूछा था।

"बिल्कुल ही नहीं?" उसने जवाब दिया।

वास्तव में वह बहुत 'सुख' अनुभव कर रहा था। दोस्त का वह गाँव उस दिन बहुत हँसता लगता था। मित्र के दरवाजे पर रौनक बरस रही थी। मच्छरों के डर से ढेर सी करसी एक जगह कोने में रखकर धुआँ कर दिया गया था। मोटा-कड़ा धुआँ गुम्मज बाँधकर पहले तो बैठक में अँड़स गया और फिर बाहर फैलने लगा। बैलों का सारीघर बैठक से लगा था। उसमें भी धुआँ भरा था और उसी बीच बैठकर खिला-पिलाकर हटाए गए बैल 'आँख' मूँदकर जुगाली कर रहे थे। उधर से धुएँ से मिल एक अजीब सी गीली-गुमसाइन गोबरही गंध बैठक में आ रही थी। मगर यह धुआँ और गंध जब भी उसके नथुने पर धक्का देतीं, फिसल जातीं और वह कैसे आराम से बीड़ी दगाए पड़ा था।

इन सब बातों को याद करने में भी एक सुख था, मगर सामने सवाल था—नदी पार जाने का, नाव का। उस पार वाले आदमी ने स्वर ऊँचा कर पूछा, "अरे भाई, नाव का कहीं पता है?"

"बस कहीं से आती होगी।" उसने उत्तर दिया।

"और अगर नहीं आई तो?"

इस 'तो' का उत्तर उसके पास नहीं था। उसने अब कुछ उलझन का अनुभव किया। कई आवश्यक काम थे, फिर इस पार तट डूबा था। और पानी उतने स्थान पर कीचड़ था। अतः घुट्टी भर पानी में खड़ा था। कब तक ऐसे खड़ा रहा जा सकता है! उसने जोर लगाकर सोचा, यह पानी जमकर सफेद संगमरमर की चट्टान जैसा हो जाता तो उस पार पहुँच जाना कितना आसान हो जाता!

तभी उसे याद आया कि कभी ऐसा हो जाता है तो इस सुविधा का लाभ तो सबको हो जाएगा और उसकी कल्पना का स्वाद फीका हो गया। जब उसके कारण पानी जमकर पुल हो जाता है तो मजा भी उसी को मिले! या उसकी मरजी से दूसरों को मिले। एक हल्की खिजलाहट के बीच एक बार उस पार उसने निगाह दौड़ाई और ठीक उस इंद्रधनुष के फाटक के बीचोबीच एक स्त्री की आड़ में एक वीर बधूटी सी एक झाँकी पाकर वह फिर आठ-दस घंटे पीछे वाले सुखद अतीत में खो गया।

उसके दोस्त ने रात में भोजन के लिए जगाया तो उसे रोमांच हो आया। हवेली में घुसते उसे लगा कि हर चीज पर उसके आने की छाप है। दालान में एक अतिरिक्त चिराग रखा गया है। नए सिरे से झाड़ू लगी है। आँगन में जिस ओर पानी गिरता है, हाथ लगा दिया गया है और बहुत साफ लग रहा है। एक ओर आँगन में एक जोड़ी खड़ाऊँ पानी के साथ रखी है। अनावश्यक चीजें हटा दी गई हैं।

पैर धोते-धोते उसका मन एक जोड़ी आँखों पर अटका रहा। किसी-न-किसी

ओर से निशाना बँध गया होगा। चौके में आते-जाते तो वह जैसे एकदम उड़ रहा था। चौके में नई माटी से 'ठहर' दी गई थी, जिसकी ताजी-सोंधी गंध अभी गई नहीं थी। पीढ़ा भी धो-पोंछकर साफ किया गया लगता था। लोटा-गिलास चम्मच।

पीढ़े पर बैठते ही साड़ी की खरखराहट, चूड़ियों की खनक और कुछ साँय से कही गई बात की आहट पीछे कोठिले के ओट से मिली। इसी बीच परसी गई थाली दोस्त ने सामने कर दी। सोनाचूर की सुवास से तबीयत भर गई।

''आप भी बैठ जाइए न!'' उसने कहा

संकोच झाड़कर अब उसके दोस्त भी एक पीढ़ा खींच बगल में कुछ उधर हटकर इस तरह बैठ गए कि आवश्यकता पड़ने पर चीजें भीतर से बाएँ हाथ सरकाया करेंगे। लक्ष्मीनारायण हुआ और दो-दो हाथ शुरू ही हुआ था कि भीतर से 'हाय राम' फिर एक खिलखिलाहट और फिर 'घी तो आग पर ही रह गया', बहुत धीमे पर साफ सुनाई पड़ा। उसने जिंदगी में पहली बार कोयल की आवाज सुनी थी। एक जिंदा रस।

''तब यहाँ कौन तुम्हारा लजारू है, उठकर दे दो।'' उसके दोस्त ने कहा। और जो आँचल से जलती कटोरी पकड़कर दाल में घी छोड़ा गया तो वह पिड़-पिड़-पिड़ करता उसके अंतर में, गहरे अंतर में अपनी सुगंधित तरलता लिये उतरता चला गया और फैल गया। उसने देखा तो जादुई खनक की खान कलाई को और रेशमी उँगलियों को, पर अधघूँघट में अनदेखी चंचल आँखें और बिहँसते होंठ की भी देखारी हो गई।

न हाथ-पैर बजा, न शोर-हंगामा और एक घटना घट गई। दोस्त की बीवी ने नीले पाढ़ की चेक डिजाइन वाली हल्के गुलाबी रंग की रेशमी साड़ी पहन रखी थी। उसे यह रंग बहुत पसंद है। नीला और गुलाबी : विश्वास और भाव। उसने मन-ही-मन सोचा—अबकी धान उतरा तो ऐसी ही साड़ी अपनी बीवी के लिए खरीदेगा।

भोजन समाप्त कर अँचवते-अँचवते वह एक निर्णयात्मक शब्दावली पर पहुँच चुका था—इंद्रधनुष में लिपटा चंपा का ताजा फूल—और दूर-दूर से ही एक ऐसा अज्ञात नशा सवार हुआ कि कब भोजन खतम हुआ, कब खरिका-पान करके वह बाहर बैठक में आया, कब संक्षेप में काम की बातें हो गईं, कब सुबह का प्रोग्राम बना और कब वह सो गया, कुछ पता नहीं चला।

और उसी झोंक में कब सुबह ही तैयार होकर दोस्त से विदा माँग बीहड़ बरसाती मंजिल तय कर वह नदी पर आ गया, यह भी पता नहीं चला।

पछिवा सिसकारी दे रही थी और हल्की ठंडक गुदगुदा रही थी। सवेरे ही सवेरे देव घिर आए। झींसी पड़ने लगी। वह कपड़ों को गीला कर देने के लिए काफी थी। उसने छाता तान लिया।

उस पार तीन स्त्रियाँ थीं और एक पुरुष। ये लोग भी उसी की तरह प्रतीक्षातुर

प्रतीत होते थे। नदी बहुत चौड़े पाट की नहीं थी, परंतु इस पार और उस पार में अंतर तो था ही। वक्त गुजारने के लिए उस पार वालों से बातचीत करना भी कठिन था। उसने देखा, उस पार वालों के पास छाता नहीं है। पुरुष बेचैनी से नाव के लिए इधर-उधर ताक-झाँक कर रहा है। उसे फुहार की तनिक परवाह नहीं है। वह साधारण मोटे कुरते-धोती में एक किसान लग रहा है।

अचानक वह चौंक उठा। वह स्त्री किसी काम से उठ गई तो उसकी आड़ में बैठी स्त्री की झलक साफ हो गई। वही चेक डिजाइन, वही गुलाबी रंग, वही इंद्रधनुष, इंद्रधनुष के भीतर इंद्रधनुष, लेकिन यह दूसरा गठरी की तरह क्यों सिकुड़ा, धरती में गड़ा जैसा अति संकुचित क्यों? इसके भी कोमल कलाइयाँ होंगी, कलाइयों में चूड़ियाँ होंगी और चूड़ियों में खनक होगी। लेकिन वैसी खनक यहाँ कहाँ? वह तो पीछे दूर छूट गई है, बहुत दूर, जहाँ के धुले बागों के पत्तों में अजब तेज गाढ़ी हरियाली है; जहाँ की माटी में सुबास है। वह एक बार फिर बहुत गहरे डूब गया। और क्षणभर बाद ऊपर आया हो वही मनहूस पानी! लेकिन अबकी बार उसे लगा कि यह नदी का पानी नहीं, चमचमाती सड़क है। सड़क की इस पटरी पर वह खड़ा है और उस पटरी पर एक सजीला समारोह है, जिसमें इंद्रधनुष के विशाल फाटक से होकर जाना है। उसे साफ लगा कि इस विशाल फाटक के दो सतरंगी खंभे ठीक इस पार धरती में गड़े हैं। रंगारंग ज्योति के ये खंभे गोल घेरा बनाते हुए आसमान में उठते-उठते पूरी ऊँचाई पर जाकर मिल गए हैं। अमरावती का फाटक गोलोक का सिंहद्वार कि बैकुंठ की पवित्र पीर है?

उसने देखा, इंद्रधनुष के फाटक के भीतर वह किसान बौने की तरह लग रहा है। वह बबूल का पेड़ एक मामूली झाड़ी की तरह लग रहा है। दूर-दूर के बगीचे मरकत प्राचीर की तरह लग रहे हैं। और वह नारी? विशाल, गोल, रंगों के झिलमिल मेहराबी मंडप के बीच इँगुरौटी की तरह लुढ़की है। कौन लूट रहा है कि लाज का ऐसा बचाव? इंद्रधनुष धरती में धँस क्यों जाए? पानी में खड़ा होकर वास्तव में उसका मछुआ मन दो पारदर्शी चंचल मछलियों की झलक के लिए छटपटा उठा।

उसके मन में एक बात आई, मगर अपनी मूर्खता पर स्वयं हँस पड़ा। साड़ी की तरह साड़ी होती है, रंग की तरह रंग होता है और औरत की तरह औरत होती है। उस इंद्रधनुष को देखा और अब वह इसे भी देख लेगा, उसके भीतर से, उस फाटक से होकर वह गुजरेगा, दुनिया का एक खुशकिस्मत इनसान, लेकिन यह पानी? इतनी देर बाद पहली बार वह क्षुब्ध हुआ।

पानी चुपचाप बह रहा था। धरती पर सरकती यह चंचल धारा और आसमान में उभर आई क्षणजीवी विविध रंगों की अचंचल मणि-मेखला! उसने जोर से सोचा, उसे इसी दम उस पार जाना है। समय चूक न जाए।

इंद्रधनुष आसमान में उसी गंभीर आवाज से छाया था। बल्कि उसके ठीक समानांतर ऊपर से एक और पतली धार की तरह हल्के-हल्के उभर आया। नीचे चेक डिजाइन और गुलाबी रंग का रहस्य उसी प्रकार अनखुला था। नाव उसी प्रकार लापता थी। अथाह पानी उसी प्रकार सामने लहरा रहा था। सब वही था, मगर कहीं कुछ जरूर बदल गया था। उसने बंडी और चादर लपेटकर सिर पर रखा। उसके ऊपर छाता, धोती से कसकर बाँध, लँगोट पहने पानी में उतर गया और दो हाथ चलाया कि दूसरे किनारे की माटी मिल गई। लेकिन उसे सख्त अफसोस हुआ कि इंद्रधनुष सचाई नहीं है।

□

बाप मोरे भइले कठबपवा

माघ मेला में लड़की देखने गया। गया नहीं, बल्कि यों समझिए कि मेरे मित्र, जिनका नाम मैं नहीं बताना चाहता, पकड़ ले गए। कभी-कभी ऐसे काम करने पड़ जाते हैं, जिनमें मन का तनिक भी योग नहीं होता। इस अरुचिकर और अशोभन कार्य के बोझ से मेरे तो पैर नहीं उठते थे, उधर मेरे मित्र हवा में बातें करते थे। बोलते नहीं थे, फर्र-फर्र उड़े जा रहे थे। बावन की ढलती उम्र में बाईस के जवानों का सा उनका यह अभिनय एक ओर मनोरंजक था, दूसरी ओर भारी खेदजनक।

वह बार-बार मेरा ध्यान आकर्षित कराते और कहते, "देखो, कैसा मेला चल रहा है? लोग उमड़ते जा रहे हैं। लड़कियों ने सारे रास्ते को रंगीन कर दिया।"

उधर मैं दूसरी बातें सोच रहा था। मेरे मित्र के सिर पर जरूर सनक सवार हुई है। अब इन्हें मौत के स्वागत की तैयारी करनी चाहिए। जीवन का हिसाब-किताब समेटना चाहिए। जरूर अपने नन्हे-नन्हे बालकों की परवरिश के ध्यान ने इन्हें चिंतित नहीं किया है, अपितु काम के बाण ने इन्हें चंचल कर दिया है। जिस आनंद की ललक में यह लपके बढ़े जा रहे हैं, वह काला नाग बनकर गले पड़ जाएगा। समझाने पर नाराज होते हैं। मुँह फुलाने लगते हैं। गाँव-घर के लोग जो इनके हितैषी हैं, मना करके थक गए। इनकी जिद के आगे किसी की एक नहीं चलती।

फिर लड़की वाले पर भारी क्रोध आता है। वह पिता है कि पिशाच, जो इस ऊँट के गले में बकरी बाँधने जा रहा है। उसे चाहिए कि वह कन्या को काटकर गंगा की धारा मैं छोड़ देता। बेचारी अबोध बालिका!

फिर समाज पर तरस आता। कैसा जंगली समाज है? विवाह बोझ हो गया है। कन्या आज घोर दु:खदायी बनकर जन्म लेती है। वर-कन्या के बीच धन-दौलत, प्रतिष्ठा-मर्यादा और नाना प्रकार के टीम-टाम विषैली खाइयाँ हैं—अभागे और गरीब, जिनमें डूब-डूबकर मर मिटते हैं।

जो हो, एक बार पूरी शक्ति से समझाकर सुमार्ग पर लाने का संकल्प मन-ही-मन

किया। रास्ता पतला था। दोनों ओर गेहूँ के खेत लहरा रहे थे। पीछे से आने वाला जब कोई मेले की जल्दी में आगे जाना चाहता तो गेहूँ के खेतों में से बगल मारकर निकल जाता, खेत खरखरा उठते। आगे-पीछे थोक-के-थोक लोग रास्तों पर बढ़ते दिखाई पड़ते। गंगा मैया के दर्शन की पवित्र मुग्धता लिये स्त्रियाँ ठहती-ढिमलाती-खिंचती बढ़ी जातीं। पुरुष विविध-चर्चाएँ करते और लड़कियों इधर-उधर चिट्टा-चिट्टाकर देखतीं, चंचलता से 'मैया री, यह देखो वह देखो' करती उछलती-कूदती, उमंगती चलतीं। मेले का रंग युवती स्त्रियों पर अधिक चढ़ा प्रतीत होता। गाँव के दुखरे-धंधे वाले मनहूस घर के घेरे के बाहर इन्होंने जो कदम रखा तो एक बार विशाल दुनिया के बीच की आजादी ने इनकी चाल-ढाल, बातचीत और कृत्रिम लज्जा को बड़ी खूबसूरती से सँवार दिया। वास्तव में वे अत्यधिक सरलता का अनुभव करती हैं। छोटे-छोटे बच्चों के सिर पर मेले का जादू चढ़कर बोलता प्रतीत होता। नंगे-अधनंगे ये गरीब ग्रामीणों के लड़के मिठाई, खिलौने, बंसरी और माटी की मूरतों की कल्पना में आगे-आगे भागे ज़ाते। मुझे मेले से अधिक उबाऊ रास्ते का चलाव प्रतीत हुआ, परंतु इसके आनंद में मित्र की बात एक कड़वाहट बनकर आती। यह कड़वाहट तब और बढ़ जाती जब वह बड़े मनोयोग-पूर्वक युवती कन्याओं के हाव-भाव और वस्त्र-भूषण की आलोचना करते। एक बार ऐसा हुआ कि मैं उत्तेजना की झल्लाहट में यह भूल गया कि मेरे मित्र मुझसे बड़े हैं तथा उनकी मर्यादाओं को भुलाकर फटकारते हुए मैं उन पर बरस पड़ा, "आपको धिक्कार है! कितने नीच हो गए हैं आप! क्या सारी बालिकाएँ आपको पत्नीमय दिखाई पड़ रही हैं?"

बीच रास्ते में क्षण भर के लिए मैं उनकी ओर मुँह किए खड़ा हो गया। मेरे मित्र को मानो काठ मार गया। वे टुकुर-टुकुर मेरा मुँह ताकने लगे। उन्हें देखकर दया आई, दूसरी ओर मेरे ललाट पर पसीना आ गया। आँखें नीची हो गईं। तब तक कुछ यात्री पीछे आ गए। मेरे मित्र बोले—

"चलो, रास्ते में क्या कहूँ। तुम्हारी बात का उत्तर दूँगा।" फिर कोई कुछ नहीं बोला। रास्ता चलता रहा। माघ की सरेही हँसती रही। मेले की गूँज उत्तरोत्तर बढ़ती गई और जब मेले में पहुँच गए तो जन-सागर आँखों के सामने था।

मेले के समीप एक कुएँ पर पानी पीने के लिए रुके। एक आदमी प्रेमपूर्वक यात्रियों को पानी पिला रहा था। प्यास मिटाकर पास के शिवालय पर जब बैठे तो थकावट की मधुरता के बीच मेरे मित्र मुसकराकर बोले, "अब तो तुमसे कुछ कहते भी डर लगता है। जहर उगलने लगते हो।" उनकी आँखें आने-जाने वालों की ओर गड़ी थीं।

"माफ कीजिए, बड़ी भूल हो गई।" मैंने कहा।

"भूल हो गई, तुम असली बात नहीं जानते हो, वह देखो।"

कहते हुए मेरे मित्र ने जिधर संकेत किया, उधर मैंने देखा कि एक स्त्री है।

साधारण परिवार की है। चादर में लिपटी है। दो नन्हे-नन्हे बच्चों को नियंत्रित करती मेले की ओर बढ़ती जा रही है। बच्चे चादर पकड़-पकड़कर कुछ कहते हैं, मचलते हैं, ठुमकते हैं। कुछ जवाब पाते हैं और आगे बढ़ते हैं। मेरे मित्र ने कहा—

"देखा, यह काम हमसे-तुमसे होगा? बालकों की परवरिश असल में औरतें ही कर सकती हैं। इसीलिए मैं शादी पर इतना जोर दे रहा हूँ। और कोई कारण नहीं।"

"हमारी समझ में तो महज इतने से काम के लिए एक धाय काफी होगी। एक भोली-भाली बालिका का जीवन चौपट करना ठीक नहीं।"

शायद मैं फिर कुछ कड़ी बात कह गया। मेरे मित्र ने एक बार मेरी ओर देखा, फिर मुँह फेरकर मेले में आने-जाने वाले लोगों के बीच उनकी निगाह खो गई, अचानक मेरी ओर मुड़े और बोले—

"लोग मुझे ही दोष देते हैं। मैं क्या करूँ? जब से मेरी स्त्री मरी, घर झन-झन करता है। दोनों लड़के हैं। कितने अबोध हैं। देखता हूँ तो कलेजा पिघल जाता है। फिर संगी-साथी जान खाए जाते हैं। सोचता हूँ कि कोई हो, जिसे मैं अपना बना सकूँ।"

मैं कहने जा रहा था कि जरा शीशा लेकर अपनी सूरत भी तो देखिए, परंतु कुछ सोच-समझकर रुक गया। सलाह के स्वर में बोला, "विवाह की एक उमर होती मित्र।"

"तो तुम्हारा क्या खयाल है कि मैं बूढ़ा हो गया? हाथ मिलाकर देख लो। मैं तो अपने को जवान अनुभव करने लगा हूँ।"

"जवानी मुबारक हो!...नाराज क्यों होते हैं? अब तो लड़की देखने आ ही गए ...हाँ, आगे क्या करना है?"

"किसने?"

"वही जो इस संबंध का अगुआ है।"

"और लड़की कैसे देखेंगे?"

"ऐसे ही। मेले में आई होगी। दूर से दिखा देगा।"

"अगर नापसंद हो गई तो शादी नहीं करेंगे?"

"इसका तो सवाल ही नहीं है।"

"यानी शादी होकर ही रहेगी?"

"हाँ।"

बेर ढलने लगी। मित्र की आँखों में उदासी होने लगी। अगुआ साहब की खोज में खिंची-खिंची दुखने लगी। भरे मेले में उनकी तृप्ति का कोई केंद्र था तो वह एक मनुष्य, जिसकी खोज में वह लगभग बावले हो गए थे। मेरा दम घुट रहा था। एक चीज खरीदने का बहाना कर मेले में घुसा तो फुरसत सी मिली। मन-ही-मन मना रहा था कि

'अगुआ' नाम के उस जीव के लिए हैजा, प्लेग, लकवा अथवा वज्रपात आदि में से किसी एक को भगवान् भेज दें, तो इधर से ही हरिकीर्तन करता चलूँ।

थोड़ा दिन शेष था। लौटा तो मित्र को शिवालय के चबूतरे पर हाथ भाँज-भाँजकर किसी से बातें करते देखा। हँसी का फव्वारा छूट-छूट पड़ता था। दूर से ही तमाशा देखना ठीक समझकर इधर ही रुक गया। लगभग पंद्रह-बीस मिनट में ही वार्त्ता समाप्त हो गई। दो व्यक्ति उठे। पाँच कदम तक पहुँचकर और आतुर-विहास के बीच हाथ जोड़े। मित्र अपने स्थान पर लौट गए। वह व्यक्ति आगे बढ़ा। सावधानी से मैंने पीछा किया।

कुछ परिचित सा लग रहा था। कुछ दूर तक पास-पास आगे-पीछे चलते-चलते अचानक मुझे पूर्ण स्मरण आ गया। लपककर हाथ पकड़ लिया।

"पहचाना हमें?" मैंने कहा।

"ओ! हाँ··· आँ··· आँ?···आँ। ठीक पहचाना। नमस्ते।" एक क्षण तक गौर से हमें निहारकर वह बोला।

"नमस्ते। कहो गुरु, मेले में कोई माल-मसाला है?" मैंने कहा।

"हा-हा-हा-हा!" हँसते हुए वह बोला, "क्यों नहीं! आखिर मेला ही तो है! अच्छा, नमस्ते।"

वह एक ओर बढ़ गया। देर तक उसकी मस्तानी चाल देखता रहा। कौन कह सकता है कि सुनहरे-भूरे रोएँ वाले चमड़े की चप्पलवाला यह व्यक्ति खूँखार भेड़िया नहीं है? उसी समय दस वर्ष पहले की एक घटना एकदम साफ आँखों के आगे नाच गई, जब मैं उस व्यक्ति के गाँव वाले स्कूल में अध्यापक था।

सुक्सन बाबू की रातोरात शादी हो गई। दूसरे दिन सत्यनारायण व्रत-कथा में लोगों को अँजुरी भर-भर प्रसाद मिला। तीसरे दिन पैर की महावर का रंग नहीं छूटा। चौथे दिन पट्टीदारी में भोज था। खाकर लौटे तो घर में दुलहिन की जगह आँगन में सीढ़ी खड़ी थी। गहने-कपड़े के बक्स के साथ नकद रुपयों में पंख लग गए थे। उनकी चीख-पुकार सुनकर मुहल्ले के लोग दौड़े। मैं भी गया। लोग लालटेन ले-लेकर गली-गली दौड़े। सुक्सन बाबू की कमर लटक गई। जवानी तीन दिन रंग दिखाकर उड़ गई। शेष था लुटा बुढ़ापा, जो जिस-तिस के सामने हिसाब कर रहा था, "दो हजार नकद, पाँच हजार के गहने··· हजारों के कपड़े··· और विवाह में खर्च हुए कुल चार हजार···सारे जीवन की कमाई···हे मेरे भाइयो! आह!"

उस शादी में भी यही 'अगुआ साहब' अगुआ थे, और हमें अच्छी तरह याद आया कि कई महीने तक गायब रहे।

मैं लौटकर आया तो मित्र को उल्लसित रूप में प्रतीक्षा करते पाया। बोला, "भेंट

हुई अगुआ साहब से?''

''हाँ, अभी-अभी तो गए हैं।'' उन्होंने कहा।

''क्या बातें हुईं? देखी लड़की?''

''नहीं···कल आएगी···आओ, बैठो, बताता हूँ।''

उन्होंने बड़े प्रेम से बताया कि लड़की के माता-पिता गरीब हैं। बेचारी लड़की फटेहाल रूप में मेला कैसे आएगी? अगुआ साहब दो सौ रुपया ले गए हैं। कल उसे कपड़े-गहने से सजाकर लाएँगे। मुझे जोर की हँसी आ गई। मन में आया कि सोर भेद खोल दूँ, परंतु वास्तव में मैं इस नाटक के कुछ अंक और देखना चाहता था। बोला—

''वाह! कैसी बढ़िया तजबीज अगुआ साहब ने की है। जो लड़की आप जैसे व्यक्ति की पत्नी होने वाली है, वह भला क्यों दरिद्रों के समान धुँआसी-धुँआसी मेले मैं आए? पहले तो नहीं, परंतु अब तो मेरी भी पक्की राय है कि यह शादी होकर रहे।···मगर मुश्किल है मेले में रात बिताना।''

''वाह, क्या मुश्किल है?'' मेरे मित्र बोले, ''मेले में कहीं जाड़ा लगता है? क्षेत्र है न? इतने लोग आए हैं! पापी भी हैं, पुण्यात्मा भी हैं। चोर भी हैं, साधु भी हैं—सबके बीच एक रात तो बिताना ही चाहिए। यह कंबल है, बिछा लेंगे। वह तुम्हारा कंबल ओढ़ लेंगे। देखना रात में, यहाँ इस बगीचे में एक-से-एक अमीर कुड़मुड़-कुड़मुड़ ढरके मिलेंगे।''

रात में सोए तो नींद मानो उठकर कहीं चली गई। बड़ी देर दोनों आदमियों ने मौन रहकर उसे बुलाने का अभिनय किया। परंतु असफल रहे। मेले का अट्टहास मंद हो गया। नौटंकी वालों की डुग्गी की आवाज, सरकसवालों की चीख-पुकार और जगह-जगह बजनेवाले लाउडस्पीकरों के गीत कान को कुरेद रहे थे। दूर कहीं भाषण भी हो रहा था। लोग अभी भी आ-जा रहे थे। जिस पेड़ के नीचे हम लोग एकांत समझकर सोए थे, उसके साये अनजाने जीवों का गिरोह माघ के मारे मोटरी बना लोटा हुआ था। लिट्टी सेंककर बची हुई आग को भोजन के बाद देर तक तापने वाले, बीड़ी पी-पीकर देर तक मन-चर्चा करने वाले, जाड़े की दुहाई दे-देकर सिकुड़ते-किकुरते लोग, रामभजन में रात काटने वाले लोग, सोए-सोए मधुर स्वर में 'राम बिना मोरी सूनी अजोधिया' गाने वाले पतले-मोटे कंठ और 'एक राजा था' से शुरू कर मन को एकदम खींचने वाली कहानी कहते-सुनते लोग सभी जगे थे। तमाम मेला जगा था तो हम लोग ही कैसे सो जाते?

''सरक चलो उधर मास्टर, कोई कहानी कह रहा है।''

''मैं भी तो यही सोच रहा हूँ। रात मालूम होता है, कटेगी नहीं।''

''इसीलिए तो मेला साल भर याद रहता है।''

''इस साल तो याद रखने जोग कई बातें हो गईं।''

''चलो, उठो! खींचो कंबल।''

हम लोग बात की बात में उस आम के छतघोर-छतनार पेड़ के नीचे जाकर जम गए, जहाँ नर-नारियों के भेड़ियाए गोल में कोई कहानी कह रहा था।

मेले की रात। बगीचे का घुप्प अँधेरा। ऊबड़-खाबड़ जमीन पर शयन। कंबल छेदकर आते जाड़े के तीर। यह तो कहानी थी कि उड़नखटोले पर ले उड़ी, अन्यथा रात कटती नहीं। एक कहानी खतम हुई। दूसरी शुरू हुई। इस बार के कंठ-स्वर ने सूचना दी कि कहने वाली एक बालिका है। कहानी शुरू हुई—"एक राजा था।" पास के ही एक आदमी ने कहा, "हूँ"। पुनः "उसकी एक रानी थी।" और "हूँ" और फिर कहानी चल पड़ी। हुँकारी भी चलती रही। "···रनवास में गौरा और गरिया ने खोते लगाए थे। अचानक गरिया मर गई। उसके दो बच्चे थे। गौरा दूसरी गौरैया लाया। जब इसके एक बच्चा हुआ तो पहली गौरैया के दोनों बच्चों को सताने लगी। नाना प्रकार उन्हें कष्ट देती। चोंच से मारती और चारा नहीं चुगाती। रानी यह देखती और देख-देखकर सोच में डूबती चली जाती।"

एक दिन राजा ने रानी से पूछा कि तुम क्यों सूखती जाती हो? किस चिंता में रात-दिन डूबी रहती हो? रानी ने सारा किस्सा बताया और कहा कि मेरे मरने के बाद मेरे लड़कों की भी यही दशा होगी न? राजा ने बहुत धीरज बँधाया और कहा कि 'मरने की क्यों कहती हो? मरे तुम्हारे सात जनम का बैरी। अगर ऐसा हुआ भी तो मैं वचन हूँ कि शादी नहीं करूँगा। अब तो तुम खुश होगी न?'

मैंने मित्र से पूछा, "सुन रहे हैं?" उन्होंने करवट बदलते हुए उत्तर दिया, "हाँ, सुन रहा हूँ।" कहानी चलती रही।

···दइब की ऐसी लीला कि रानी मुन्ना-मुन्नी को छोड़कर चल बसी। राजा बहुत रोये। प्राण था कि शादी दूसरी नहीं करेंगे। लोग छेड़ने लगे। 'कहत-कहत मति क्यों न हरि?' ऊँच-नीच समझाकर राजी किए लोग शादी के लिए। दूसरी रानी आई। मुन्ना-को बताया गया कि सरग से तुम्हारी माई लौट आई। वे खुशी से नाच उठे। जब रानी को एक लड़का हुआ तो उनका भाव बदल गया। धीरे-धीरे वह उन दोनों लड़कों को दुःख देने लगी। उनको कुकुर-बिलार की तरह खुद्दी-चुन्नी फेंक देती। वे दोनों बिसूर-बिसूरकर रह जाते। खाया नहीं जाता तो घूर में गाड़ देते। फूल सा उनका चेहरा कुम्हलाकर धुआँ हो गया। मयभा (सौतेली माँ) जिसको राजा प्यार के मारे 'सोनगुड़िया' कहते थे, तरह-तरह से मुन्ना-मुन्नी को छेदने लगी। दोनों हरदम भयभीत और सहमे रहते। रात भूखे ही दूसरे से चिपटकर सो जाते।

एक दिन दोनों ने सपना देखा कि उनकी असली पुरानी माई आई है और कह रही है कि देखो बचवा, मैं उत्तर ओर बगीचे के पास भुजवानी में बकरी बनकर घूमती रहूँगी। पास आना। मिठाई खिलाऊँगी। सबेरे नींद खुली तो दोनों भुजवानी की ओर

दौड़े। वहाँ सचमुच एक बकरी चर रही थी। दोनों रो पड़े। बकरी ने शरीर हिला दिया और लड्डू झर पड़े। भर क्षुधा दोनों ने खाए। ऐसे ही कुछ दिन चला। सोनगुड़िया ने पता लगाया कि क्या खाकर ये अब हरियर होते चले जा रहे हैं। कुछ लड़कों ने बताया कि एक बकरी इन्हें मिठाई देती है। रानी ने तुरंत राजा से शिकायत की और बकरी को मरवा डाला और फिर मुन्ना-मुन्नी खाए बिना सूखने लगे।

उन्हें फिर सपना दिखाई दिया कि माई उनको जामुन के पेड़ के नीचे बुला रही है।···और कुछ दिन बाद 'सोनगुड़िया' ने सुना कि बिना मौसम के काली-काली जामुन मुन्ना-मुन्नी के जाते ही पट्ट-पट्ट भरभरा उठती हैं। वह अठान-बिठान पड़ी, "जब तक जामुन का पेड़ नहीं कट जाएगा, अन्न-जुल हराम है।"···पेड़ कट गया।

मुन्नी-मुन्नी फिर बेसहारे हो गए। खुद्दी-चुन्नी जो मिलती थी, वह भी बंद हो गई। सोनगुड़िया ने घर से खदेड़ दिया। दैया रे दैया! कैसे कुलच्छन छोकड़े हैं। घर खा डालेंगे। निकल जाओ घर से!

मैं आधा कहानी सुन रहा था, आधा अपने मित्र के निरीक्षण में था। बोला, "देख रहे हैं न? कैसी कसाइन है?" मित्र कुछ न बोले। करवट बदल ली। एक लंबी साँस ली। घुटनों को सिकोड़कर कसने लगे, मानो अंग-अंग बटोरकर बाँध रहे हों। कहानी चलती रही—

उन अभागों की माई बकुली बनी। नदी किनारे मछली मार-मारकर फेंकती और दोनों आग में सेंक-सेंककर खाते। सोनगुड़िया को इसकी भनक मिली। अठान-बिठान पड़ी और राजा ने बकुली को भी मरवा डाला।

···शाम को खर-पात और आग लेकर बच्चे नदी के किनारे पहुँचे। देखा कि उनकी बकुलिया माई चित पड़ी है। दोनों बिलखकर रोने लगे। आग वैसे ही पड़ी सुलगती रही। अभागे झंखते-कलपते रहे। पास ही राजा हवा खा रहे थे। उन्हें बड़ी हैरानी हुई। कौन इस वेला में ऐसा अछाधुर हो-होकर अहक रहा है! अपना कलेजा फाड़ रहा है। किसकी रुलाई है कि बनचिरई रोआँ गिराकर डहकने लगी। बनबिझकी पतई झड़ने लगी। वे पास जाकर सुनने लगे। लड़के रो-रोकर अपने आप अपनी वेदना प्रकट कर रहे हैं—

सनगुड़िया रे सनगुड़िया
बाप मोरे भइले कठबपवा रे सनगुड़िया।

मेरे मित्र अब उठकर बैठ गए। निस्तब्धता में उनके हृदय की धड़कन का आभास मिल गया। लड़की के स्वर में स्वर मिलाकर उसकी माँ भी अंतिम रुदन-गीत को गा उठी। सारा वातावरण करुण रस से सराबोर हो गया। अभागे बच्चों की पीर माँ-बेटी के काँपते हुए मोहक स्वर में झनझना उठी। गीत चलता रहा—

सनगुड़िया रे सनगुड़िया
माई मोरी भइली बकरी-मइया
रे सनगुड़िया!
मयभा दिहली मरवाय।
सनगुड़िया रे सनगुड़िया॥
माई मोरी भइली जमुनिया
रे सनगुड़िया!
मयभा दिहली कटवाय।
सनगुड़िया रे सनगुड़िया॥
माई मोरी भइली बकुलिया
रे सनगुड़िया!
भइली उहो खयकार।
सनगुड़िया रे सनगुड़िया॥
बाप मते भइले कठबपवा
रे सनगुड़िया!

मेरे मित्र की हिचकी बँध गई। वे सिसक-सिसककर रोने लगे। दोनों हाथों से मुँह थाम लिया। मुझसे अब कुछ करते नहीं बनता। देखा कि नाटक का विचित्र फलागम होने जा रहा है। उधर कहानी चल रही थी—

···राजा पास आकर देखते हैं कि यह तो उन्हीं के लड़के हैं। हाय! मेरे लड़कों की यह दशा? मेरे मुन्ना-मुन्नी को क्या हुआ कि इस प्रकार बिलख रहे हैं?

मेरे मित्र ने झटके से मेरा हाथ मजबूजी से पकड़ लिया और स्वयं उठकर जोर से खींचते हुए बोले—

"चलो, मास्टर, घर! न जाने हमारे सुशील और उर्मिला किस हालत में हैं। चलो!"

और इसके बाद उनकी सिसकी फूट पड़ी। वह फूट-फूटकर रोने लगे। चुप कराने के लिए मुँह पर हाथ फेरा तो आँसुओं से हाथ तर हो गया। लोग अचकचा गए। क्या बात है?

तुरंत उसी दम घर चलने की उनकी जिद को किसी प्रकार समझा-बुझाकर शांत किया, जो अचानक मनोरंजन सूझा पूछा, "और वह दो सौ रुपए जो दिया···"

मेरे मित्र को मानो बिजली का करेंट छू गया। तमककर उठ गए और तेजी से बोले, "खबरदार! अब उसकी बात की तो थप्पड़ लगा दूँगा।"

□

अतिथि

बाजार से लौटकर लोकनाथ सौदे की गठरी और तेल की शीशी बाहर पड़ी चौकी पर रखकर अभी यह जानना ही चाहता था कि बैलों को पानी पड़ा है या नहीं, तब तक एक पंडितजी न जाने किधर से आ धमके।

"दाने-दाने पर लिखा है खाने वाले का नाम। ईश्वर कल्याण करे। अब तो आज यह जन यहाँ से हिल भी नहीं सकता। कुछ नहीं, बस इस चौकी पर चार अंगुल जगह चाहिए।"

यह कहते हुए बिना किसी उत्तर की प्रतीक्षा किए पंडितजी ने चौकी पर झोला-झक्कड़ के साथ लोटा-सोटा उतार दिए। थके लोकनाथ ने एक बार सूनी निगाहों से पंडितजी की ओर देखा और फिर घर में चला गया।

लोकनाथ कई दिनों से जुगाड़ बाँधते-बाँधते किसी प्रकार गँव लगाकर आज बाजार जा सका था। जमा-पूँजी थी चार सेर सावाँ। नमक-तेल के बाद मुश्किल से आधा सेर चावल मिल सका था। यह चावल बुखार के पंजे से छूटे उसके छोटे लड़के के लिए चार-पाँच दिन का भोजन था। वह सावाँ का भात देखकर मुँह फेर लेता है। लोकनाथ ने सोचा था कि चावल का भात खाकर वह खिल उठेगा। कलुआ, हलुआ, घलुआ, तेतरी, पितरी और सनीचरी की आँखों से बचाकर किसी छोटे बरतन में उसके लिए अलग पका दिया जाएगा। हिसाब से दिया जाएगा। कम पड़ेगा और फिर पें-पें करेगा, तो एक ठेला सावाँ का सरका दिया जाएगा। चावल पेट के लिए है, भरसाँय के लिए नहीं। माँड़ के साथ गीला भात और ऊपर से नमक कितना अच्छा लगता है। माठा की भी जरूरत नहीं। माठा अँटता भी कहाँ है। गाय देती है तीन पाव दूध। उसे जमाकर पूजा के लिए कौड़ी-कौड़ी भर घी निकालने के बाद डाल दिया। तीन सेर पानी फिर सावाँ के भात के साथ उसी में हिला दिया, कुल कच्चे-बच्चे ग्यारहों जने को।

अब ऐसी स्थिति में लोकनाथ के सामने यह स्पष्ट था कि चावल के वे दाने, जिन्हें क्षणभर पहले वह अपने बीमारी से उठे छोटे लड़के की खुशियों का खजाना समझ रहा

था, इन पंडितजी के हक के किसी रहस्यमय लेख के चमचमाते अक्षरों के समान हैं। उसे सचमुच एक-एक दाने पर उनका नाम लिखा हुआ दिखाई पड़ने लगा। वह सोच भी नहीं सकता था कि चावल बचा लिया जाए। एक तो अतिथि, दूसरे खद्दरधारी, तीसरे कितना तेज निकलता है चेहरे से और चौथे यह कि अपने द्वार की मर्यादा की रक्षा भी तो करनी है।

लोकनाथ घर से निकला, तो उसके गमछे के खूँट में गुड़ के दो छोटे-छोटे टुकड़े थे और एक हाथ में एक लोटा पानी। इन्हें लाकर उसने सावधानी से पंडितजी के सामने रख दिया।

''पानी पीने की तो एकदम इच्छा नहीं है, भगत। परंतु तुम्हारा मन रखने के लिए पी लूँगा। जमालपुर में पी चुका हूँ। एक निजी काम से आया था। वापस तारडीह जाना था, परंतु यह आखिरी बस आते-आते छूट गई। अब सुबह पहली बस पकड़ूँगा। कल लखनऊ भी जाना है। तुम्हारे एम.एल.ए. श्री हरद्वार हमारी मामी के भाई के साले हैं।...कोई काम हो तो कहना। अब अपना तो काम हो ही गया है सेवा करना और लिखा है कि 'परहित सरिस धर्म नहिं भाई', फिर टिकट का सीजन है। खाक छान रहा हूँ।''

''धन्य भाग्य सरकार हमार।'' लोकनाथ ने हाथ जोड़ लिये। पंडितजी ने जल ग्रहण किया। चौओं को पानी भरने के साथ लोकनाथ ने उन्हें स्नान भी करा दिया। धोती और लँगोटी कचारकर फैला दी गई। जब चौकी पर आसनी, आचमनी आदि ठीक कर पंडितजी ध्यानमग्न हो गए, तो लोकनाथ ने पशुओं की सेवा से फुरसत पाकर उनकी भोजन-व्यवस्था का शुभारंभ किया।

हलुआ ने चौकी के पास ढो-ढोकर उपले के ढेर लगा दिए। घलुआ को आदेश हुआ कि कुम्हार के यहाँ से दो छोटी-छोटी हँड़िया माँग लाए। पानी लाना कलुआ के जिम्मे रहा। स्वयं लोकनाथ ने थाली में वही आधा सेर चावल लाकर एक तरफ रख दिया और दाल के लिए फटा रूमाल झाड़कर ओढ़ते हुए गाँव में प्रवेश किया। तेतरी को आदेश था कि चावल में से धान और कंकड़ बीनकर साफ कर दे। पितरी बगल में चौका लगाने लगी। रोग से उठा मलुआ और अधरोगी सनीचरी दोनों सहमे से चुपचाप बैठ यह सब देख रहे थे।

पंडितजी पूजा से निवृत्त हुए तब तक उनका एक भगत मूँज की एक छोटी सी डाली में अरहर की थोड़ी सी दाल और उसके ऊपर दो गाँठ हल्दी लिये हाजिर हो गया।

''ओ हो! यह तो पूरी बाल-गोपाल की मंडली है। सब तुम्हारे लड़के हैं न? कितने भाग्यवान हो! इन्हें खूब पढ़ाओ! मामूली मत मानना। इन्हीं में गांधी, जवाहर छिपे हैं। बस एजुकेशन मूलमंत्र है। साइंस जरूर पढ़ाना। ओवरसियर, इंजीनियर और डॉक्टर बनकर आजकल लोग रुपए झार रहे हैं। क्यों बेटा, किस दरजा में पढ़ते हो?''

कलुआ कुछ न बोल सका। लोकनाथ ने उत्तर दिया, ''छह पास कर सात में गया। फीस नहीं जुट सकी। दो महीने बाद नाम कट गया, तो घर बैठ गया।''

''फीस नहीं जुटी? दर्जा सात में फ्री एजुकेशन अभी नहीं हुआ? ओ, गवर्नमेंट भी क्या अंधी और निकम्मी है। तुम्हारे गाँव में प्राइमरी स्कूल भी नहीं है? ठहरो, मैं विधान सभा में सवाल पुछवाता हूँ।''

''पंडितजी, खिचड़ी बनाएँगे या दाल-भात? आलू तो पूरे गाँव में तलाश करने पर नहीं मिला।'' लोकनाथ ने कहा।

''अच्छा, कोई बात नहीं। खिचड़ी बना लेंगे। घी तो मिल जाना चाहिए?''

''जरूर कुछ घर में होगा।''

''क्यों नहीं होगा? घी-दूध गाँव में नहीं होगा, तो क्या होगा? यही तो यहाँ की मिट्टी को चमकाता है। जवान उछलते हैं।...भगत, वह तुम्हारा लड़का बीमार था क्या?''

''हाँ पंडितजी! महीनों बाद चारपाई छोड़कर उठा है। अभी बहुत कमजोर है।''

''तब तो उसकी खूब हिफाजत करनी चाहिए। उसे फल और दूध का इंतजाम जरूर कर देना। ग्लूकोज और डॉक्टरों से राय लेकर कोई टॉनिक भी दो। किस डॉक्टर से इलाज कराया?''

''डॉक्टर के पास जाने की कहाँ सरि है, महाराज! अपने से अच्छा हो गया।''

''अपने से अच्छा हो गया? तब तो और खतरनाक है। रोग उभड़ सकता है। ले चलो इसे लखनऊ। मैं बलरामपुर अस्पताल में भरती करा दूँ। मुफ्त दवा होगी। कई मंत्रियों से मेरा परिचय है।...ओ, वह देखो मेरी बच्ची भीतर से सब्जी ला रही है। ला, बेटी, ला। देखो भगत, गाँव में कमी हो सकती है? गृहलक्ष्मी का भंडार खाली हो सकता है?''

सनीचरी ने चार-पाँच हरी-हरी तरोई लाकर चौकी पर रख दीं। अभी बतिया ही थी, परंतु अतिथि-सत्कार में कमी क्यों रह जाती? उन्हें हाथ से उठाते हुए पंडितजी ने कहा, ''यह तो अमृत है। कम-से-कम प्रति व्यक्ति प्रतिदिन आध सेर हरी तरकारी चाहिए। रोटी, दाल, चावल, सब्जी, फल, घी, दूध और थोड़ी सी शक्कर आदमी को उचित मात्रा में मिलती रहे, तो तंदुरुस्ती पर कोई धक्का नहीं लग सकता। हमारा देश तो है मूर्ख, तिस पर भी गाँववाले महामूर्ख। क्या तुम जानते हो कि संतुलित आहार जिसे अंग्रेजी में 'बैलेंस्ड डायट' कहते हैं, किस चिड़िया का नाम है?

''जरूर तुम जानते नहीं हो। अन्यथा चावल के साथ आटा जरूर लाते। शास्त्र में तो रात को चावल खाना एकदम मना है।...लेकिन गाँव में दूध-घी का ऐसा धरमधक्का है कि सब कमी पूरी हो जाती है। मुझे भी अभ्यास है। चाहे जो भी खा लूँ, हर्ज नहीं।

बस एक नियम भगवान् निभाता चला आ रहा है। भोजन के आधा घंटे बाद आध सेर गाय का शुद्ध गरम दूध एक छटाँक चीनी के साथ मिल जाना चाहिए।''

आग सुलग गई। पंडितजी धोती खूँटकर मैदान में उतर गए। उनका सोने सा चमचमाता चेहरा आग की लपटों की रोशनी में दमकने लगा। हलुआ ने ढिबरी जलाकर आले पर रख दी। परंतु वह हवा लगने से कब की बुझ गई थी। इसकी ओर किसी का ध्यान न था। भाग्य के समान आकाशी चंद्रदीप लोकनाथ के द्वार की इज्जत बचा रहा था। पंडितजी 'रामचरितमानस' की एक चौपाई गुनगुनाने लगे—

हरिजन जानि प्रीति अति बाड़ी।
सजल नयन रोमावलि बाड़ी॥

चौपाई की गुनगुनाहट के साथ उनके हाथ बिजली की तरह चमकने लगे। गोल-मटोल भरा शरीर, गोल और भरा हुआ चेहरा, मधुर स्वर और अध्यात्म का दिव्य तेज—सब निराला। एक-एक क्रिया मानो अभिमंत्रित रूप में होती थी। न जाने कितने शास्त्रों और महाकाव्यों की पंक्तियों ने उस भोजन को सात्त्विक बताने में योग दिया। अंत में तरोई सुधारकर पंडितजी ने खिचड़ी में छोड़ दी और ढककर स्वयं चौके से बाहर निकल आए।

समस्या थी खड़ाऊँ की। लोकनाथ ने बताया कि खूँटी टूट गई है, जिसे ठीक करने के लिए लोहार के यहाँ भेजा है।

''ओ! गँवई के मूर्ख लोहार, खड़ाऊँ बनाना क्या जानें? दारुलसफा में एक एम.एल.सी. मित्र को एक खड़ाऊँ पहने देखा। क्या वर्णन करूँ, कितनी हल्की, कितनी मजबूत, कितनी खूबसूरत और कितनी आरामदेह वह खड़ाऊँ थी! दाम भी कुछ नहीं। महज सवा दो रुपए!...यह तुम्हारी कठनही या कठपनही तो ऐसी है कि चौके से बाहर पहनकर आया हूँ और मालूम होता है कि इसकी रस्सी पैर खा डालेगी।''

भोजन तैयार हो गया। लोकनाथ ने एक-एक लड़के को भगाना शुरू किया। वे ऐसे थे कि टस से मस नहीं होना चाहते थे। किसी को खाने, किसी को सोने और किसी को किसी अन्य बहाने से घर में भेज दिया। जो इधर-उधर ताक-झाँक करता, उस पर कड़ी डाँट पड़ी। और धीरे-धीरे स्थान निर्मक्षिक हो गया। घर का सहेज-बटोरकर रखा घी आ गया। खिचड़ी थाल में निकालकर ठंडी कर ली गई और उसमें घी छोड़कर मिला लेने के बाद उसे बड़े थाल से ढककर अगला कार्यक्रम शुरू हुआ।

'सीताराम, जय सीताराम' की ध्वनि से सारा मुहल्ला गूँज उठा। लोकनाथ ने भी सहयोग दिया। कठिनाई यह हुई कि कीर्तन सुनकर घर-घर के लड़के फिर जुट आए, जिन्हें भगाने में लोकनाथ को काफी परिश्रम करना पड़ा। अच्छा हुआ, कीर्तन बहुत शीघ्र खत्म हो गया, अन्यथा थोड़ी देर में सारा गाँव आ जुटता।

"भगत, मैं खाते समय बोलता नहीं। गो-ग्रास निकाल दिया है। अब तर्पण के बाद भोजनारंभ करूँगा। भोजन से पहले घृतयुक्त उत्तम भोजन अग्निदेव को अवश्य अर्पित करना चाहिए।···मेरा कहना मानकर तुम आज से यह धर्म का काम जरूर करना। ओ··· ओ··· ओं··· म···ब्रह्मा···।"

थोड़ी देर में भोजन करके एक हल्की हुंकार के साथ पंडितजी ने इधर देखा, तो कुछ दूर हटकर बैठे लोकनाथ ने समझ लिया कि भोजन समाप्त हो गया। उसने खड़े होकर हाथ जोड़ते हुए कहा, "और कोई जरूरत, सरकार?"

"कुछ नहीं। बस कुछ भोजन छूट गया है। कोई कुत्ता पास में है?"

उसी प्रकार हाथ जोड़े लोकनाथ ने कहा, "महाराज, आप हाथ-मुँह धोइए। कुत्तों की कमी नहीं है।"

□

गोता

गंगा के धवल हिलोरे देख उसका मन लहराने लगा। याद आया, वर्षों से गंगा-स्नान नहीं किया। आज पाप-ताप धुल जाएँगे। सौभाग्यशाली सुप्रभात है! फिर तट की चहल-पहल में क्षणभर डूबने के बाद उसे लगा, जिसकी सहज अर्धनग्नता पर उसकी आँखें टँगी हैं, वह कोई नवयुवती है। शरमाकर मुँह फेर लिया। सोचा, 'वह' भी ऐसी ही है। कानों में उसकी बात गूँज उठी। "गाँव-घर के पद में मैं आपकी क्या लगूँगी?" उस दिन उसने विहँसकर पूछा था।

"कुछ लगोगी।"

इसने हँसकर सपाट स्वर में उत्तर दिया था। वास्तव में इस सवाल से उसके भीतर हल्की खीज सी पैदा हुई थी। इसने झटके से उसकी हथेलियों को अपने हाथों में ले लिया था और मलने लगा था।

सब याद है। कितनी मुलायम वे रेशमी हथेलियाँ थीं! कमल उतना कोमल कहाँ होता है? मन उन पर लोटने लगा था। नशा छा गया था। फिर क्या हुआ? क्या हुआ? ...वह अब इस प्रसंग को मन में उठने नहीं देना चाहता है। बहुत मनस्ताप झेला है और पश्चात्ताप की कसती जाती लपेट से उबरकर वह पवित्र होने के लिए छटपटा रहा है। उसने नए विचारों की झाड़ू से पुराने विचारों के कूड़े को बुहार फेंकना चाहा, ताकि गंगा की प्रशस्त दिव्यता में मन पूरी तरह मुक्त हो जाए। कहीं पढ़ा था कि विचार मैटर है। उसे अनावश्यक वस्तुओं की भाँति हटाया जा सकता है। व्यर्थ ही हम हारते हैं। मन के फालतू विचारों को हटाते-हटाते चित्त एक दिन पूर्ण निर्मल हो सकता है।

एक बार यह प्रयोग उसने किया था।

बात यह कि एक विचार चिंता बनकर उसे सता रहा था। बार-बार मन में आता, कुछ हो गया तो क्या होगा? किस घाट लगेगी? वह स्वयं अपना कलंकित मुँह कहाँ छिपाएगा?

किताब खोलकर बैठता, बंद कर देता...कुछ हो गया तो क्या होगा? कुछ लिखने

चलता, लिखकर फाड़ देता…वह किस घाट लगेगी? टहलना-घूमना बंद, नींद नहीं आती, घुटन है, धुंध जैसा है, मस्तिष्क में छाया है। इस अनाम बेचैनी की गाँठ जैसे-जैसे खोलने की कोशिश करता, और उलझती जाती है। लगा, वह अत्यंत लाचार प्राणी है। अपने ऊपर दया आई। कैसा फँसा? ललक में टूट पड़ा। अब भोग!…लेकिन भोग अभी कहाँ? अभी तो अनागत आशंका का त्रास है। पता नहीं क्या होगा? कितना क्या होता है, कुछ नहीं होता। हुआ भी तो मार्ग है। चिंता का कारण नहीं। कोई बात सामने आए तो सोचा जाए। वह केवल डर रहा है। उसी ने डरा दिया था। अलग होते ही छाती पीट ली—कुछ हो गया तो क्या होगा? फिर कहने लगी—संयोग खराब लग रहा है, मेरी छाती धड़क रही है। उसकी भयभीत मुद्रा से वह भी हिल गया था। "कुछ नहीं होगा, कुछ नहीं होगा", वह बाहर से कहता रहा, भीतर रंगत खराब थी। "देख लो एकाध महीने", उसने कहा था और सोचता चला आया था, यह प्रेम का कैसा भद्दा और जंगली रूप है। सच, वह लंपट है।

एक दिन और छटपटा उठा, वह उस दिन बहुत गहराई में उतर गया। उसे लगा, वह एक जानवर है, आदिम जानवर। वह मांसभक्षी है, असाधारण गिद्ध है। मगर उसे मांस भी नहीं चाहिए। क्या उसे सचमुच मांस चाहिए? शायद नहीं। उसकी नजरें नहीं उठतीं। क्या रूप चाहिए? नहीं, रूप रूप में अंतर है। उसे मांसल नारी-रूप चाहिए? नहीं, कभी-कभी तो घिन होती है। तब क्या उसे उमर चाहिए? सचमुच? नहीं। सुबह की बासी चाँदनी की उमर तो आँखों पर चढ़ती भी नहीं। तब? तब? कुछ समझ में नहीं आता, उसकी ललक क्या है? वह भीतर सावधानी से टटोलता है और बारंबार वह चीज फिसल जाती है, जिसकी उसे तलाश है। जो चीजें हाथ लगती हैं, वे टिकतीं नहीं, खुद बिखर जाती हैं। कहीं से टोह मिली, प्रेम! और वह हँस पड़ा! यह भी क्या शानदार कूड़ा है! तब? धुंध की गहरी परतों में से उठो, हे मेरे मन और कड़ाई से बीन-बीनकर फेंक दो फालतू विचारों के काँटों को!… और फिर यही उसने उस दिन किया। थोड़ी देर में चित्त सम पर आ गया। उसने जाना कि अवांछित विचारों को हटाया जा सकता है। आज भी हटाना है। उसने जोर लगाकर 'उस' की जगह सम्मुख पड़ी गंगा को प्रतिष्ठित करके सोचा, काश कि ऐसी जगह पैदा हुआ होता, जहाँ रोज डुबकी लगाने के लिए गंगा मिल जाती! उसे उन समस्त लोगों के प्रति ईर्ष्या होने लगी, जो नित्य स्नान वाले थे, जिनकी सहज मुद्रा और मटमैली, कुछ हल्के लाल रंग की हो चलीं धोतियाँ पहचान करा देती थीं। उसे लगा, नित्य स्नान से ललाट पर चमक आ गई है। ये ग्रामीण हैं, जो कम-से-कम तनाव में जीते हैं। इनके जीवन में सरलता और श्रद्धाशीलता है। फिर उसने सोचा, वह चाहे तो नियमित रूप से एकादशी व्रत रहकर द्वादशी को गंगा-स्नान का यह अपूर्व-लाभ ले सकता है। पुनः त्रयोदशी को कलश भर जल लेकर बड़े महादेव

का अभिषेक कर सकता है। उसके गाँव के कुछ भक्त ऐसा करते हैं। उनका विश्वास है कि शंकर के जटाजूट से गंगा प्रवाहित हुई हैं। अतः उस पवित्र जल का उन पर चढ़ावा वरदानी होता है।

इस चिंतन में उसे बहुत मजा आ रहा था। उसे गाँव के वे लोग स्मरण आए, जो आजीवन एकादशी, गंगा-स्नान और त्रयोदशी-अभिषेक के क्रमिक व्रत को निभा सकें। विशेषकर उसे दयाल काका की याद आई। उनकी गंगाभक्ति और शिवभक्ति मशहूर है। एक बार वे काँवर में 'जल' ला रहे थे। किसी ने कह दिया, इस 'पानी' का क्या करेंगे? इसपर काका बहुत बिगड़े और फौजदारी की नौबत आ गई। यह माना जाता है, उनके जैसा धर्मात्मा गाँव में कोई नहीं रहा। बस एक ही कलंक उनके साथ लगा है। कहते हैं, लँगोट के कुछ कच्चे थे। बहुत दिनों तक मजरा उनका हल जोतता था। कहीं से उजड़कर आया था। काका खुलकर उस पर दयालु थे। सपरिवार उनके यहाँ रहता था। उसकी जवान बेटी थी। काका फँस गए। गर्भ रह गया तो काँव-काँव मची। उनकी मति मारी गई थी, कहने लगे, 'इसे औरत की भाँति रखेंगे।' बिरादरी के लोग माथा पीटने लगे। किसी तरह मामला रफा-दफा हुआ। वाह रे बुढ़वा काका! मारा कि…

सोचते-सोचते उसे रोमांच हो आया। भीतर की अबूझ लहरों ने उसे ठेल-ठालकर विचार के उसी केंद्र पर पहुँचा दिया, जहाँ से वह छिटककर भागना चाहता था। उसने जोर लगाकर सोचा, और सचमुच 'उसे' कुछ हो गया तो क्या उसमें काका की तरह शक्ति है कि पत्नी की भाँति रखना भरे लोगों में मंजूर कर ले? उसकी माँ मानेगी? क्या विवाह संभव है? क्या वे दोनों गाँव की जहरीली कुबोलियों को झेल सकेंगे? देर तक वह इन प्रश्नों से टकराता रहा। प्रश्न-ही-प्रश्न थे, उत्तर नहीं था। मगर आज उत्तर देना है। इस तट से वह कोई निश्चय करके ही उठेगा।

बैठ गया। अच्छा लगा। झलर-झलर पुरवा डोल रही थी। आसमान में बादल मँडरा रहे थे। उनकी छायाओं के टुकड़े धरती पर और जल में दौड़ रहे थे। सामने विस्तृत जलराशि झलमला रही थी। आसपास कोलाहल नहीं था। शांति का अनुभव हो रहा था। सबकुछ अपरिचित था, अतः सुखद था। बहुत मजे में हिंगुआ का काँट बराकर धूल माटी पर पालथी मार बैठ गया। वह जगह थी कि कहीं पर किसी तरह बैठने में कोई पूछने वाला नहीं था। तट के भीतर अगणित लोग नाना भाँति से समाए हुए थे। लोगों का एक भाग जल-भीतर, एक भाग तट पर और एक भाग मार्ग में। छोटे लड़के पैरों से पानी पीटते हुए 'जहाज' बनकर तैर रहे थे। जवान तैराकी में जुटे थे। बूढ़े हनुमान चालीसा-उच्चार के साथ जनेऊ को उँगलियों से घिस रहे थे। टेरेलिन वाले घर से सर्फ और थाली लेकर आए हैं। औरतों की डोलची में फूल-पत्तियाँ भरी हैं। वे तट के छिप-छिप पानी में बैठी आराम से बातें कर रही हैं। बातें काँव-किच टाइप हैं। वे

अपने वर्तमान का भरपूर भोग कर रही हैं। वे क्षण विशुद्ध रूप से उनके अपने हैं। वे शिक्षिता नहीं हैं, अतः उनके भीतर सघन तहखाने नहीं हैं। जो कपड़ा बदल रही हैं, वे केवल कपड़ा बदल रही हैं। जो तट पर रखी शिव-पिंडियों पर अक्षत-जल चढ़ा रही हैं, वे उस समय वही कर रही हैं।

उसे लगा, इस विशाल परिवेश में एकमात्र शायद वही जीव है, जो यहाँ जी नहीं रहा है। अतीत की चोट से उसका वर्तमान घायल हो गया है। आँखें बीमार हो गई हैं। उसके अतिरिक्त और किसी की दृष्टि नहीं मँडरा रही है कि कौन युवती किस प्रकार पेटीकोट और ब्लाउज पर नदी से दोनों हाथ छाती पर डाले निकल रही है अथवा खुले तट पर बैठकर गीला ब्लाउज उतारकर सूखा पहनने में किसी तरुणी में कौन सी सुनहरी छवियाँ अनावृत होकर कितना परितृप्त कर रही हैं। जरूर इस पूरी भीड़ में वही एक गिद्ध है, जो रह-रहकर कुँआरे मांस पर लार टपका लेता है। बाहर देखता है तो वही दिखाई पड़ रहा है। भीतर झाँकता है तो वहाँ भी वही!

उसके मन में आया, सारी जकड़न—बाहर की, भीतर की—छिन्न-भिन्न करके वह साहस बाँधकर पानी में गड़ाम से कूद पड़े। जैसे दूसरे लोग छपक-छपक नहा रहे हैं, गा रहे हैं, मौज ले रहे हैं, तैर रहे हैं, चौपाइयाँ बोल रहे हैं, राम-नाम घोलकर नहाने के स्वाद को मीठा बना रहे हैं, वैसे वह भी खुशी-खुशी नहाए-धोए। मगर नहीं हो सका। जड़ की तरह बैठा रहा। बाहर की भीड़ में अकेला था और भीतर के एकांत में विचारों से घिरकर ऊब गया था।

सोच रहा था, वह अकेले क्यों ऐसा है? इतने सारे अगणित लोग, जिन्हें वह देख रहा है, क्या अपनी-अपनी एक-एक अलग-अलग कहानियों नहीं जी रहे हैं? एक की कहानी दूसरा नहीं जानता। बाहर से चेहरा देखते हैं। भीतर की हलचल अनजान है। उसे ही इस प्रकार बैठा देख कोई क्या समझ रहा होगा? लगता होगा, कोई शरीफ है, नहाने आ गया है, बैठा हवा खा रहा है अथवा गंगा मैया की छवि में भूला है। लोग यह भी समझ सकते हैं कि बहुत सुखी आदमी है, पवित्र मन से तट की झाँकी ले रहा है। भीतर देखें तो कलई खुले। कितने तूफान, कितने गर्द-गुबार उपद्रवरत हैं! सगरी दुनिया का यही हाल है, उसने मन में बैठाया और भीतर कुछ तसल्ली आई।

एक बहुत सघन काजर-करिया बादल का टुकड़ा सिर पर आ गया था। लगता था, अब-तब बरस आएगा। उसी के बारे में दो किसान आपस में बात कर रहे थे। एक कह रहा था, यह इसलिए नहीं बरसेगा कि इस की जड़-पूँछ नहीं है। यह तैरता टुकड़ा हवा में उड़ जाएगा। सुनकर मन-ही-मन वह जड़-पूँछ का अर्थ ढूँढ़ने लगा। बादल की जड़ क्षितिज की गहराई में होती है, जहाँ से वह पूरे जोर में उठता है। आदमी के जीवन की जड़ कहाँ होती है?···एक लंबी साँस भरकर बुदबुदा उठा, नारी ही शायद जीवन-क्षितिज

की वह जड़ है, जिसके बिना आदमी आसमान का आवारा टुकड़ा हो जाता है। क्या वह ऐसा ही है? यदि है तो खंड-खंड होकर छितरा जाएगा। एक प्रसंग याद आया।

उसे चूमकर उसने कहा था, "मैं तुम्हें जिंदगी भर भूल नहीं सकता···" और भीतर-ही-भीतर यह भी अहसास हो रहा था कि झूठ बोल रहा है। जिंदगी भर नहीं भूलना एक बड़ी चीज है। यह मुलाकात मात्र कुछ गिनती के क्षणों की है।

उसने जिद की कि बस तुम एक बार आकर मेरे पास बैठ भर जाओ। वह सहम रही थी। घर वाले आ-जा रहे थे। उसने उसे पास खींच लिया। बाहुओं में जकड़कर चूमने लगा। वह छटपटाकर अलग हो गई और बोली, "आपको इससे क्या मिला?" उसने कहा, "एक बहुत मूल्यवान चीज मिली है, कान इधर लाओ तो बताएँ।" वह पास आ गई। उसे फिर बाँहों में लेकर उसने कान में मुँह डालकर कहा, "प्रेम! मुझे तुम्हारा प्रेम मिला।"

उसे अच्छी तरह याद आया कि 'प्रेम' शब्द का उच्चारण करने में उसकी जीभ लड़खड़ा रही थी। भीतर से अपने पाखंड पर संकोच हो रहा था कि वह उसे फँसाकर उसके गदराए शरीर से क्षण भर खेलने का प्रपंच रचे था।···लेकिन प्रपंच-ही-प्रपंच में भीतर से उकसकर कोई नई चीज नया मोड़ ले रही थी। उसके विश्वास का भोलापन इसके छल को कतर रहा था। उसे बार-बार लग रहा था कि उसे प्रेम ही करना चाहिए, खिलवाड़ नहीं। निश्चय किया कि शरीर-स्पर्श से बचेगा।

और गहराई में उतरकर उसे याद आया, जिस समय वह यह निश्चय कर रहा था, उसके भीतर कोई खुदबुद कर रहा था, यह सब बेकार है। वह बारंबार इस स्वर्गीय फूल को छूता रहेगा, मौका मिलने पर मसलता रहेगा।···इस विचार से उस दिन वह स्वयं से ही घबरा गया था। एक झटके में फिर निश्चय किया—लो, अब वह यहाँ आएगा ही नहीं! छुट्टी परंतु मन ने एक सुझाव पेश कर दिया, आने में क्या हर्ज है? बस आकर दो-चार मीठी-मीठी बातें करके चले जाना! उसने मन की सलाह मान ली थी मुसकराते हुए।

सामने से उस पार के यात्रियों से भरी एक नाव गुजरी। मल्लाह ने पूरे जोर से लग्गी लगाते हुए एक गीत उठाया—"तेरा मुखड़ा लाल गुलाबी···!" और गीत-कड़ी ने उसे नए सिरे से झनझना दिया। उसने सोचा, कहीं कोई लाल-गुलाबी मुखड़ा है, जिसमें उसी की भाँति यह बेचारा मल्लाह भी उलझा है। नाव खेते में भी मुक्ति नहीं। जैसे यहाँ बैठे उसे मुक्ति नहीं। दुनिया में बड़ा उपद्रव है इन मुखड़ों का! वह हँसने लगा। हँसी का एक और जबरदस्त कारण उभर आया। एक बात याद आ गई।

उसी बीच किसी पत्रिका में उसने एक बहुत जोरदार निबंध पढ़ा था। शीर्षक था, 'मातृवत् परदारेषु!' उसकी बातें मन में चुभ गईं। एक माँ के रहते आदमी अपने को कितना शक्तिशाली, सौभाग्यशाली और सुरक्षित समझता है। यदि संसार की सारी स्त्रियों

को माँ समझ लिया जाए, यदि लाखों-करोड़ों माताएँ हो जाएँ तो वह संसार में कितना खुशकिस्मत इनसान हो जाएगा! वह देवता या अतिमानव हो जाएगा। संसार की समस्त श्री-संपदा और सुख-शांति उसके चरणों पर लोटने लगेगी। मातृ-भावना का विस्तार ही काम से मुक्ति का एकमात्र मार्ग है। माँ की शक्ति से बढ़कर कोई शक्ति नहीं। नारी को विषय-दृष्टि से देख आदमी मातृ-सत्ता का अपमान करता है। वह तृप्त तो होता है नहीं, उलटे भीतर वह आग भड़कती है, जो उसे भस्म कर क्षार बना देती है। हवा के झोंकों में उड़कर वह क्षार संसार पर गंदगी बनकर छा जाता है। नारी को पूज्य दृष्टि से देखते ही भीतर रूपांतर शुरू हो जाता है, अवचेतन के तनाव और द्वंद्व गिर जाते हैं। ग्रंथियाँ खुल जाती हैं। आदमी मुक्त हो जाता है!

बैठे-बैठे निबंध की बातें याद आईं। याद आया, उसने संकल्प किया कि 'उसे' मातृ रूप में ही अब देखेगा। फिर याद आया—इसी भाव-धारा में अपेक्षाकृत अधिक मुक्त भाव से एक दिन वह उसके यहाँ पहुँचा। द्वार पर उसका भाई मिला। पता चला कि वह सख्त बीमार है। सुनकर मुरझा गया। मन में बात आई, माँ बीमार है, उसे सेवा चाहिए। दृढ रहना चाहिए। मौके पर ही परीक्षा होती है। अपने को जीत गया तो संसार को जीत गया। फिर भी उसे खुलकर माँ कहने में संकोच था। उसने सोचा, भाव को मन के भीतर रखकर क्रिया रूप में प्रकाशित करेगा। व्यवहार पवित्र बनाएगा।

उसके भाई से ज्ञात हुआ कि उसके पैर में फोड़ा हो गया है। बुखार भी है। अपने से उठा-बैठा नहीं जा रहा है। उसे खुशी हुई कि मौके पर आ गया है, सेवा का अवसर मिला। अच्छी भावना मन में लाने पर प्रकृति सहायता करती है। प्रारंभिक औपचारिकताओं से निपटकर वह उसका हाथ पकड़ता है। खूब तप रहा है। नाड़ी-ज्ञान तनिक भी नहीं है, परंतु देर तक नाड़ी-परीक्षा करता है। पैर का निरीक्षण करता है, जैसे वह कोई भारी डॉक्टर है। सूज गया है क्या? हाथ से सहलाता है। वह आँखें बंद किए पड़ी है। उसकी माँ रोग और दवाओं का विवरण दिए चली जा रही है। उसकी ओर उसका एकदम ध्यान नहीं है। 'हाँ-हूँ' किए जा रहा है।

"सूजन ऊपर तक है क्या?" कहते हुए वह कपड़ा लगभग पिंडलियों के पास तक खिसका देता है। मांसल चमक आँखों में समा जाती है। छाती धड़कने लगती है। खबरदार, माँ है। दृष्टि वक्ष पर जा टिकती है। खरगोश चौकन्ने हैं, मगर खबरदार…! बात मन में आई, बीमारी भी सुंदरता बढ़ा देती है क्या? झीने धुँधलके से आच्छादित प्रभात के खिले ताजे फूल की भाँति उसके सदेह अवसन्न सौंदर्य को देखकर वह अवाक् था। एक अजीब उत्फुल्ल खिन्नता उसकी आँखों में नाचने लगी थी। भीतर से उमड़ते आह्लाद को वह बारंबार रोक रहा था। कृत्रिम उदासी का चेहरा अपने मुँह पर टाँगकर उसकी माँ और भाई से रोग की सावधानियों की चर्चा कर रहा था।

उसकी माँ ने कहा, "अच्छा, बेटा, आ गए हो तो एक काम कर दो। हम लोगों से उठ नहीं रही है, जरा छन भर के लिए टाँगकर उस पनाले वाले घर में उसे कर दो।" प्रस्ताव से वह खुश था। सावधानी से उठा, उसे बिठाया, फिर काँख में हाथ लगाकर पीछे से उठाकर जमीन पर खड़ा कराया। उससे खड़ा नहीं हुआ जा रहा था। किसी प्रकार उसे उसने वहाँ तक पहुँचा दिया और उसकी माँ को सौंपकर चला आया। वापसी में कुछ दूर तक वह दीवार के सहारे आ गई। बाद में आँगन पार कराकर उसने उसे चारपाई तक पहुँचाया।

वह दो दिन तक वहाँ रुका रहा। इस बीच कई बार उसके गदराए तन के स्पर्श-ताप का सुख मिला। इस सुख ने उसे छितरा दिया। स्वयं को ही वह एक भद्दे पशु जैसा लगने लगा। अपनी ही सूरत अपरिचित लगने लगी। हैरानी थी कि उसे उठाने में कहाँ का गजब बल उसमें आ जाता है। बहुत जोर लगाकर भी पूर्व-संकल्पित भाव मन में ला नहीं पाता। सोचता, फँस गया। दूर से ही उसका अभ्यास हो सकता है।

मन कड़ा कर सुबह जलपान के बाद उसने वापसी की इजाजत चाही। माँ ने कहा, "अच्छा, जा ही रहे हो तो बस एक बार जरा अपनी बहन को कपड़े बदलने के लिए नहानखाने में कर दो। फिर तो अभागी को न जाने कितने दिन तक हम लोगों को ढोना पड़ेगा। रोग है कि कितने धीमे-धीमे हट रहा है।" वास्तव में वह अब इसके लिए तैयार नहीं था। मन में कुंठित आलस छाया था। अबूझ अनुत्साह में वह मुरझा सा गया था। अनमने ढंग से उसने हाथ लगाया। स्पर्श से भीतर एक सूखी सी झुरझुरी लहरा गई। बस यह अंतिम है। उसने उसे वहाँ कर दिया। कपड़े बदल लिये तो लौटना था। पीछे मुड़कर देखा। माँ कहीं चली गई थी। आँगन सूना था। उसे पकड़कर आगे बढ़ाया। आँगन के बाद एक छोटी वह सीढ़ी थी। सीढ़ी बहाना हो गई। उसे पूरी तरह बाँहों में भरकर जकड़ लिया। "यह क्या कर रहे हैं भाई साहब…वह माँ…" और सचमुच उसने देखा, माँ उधर से चली आ रही थी।

उसे याद आया, रास्ते भर अपने को धिक्कारता गया। घर पहुँचकर कई दिनों तक पश्चात्ताप में डूबा रहा। अपने को बारंबार जंगली, असभ्य, नीच और कुत्ता कहकर भी उसे संतोष नहीं होता। मन बैठता जाता। लाज और संकोच में भीतर ही भीतर गड़ा जाता। भीतर से मन कहता—माँ ने नहीं देखा होगा, देखा भी होगा तो क्या देखा होगा, उस तरह तो टाँगकर बराबर लाता ही रहा! तो भी समाधान नहीं था। वह अपने शील की रक्षा के लिए शूरवीरों की भाँति दृढ प्रतिज्ञा करना चाहता था। उसे बेहद आत्मग्लानि हो रही थी कि बाहर से वह कितना साफ है और भीतर इतना गंदा! भीतर के पशु को मनाना है। वह संघर्ष करेगा। पहला ठोस कदम, शीघ्र ही एक दिन वहाँ जाएगा! असभ्य व्यवहार के लिए माफी माँगेगा। दूसरा कदम, वहाँ वह अत्यंत गंभीर बनकर रहेगा।

उससे हारकर नहीं, उसे जीतकर आएगा। वह मुसकाएगा तक नहीं। नाप-तौलकर बोलेगा। शरीर-स्पर्श तो क्या, आँख उठाकर देखेगा भी नहीं।

तब इस प्रकार सोचते में उसके मन में एक बार आया था, कहीं वह फिर तो धोखा नहीं खा रहा है? इच्छाएँ उसे छल तो नहीं रही हैं? एक बात और, ठीक याद आया, उसके भीतर एक आश्चर्यजनक आदमी कुछ अपना ताना-बाना बुन रहा था। उसका तर्क था—सभ्य क्या, असभ्य क्या? वह कितनी सुंदर है? उसे भला देखो तो। सभ्य व्यवहार और असभ्य व्यवहार की फालतू चिंता उसके सामने नहीं टिक सकती। उसने भीतर वाले इस आदमी की उपेक्षा कर दी। यह आवाज उसे प्रभावित नहीं कर सकी। वह दृढ था। इस बार वह केवल इसीलिए जाएगा कि लौटते समय उसका मन मुक्त रहेगा। उसने एक अत्यंत सुखद आध्यात्मिक यात्रा की कल्पना की। एकदम निर्भार होकर चिड़ियों की चहक और फूलों की महक का मजा लेने जाएगा।

मौसम बदल चुका था। आषाढ की पहली बौछारों से सोंधी सुगंध उठ चुकी थी। पपीहे की आवाज सुनी, अच्छी लगी। साधारण आवाज नहीं है। यह प्रेम है, अत्यंत पवित्र। मन में आया, कहाँ प्रेम और कहाँ जंगली आदमी!...फिर खुशी हुई कि प्रायश्चित्त के लिए जा रहा है।

बस से उतरकर उस गाँव की डगर पर बढ़ने में उसे एक अभूतपूर्व अनुभूति हुई। सीवान में स्फूर्तिदायक वायु की शीतलता और मौन उल्लास निहित प्रतीत हुआ। सुखद कल्पनाओं की भाँति झुरमुट से झाँकता वह गाँव, चमकते घर, झिलमिलाते श्यामल खपरैल और ऊँचा शिवालय-शिखर—सब अपूर्व लगा, शांति मिली। लगा, जिस प्रकार प्रत्येक व्यक्ति अपने रूप-रंग, स्वभाव अथवा व्यक्तित्व से पृथक्-पृथक् है, उसी प्रकार गाँव भी अपनी समग्रता में भिन्न-भिन्न प्रकृति वाले हैं। गाँव-गाँव के सीवान की सुगंध में अंतर है, उसकी भूमि के स्पर्श में, बाग-बगीचों की चाक्षुस छुअन में अंतर है। गाँवों की कुलीनता, शालीनता अथवा लघुता और बड़प्पन आदि के अव्यक्त भाव चेतना के ऊपर तरंगों में थरथराते हैं। कुछ गाँवों में यदि शुष्कता बोध है तो कुछ में अतिरिक्त मृदुता! ऐसे बोध वहाँ के संपूर्ण निवासियों के औसत व्यक्तित्व के सूक्ष्म संपुंजन हैं।

उसकी पलकों पर सुकुमार तरल लताएँ सूक्ष्म छुअन बनकर बार-बार जन्म ले रही थीं। सोच रहा था कि उसके अनदेखे वृंदावन की सघन आर्द्रता कुछ ऐसी ही होगी। संध्या समय गंगा की लहरों के शांत हो जाने पर जिस प्रकार की नीरव प्रशस्तता अनुगुंजित दिव्य स्वरों के संगम पर छा जाती है, उसी प्रकार उसके गाँव के सीवान के राह-घाट पर बिखरी मधुरता में बहुत तल्लीनता मिली। लगा, मन निर्विकार हो गया। चौपाई याद आई। 'प्रविसि नगर कीजै सब काजा, हृदय राखि कोसलपुर राजा।' लेकिन, सब काजा क्या? उसने फिर सोचा, उसे तो कुछ नहीं करना है। बस एक सभ्य इनसान

की भाँति अपने को झलकाकर चला आना है।···कुछ औरतें घास गढ़ रही थीं। जल्दी में थीं। चूड़िया खनक रही थीं। अच्छा लगा। नल-कूप की नाली आ गई। साफ भरा पानी गतिशील था। बहुत अच्छा लगा। यदि वह मुसलमान होता तो इस स्वच्छ दूबचाँचर घास पर टटके पानी में वजू करके इस साँझ-वेला में पाक-परवरदिगार की इबादत में लीन हो जाता। फिर चूड़ियों की खनक कानों में आई। सोचा, यदि वह पशु होता तो यह घास कितनी मीठी लगती।···फिर मन में आया—अरे हाँ, वह तो एक पशु है ही। अपने ही भीतर फैली हरियाली चरने को आतुर रहता है।···लेकिन डरपोक पशु है। चरना है, बेधड़क चरे। छिपकर, पछताकर क्या करना है? सारी दुनिया स्वाद जीती है और वह निषेध जी रहा है।···लेकिन ये विचार अमानवीय हैं। एक सीमा है, एक समय है। सभ्यता की पगडंडियों पर सामाजिक सांस्कृतिक और नैतिक मान्यताओं की मंजिल पर जब इतनी दूर मनुष्य बढ़ आया तो क्यों आदिम अवस्थाओं के लिए, आदिम रस के लिए ललकता रहे? मन की अबाध तृप्ति नहीं, उसे समृद्ध आत्मानंद और अंतर्रसता की खोज है···भाग, भाग, देर तक चूड़ियों की खनक सुनता रहा तो शायद खतरा है।

टप्प! एक बड़ी सी बूँद उसकी नाक पर गिरी। ध्यान भंग हो गया। लगा, वह वास्तव में गंगा-तट पर बैठा है। आसमान पर मँडराने वाली आवारा चट्टान सघन होकर गलने लगी है। छिटपुट बड़ी-बड़ी बूँद गिरने लगी हैं। पच्च! फिर एक बूँद हथेली पर गिरी। पानी छितरा गया। लड़के चिल्ला रहे थे, "पनबदरा! पनबदरा!" बूँदें पानी में भी गिरीं, पड़-पड़-पड़···बुल्ले फूटने लगे। एक तेज झोंका आया। जमीन पर जैसे महुआ चू रहा हो। बूँदों के आघात से धूल उठ गई। नहाने वाले अस्त-व्यस्त हो गए। फिर क्षण भर में ही पर बजाता, हरहराता, खड़बड़-खड़बड़ पराजित सैन्य टुकड़ियों की भाँति वह खोखला पनबदरा एक ओर निकल गया। सब ज्यों-का-त्यों हो गया। उसका खूबसूरत अतीत चित्र भी अपनी समस्त चटकता के साथ लौट आया।

आज भी उसे आश्चर्य है कि उस दिन वहाँ जाकर किस प्रकार उसने 'शिष्टता' का स्वाँग रचाया। मुँह गोल बना-बनाकर समाचार के बाद ऊँची-ऊँची बातें करने लगा। 'उससे' बहुत कम और गोल-मोल बातें कीं, "कहो, ठीक-ठाक हो न?" अथवा "बीमारी के बाद संयम से रहना चाहिए" जैसी बातें ही हो सकीं। वह निकट आने का प्रयत्न करती तो कतरा जाता। "बीमारी में आपने मेरी जो सेवा की, उससे मैं उऋण नहीं हो सकती", उसने कहा। इसने उत्तर दिया, "बीमारों की सेवा मनुष्य का धर्म है।" फिर मौन हो गया। भीतर कुछ और हलचलें हुईं, जिसे इसने बलपूर्वक दबा दिया। रात में भोजनोपरांत चारपाई पर जाते समय उसे गर्व था कि उद्देश्य में सफल हुआ। वह पानी लेकर आई। "कहाँ रख दूँ?" इसने पास पड़ी ईंट की ओर इशारा किया। उसने उसे चारपाई के नीचे सरकाकर उस पर लोटा रख दिया। बोली, "जाऊँ?"

इसने गंभीर भाव से कहा, "हाँ रात काफी हो गई है। जाओ, सोओ।" तब भी वह खड़ी रही। "और कोई जरूरत?" बड़ी कठिनाई से इसने उत्तर दिया, "लालटेन बुझा दो, पतिंगे लग रहे हैं।" उसने आज्ञा का पालन किया। "अब जाऊँ?" पूछा। "हाँ जाओ।" करवट बदलकर टूटती हुई आवाज में उसने उत्तर दिया।

वह चली गई। दालान में खटका हुआ। फाटक बंद किया था। फिर भीतर की ओर खड़खड़ाहट। भीतरी फाटक भी बंद हुआ था। फिर सब शांत हो गया। सिर्फ फैला अंधकार रह गया। एक बैल की टुन्-टुन्-टुनुन् घंटी बज रही थी। वह बगल में ही बँधा था। उसने आँख गड़ाकर देखा। वह पास बैठी गाय को चाट रहा था। अचानक उसे लगा कि नींद नहीं आ सकती अब। कितना सुनसान है! दरवाजे पर वह अकेला है। उसके पिताजी उधर नीचे खलिहान में हैं। खलिहान अभी उठा नहीं है। भाई बगीचे में गया है, सुबह आम बीनकर लौटेगा। आम का स्वाद उसे बहुत पसंद है। मगर यह रात में नींद का स्वाद खराब हुआ तो दिन में शेष सब फीका हो जाएगा। बिजली की तरह मन एक विचार चमक गया। शायद अनजाने अभी-अभी एक हिंसा हो गई। कोई और जरूरत? क्या अर्थ था इसका? शायद उसका मन टूट गया।...प्यास मालूम होने लगी। लोटे का समूचा पानी पी गया। फिर प्यास...उसे लगा चारपाई पर खटमल रेंग रहे हैं। अँधेरे में वह इन्हें पकड़ नहीं सकता। कहीं से कुछ सड़ी-जैसी आम की गुठलियों की गंध आ रही थी। वह खड़ा हो गया। कुछ देर तक खड़ा रहा। मूर्खता हो गई। प्रेम प्रमाण माँग रहा था तो वह गौतम बन गया। उसे लगा, वास्तव में प्रेम हो गया है। वह रात अचानक विरह की रात हो गई। अब वह उसके बिना जी नहीं सकता। पीड़ा की चुभन से वह छटपटाने लगा। जो शिष्टता ओढ़कर वह संध्या से भरम रहा था वह असत्य थी। सत्य यह है। वह सत्य से बराबर भागता रहा। झूठ को सत्य कहकर अपने को धोखा देता रहा। पहले शरीर, तब प्राण, मन और आत्मा, अंत में परमात्मा! शरीर को नकारकर वह किसकी सिद्धि चाहता है? वह एकदम अस्थिर हो गया।

धीमे-धीमे कदम बढ़ाता वह वहाँ पहुँच गया, जहाँ नदी के किनारे दरवाजे की सीमा समाप्त होती है। वहाँ अच्छा लगा, क्योंकि अंधकार अत्यंत घना था और अपना हाथ भी नहीं सूझ रहा था। अभी कुछ देर पहले जब वह सोने आ रहा था, तारे निकले थे, चतुर्थी का चाँद हल्के-हल्के हँस रहा था। अब सब छिप गए। पनीली घन-घटाओं की सघन काली छाँह में दुर्दिन धरती पर सुस्ताने लगे। इस समूचे परिवेश में अब तक देखकर भी जो अदेख था, वह था नन्हे-नन्हे प्यारे जीवों का जगमग जुलूस! इस अद्‌भुत स्फुलिंग समारोह ने उसके मन को छू लिया। असंख्य-असंख्य जुगनू थे, जो झलमल चमक रहे थे। किनारे की बँसवारि पर, पाकड़ के पेड़ पर, सर्वत्र मणि-झाल की भाँति वे लुकझुक कर रहे थे। नदी की अतल गहराई में जहाँ अंधकार की परतें अत्यंत सघन थीं,

ये विद्युत-नट कमाल कर रहे थे। वे वहाँ लय-ताल पर जलते-बुझते थे। उसे लगा, सारी सृष्टि में निहित एक लय है। आत्मानंद इसी अमूर्त लय की सिद्धि है। जगत् एक अबूझ अंधकार है, जिसमें जीव किसी अतृप्ति अथवा प्यास से विक्षिप्त होकर इन जुगनुओं की भाँति चमक-झमक रहे हैं। तिमिरपुरी की ये माणिक छवियाँ उसके व्यथित मन को छुकछुन बेध रही थीं और उसे भला लग रहा था। नीचे नदी की गहराई में पानी का कहीं पता नहीं था। उसमें तमसाकार शून्य कसा था। हवा गुम थी। झिल्ली की तीखी सिसकार नैरंतर्य में परिवेश का अंग बनकर सहज बन गई थी। सब मिलाकर एक सुंदर भयावहता यहाँ क्षणभर के लिए रुक गई थी, जिसके बीच वह एक प्यासे दैत्य की भाँति अपने को अनुभव कर रहा था। उसने स्वयं आज की रात काटने के लिए यह मायापुरी रच ली है। वह जगमग नीलमणियों की बौछार के बीच कोई साधना कर रहा है। वह नदी के किनोर प्यासा है। उसका पानी तिमिर-मंजूषा में बंद है। उसकी चेतना के विद्युत-कण बिखर-बिखरकर उसे भरमा रहे हैं। वह सिहर उठा। इतना बड़ा कांड जो उसकी आँखों के सामने हो रहा है, क्या सत्य है? क्या सचमुच ये कोई कीड़े हैं, जो ऊपर-नीचे उड-उड़कर गोते लगा रहे हैं? कुछ बेचैन से लगते हैं। इन्हें कौन सी पीड़ा है? यह पीड़ा रात में ही क्यों है? और विशेषकर आज पावस की अँधेरी रात में क्यों है? इनके भीतर कौन सी आग जल रही है? अथवा यह सब भ्रम है? मैं स्वयं ही बिखरकर अपनी जलन तो नहीं छींट रहा हूँ?

वह खोने लगा, खोने लगा और उस दृश्य-विचार में खो गया। लौटा तो प्यास असह्य हो चुकी थी। कंठ सूख गया था। तालू चिटक रहा था। उसे किसी भी तरह पानी चाहिए ही, सिर्फ पानी, शेष सब बेकार।

आँधी में जैसे नवतनु गाँछी लड़खड़ा उठती है, उसी तरह वह फाटक तक पहुँचने में लड़खड़ाया, परंतु तब तक एक हल्की दस्तक उस पर पड़ चुकी थी। आश्चर्य हुआ कि उसी के साथ ही अविलंब भीतरी फाटक पर खटक हुई और पल भर में बाहर का फाटक खोलकर वह सामने खड़ी थी, कहती हुई, ''नींद नहीं आ रही है?''

''प्यास लगी है।'' वह उत्तर देता है।

पानी आ गया है। जब उसने पी लिया तो लोटा हाथ में लेकर वह पूछती है, ''जाऊँ?''

''क्या अभी तक तुम सब लोग जाग रही हो?'' वह बोलता है।

''नहीं।'' वह उत्तर देती है।

''मुझे और पानी चाहिए।''

...और उसे याद आया, सबकुछ याद आया, किस प्रकार उसने सबकुछ भूलकर अपनी प्यास बुझाई। वह कितनी मीठी रात थी। फिर अलग-अलग दोनों क्षणभर बैठे

रहे। उसने कहा, ''फूल, तुम जीत गई। मैं हार गया बुरी तरह। मगर खुश हूँ और बहुत कृतज्ञ हूँ।''

सुनते ही जैसे काँपकर वह उसके ऊपर लुढ़क गई। सिसकी सी मुँह से निकली, ''हाय, भाई साहब, यह बात नहीं है। मैं हार गई और आप जीत गए।···कुछ हो गया तो क्या होगा। आप कहाँ मिलेंगे? बहुत डर लग रहा है। मैं तो कहीं की नहीं रही···''

और तब से, कहा न, वह उसके शब्दों की लाश ढो रहा है। बहुत बेचैनी में आज यहाँ गंगातट पर पहुँचा है। शब्दों की लाश आज वह उन धवल हिलोरों में प्रवाहित कर देगा। आज मुक्त हो जाएगा। नहीं, अब वह वहाँ नहीं जाएगा। तन के साथ मन को भी वह इस निर्मल जल में डुबो देगा।

जय गंगा!

वह उठ खड़ा हुआ। बहुत हल्का महसूस कर रहा था। कपड़े उतारकर पानी में धँस गया। जी जुड़ा गया। शिवोऽहं-शिवोऽहं··· उसने ताबड़तोड़ तीन-चार डुबकियाँ लगाईं।··· गंगा-स्नान का कुछ अर्थ होता है। हे गंगा, तूने भारी फंदे से उबारा! और वह गहरे जल में गया, आकंठ जल! वह याद करने लगा कि कोई स्तोत्र, प्रार्थना या चौपाई इस मौके पर उच्चारित हो। हवा के झोंकों के साथ छोटी-छोटी लहरियाँ आकर उसके होंठों के साथ खेल रही थीं। उसे लगा कि वह एकदम तनाव-मुक्त हो गया है। सबकुछ साफ है। कोई चिंता की बात नहीं।···बस आखिरी बार अपनी शंका मिटाने के लिए वह उसके यहाँ एक बार और जाएगा। उसने उतना स्नेह दिया तो यह इतना भी न करे? नारी जाति! बेचारी किस प्रकार रो रही थी। काफी दिन हो गए। अवश्य अब वह प्रसन्न होगी। उसे एक बार जाना चाहिए। क्या सोचती होगी? वैसी प्रीति जोड़कर ऐसे भूल गए!

वह नहाकर बाहर निकलने लगा। कमर भर पानी में आकर खड़ा हो गया और गमछा कचारने लगा।

···इस बार वहाँ जाने पर कितना अच्छा होता कि जाते ही पहले वही मिलती। देखते ही अपनी वनैली ओखों में चंचलता का निखार भरकर हँसती हुई कहती, ''भाई साहब, अब कोई डर नहीं। देखिए, आज ही नहान किए हुए हूँ।''

···वह देखता, सफेद साड़ी, काले ब्लाउज में बिखरी घन केशराशि की वह चढ़ी घटा कितनी सजल है! वह देखता ही रह जाता।

गमछा कचारकर वह धोती में लगे मिट्टी के दाग को छुड़ाने लगा। तट पर हुई बूँदाबाँदी में यह दाग लग गया था। भीतर पूर्ववत् चलता रहा···

···सबकुछ भूलकर बस देखता रह जाता है। ताजे फूल से खिले मुख और टटकी पँखुरियों से आरक्त कपोल पर से फिसलकर गरदन पर बिछलती आँखें सौंदर्य-शिखरों पर जा अटकतीं। फिर धीरे-धीरे नीचे उतरतीं।

दाग छूटता नहीं था। बाद में देखा जाएगा, वह अब पानी से बाहर होने लगा। अचानक खड़ा हो गया। मन में उभरा चित्र काफी साफ था। वह चौंक सा रहा था—

···एक और गंगा? वह देखता, उसके उदर भाग की लोल लहरियों में वही प्रशस्त शुभ्रता, वही अनंत महिमाया और वही सौन्दर्य हिल्लोल! वह फिर-फिर देखता—सचमुच, एक और गंगा उसके सामने होती, फिर वह क्या सोचता? बस उसकी तरल-धारा में डूब जाता, डूब जाता!

होंठों पर एक टटकी मुसकान खिल गई और उसने उस कमर भर जल में पुनः एक जबरदस्त गोता लगा लिया—जय गंगा!

□

स्वयं मेले

आगे-आगे लतरी की माँ, उसके पीछे उसका बाप गोजर और उसके पीछे झुंड में लतरी, कबूतरी, सनेही, चरना, हरी और मोटकी। लतरी सोलह-सत्रह साल की और शेष दो और बारह वर्ष के बीच के। देखा, घाम और हवा के झोंक में चले जा रहे हैं।

मुझे तो साइकिल के धोखे में दिन चढ़ गया। यह सवारी भी मौके पर खूब दाव दे जाती है। माता-मइया की, रामनवमी वाली परसादी तो सवेरे ही मिल गई। सोचा था, लोहे के घोड़े पर बैठेंगे तो जाते कितनी देर लगेगी। नवमी माता की पूरी परसादी का, भोजनभट्ट लोगों का, मेले में जाने वालों का हाल-चाल बूझते साढ़े दस बज गया। साइकिल लेकर निकला तो गाँव के गोंयड़ पहुँचते-पहुँचते ही अगला पहिया फँसकर थँसक गया। एक क्षण रुककर कुछ सोचा, मगर कोई चारा नहीं था। गाँव में कोई बनाने वाला नहीं है। अब यह ढोल तो बजाना ही है। ढोकर ले चला। मेले में बन जाएगी तो लौटानी आराम रहेगा।

अब मालूम हुआ कि हवा में कितना घाव है और घाम में कितना ताव है। ऐसी ही तेज दोपहरी में एक दिन श्रीरामचंद्रजी ने जन्म लिया। तभी शायद वे इतने तेजस्वी थे। पता लगाना चाहिए कि उनकी जगह हम लोग इस दिन माता-मइया क्यों पूजते हैं? एक बात जरूर है, इस तपन-तवाढी में माता-मइया की कल्पना, उनकी पूजा, उनके साज-समाज और गीत सब खूब शीतलता प्रदान करते हैं। लेकिन यह मेला? अब बात सामने है, उससे इनकार नहीं किया जा सकता। दो-चार डग आगे बढ़ने के बाद ही दिल तलफल हो गया। ठीक उसी समय गोजरराम का काफिला आ गया। हवा और घाम का कुछ भी अंडस उन्हें नहीं था। एकदम सहज मौज में घर-चर्चा के साथ बढ़ रहे थे। मैं खड़ा हो गया।

''बगद गई है?'' पूछने के साथ गोजरराम ने सलाम किया।

''हवा निकल गई।'' मैंने उत्तर दिया और साइकिल बढ़ाई।

''कल-पुरजे वाली चीज का भरोसा नहीं। रामायण में लिखा है कि 'जल में गाड़ी नाव पर, थल गाड़ी पर नाव'!''

गोजरराम ने ज्ञान की बात कह दी। उनके कहने का मतलब यह था कि कभी यह साइकिल हमें ढोती है और कभी ऐसा अवसर आता है कि इसे ही हमें ढोना पड़ रहा है, रह गई बात हवा की, सो गोजरराम की लड़की लतरी की समझ में नहीं आई। उसने आँचल ठीक करते हुए कहा, "हवा तो ऐसी उखड़कर बह रही है कि ओसावन में भूसा के साथ डाँटी और अनाज का भी पता न चले। कितनी हवा चाहिए?"

उसकी बात पर हँसी तो खूब आई, परंतु मैं चुप ही रह गया। बेचारी गँवार मजदूर की बेटी खेत-खलिहान से आगे की बात सोच भी क्या सकती है! उसके अज्ञान पर उसके बाप ने टीका की, "पागल कहीं की! साइकिल पर देवरी-ओसावन होगी? अरे, यह मशीन की चीज है। इसमें मशीन की हवा चाहिए, क्या बगइचा की पतई है, जो हवा में खड़खड़ाकर उड़ चलेगी! इतना बड़ा आदमी का वजन लेकर सर-सर भागती है—किसके बल पर! रबड़ के पहिए में हवा भरी जाती है! हवागाड़ी नहीं सुना है! यह टुनटुनियाँ हवा-गाड़ी है।"

इसके बाद गोजरराम का जेठरा बेटा सनेही आगे बढ़ा और साइकिल के पास आकर जोर से हाथ घुमा-घुमाकर मानो गोजर और लतरी दोनों के ज्ञान को काटता हुआ बोला, "बबुआजी की साइकिल में तो हाथ-ड़ेढ़ हाथ का पंप है। छुछिया पर लुग्गा देकर ताबड़तोड़ चूँ···चूँ···चूँ···चूँ···करके हवा देते हैं।" और उसने हाथ इस प्रकार चलाया जैसे सचमुच हवा भर रहा है। मानो उसे इस बात का बेहद गर्व है कि 'पंप' नामक चीज को जानता है। बबुआजी उसके मालिक के, जिनके यहाँ उसका बाप गोजर हल जोतता है, पुत्र का नाम है। उस सात-आठ साल के लड़के के कहने और हाथ की मुद्रा में एक विचित्र स्फूर्ति थी, जिसने हमें बहुत प्रभावित किया। आवाज उसकी टन्न-टन्न थी। रोआँ-रोआँ फरफरा रहा था।

वह चल नहीं रहा था, मानो उछल रहा था। धोती की जगह अंडरवियर जैसी चीज पहने था, जो इतनी पुरानी और गंदी थी कि पता नहीं चल रहा था कि जब बनी तो किस रंग की रही। सस्ते पापलीन की एक कमीज शरीर पर थी। शायद आज ही साबुन लगाकर या सोडा में या रेह में साफ करके तथा सुखाकर पहनी गई है। खूब सिकुड़ी-चिंगुडी है, मगर इसकी उसे परवाह नहीं। सिर नंगा है। विधाता ने वह घाम बनाया ही नहीं, जो इसे लगकर कष्ट दे। कमीज में बटन एक भी नहीं और कुछ नीचे फट जाने के कारण लगभग पूरा पेट और छाती उघार है। साड़ी की किनारी जोड़कर बनाया एक बड़ा सा झोला उसने काँख में लटका लिया था। उसके झोले में कुछ था, जो बाहर से दिखाई नहीं पड़ रहा था। उसके शरीर का रंग काला था और हाथ-पैर सूखे हुए थे, परंतु आँखों में कुछ था, जो बहुत स्वच्छ, बहुत निर्दोष, बहुत स्फूर्ति-संपन्न, चपल और सतेज था। मैंने गोजर से कहा, "तुम्हारा यह बड़ा लड़का तो बहुत तेज है।"

"ठुरी है," गोजर के बोलने से पहले लतरी बोल उठी और सनेही की ओर देखकर बिहँसन लगी।

"तू लतरी-फतरी क्या बोलती है? तुमको मालूम है कि 'क' की गरदन किधर है!" सनेही बोला।

"तुम्हीं जानो। तुम्हारे ही करम में चिल्लर और चींटी बीनना लिखा है। बलिस्टर बनोगे!" लतरी इस बार और मर्म-उल्लास में भरकर ऐंठ उठी।

उसका आँचर सँभालते-सँभालते भी नहीं सँभल रहा था। उत्पाती चैता के झोंके झकोर-झकोरकर उसे हटा देते थे। वास्तव में वह बहुत मौज में चल रही थी। कल नदी के किनारे बैठकर, माता-मइया का पीड़ा धोते और कलश भरते समय, सिकड़ी से रगड़कर उनके पैरों की मैल छुड़ाई है। माटी से मींज-मींजकर बालों को साफ किया है। आज मेला आते समय अपने सिंगार-पटार में कोई कोर-कसर उसने नहीं छोड़ी है।

पैरों के नाखून लाल रंग से रँगकर ऊपर भी आड़ी-तिरछी रेखाएँ खींची हैं। नाखून का रंग तो धूल से छिप गया है, परंतु ऊपर की रेखाएँ अभी प्रकट हैं। गन्नी की जगह माता-मइया को जो चुनरी चढ़ाई गई है, उसे लतरी ने पहन लिया है। पीले रंग की चुनरी पर लाल रंग का उसका झुल्ला खूब खिल रहा है। बाजू पहुँची, गोड़हरा, करधनी, झूमक, बेसरि, अँचरी और मनोरी आदि सब अपनी-अपनी जगह पर हैं। गले में हँसुली है और हल्की ऐसी जैसे जवानी की ऊँची बेदी पर उजले फूलों की पड़ी हुई माला।

सब पुराने चाल का साज, मगर ऐसा नहीं कि नई हवा एकदम नहीं। बालों का जूड़ा न बाँधकर उसने एक मोटी वेणी बनाकर पीठ पर मुक्त भाव से छोड़ दी है। उसमें एक लंबा लाल फीता भी बँधा लटक रहा है। आँखों में काजर, लिलार पर ईंगुर का बड़ा सा बुंदा और माँग में खूब चटक सिंदूर। आँखें बड़ी-बड़ी, जिनकी तरी से माहुर घाम बुझ जाता। धरती का रंग ढेलों की तरह कड़ी, कसी हुई, हवा जैसे चंचलता में हारकर भी उससे लड़ रही है।

तीन भाई, दो बहन, माँ-बाप के साथ वह मेला जा रही है, मानो कटे हुए वैशाख के वीरान खेतों में उल्लास-लास बोती जा रही है। उसका जीवन उसकी मुट्ठी में है। उसका समग्र जीवन उसके साथ है। वह नैहर में फूल की तरह उगी है और ससुराल में फलवती होकर और फैलेगी। उसका जीवन छोटा है, परंतु उसका सुख छोटा नहीं है। हमारी पढ़ाई-लिखाई का ज्ञान जिस पर हमें गर्व है, उसकी दृष्टि में 'चिल्लर और चींटी' बीनना है, मानो बड़ी दुर्गति का काम है। मैंने जाना कि इस आठ आदमी की कंपनी में सबसे अधिक पढ़ा-लिखा सनेही ही है। अतः लतरी के व्यंग्य को दूसरी ओर मोड़ने के लिए मैंने पूछा, "सनेही, तू पढ़ता है?"

"हाँ, अलिफ में पढ़ता हूँ। देखिए यह पटरी लिये हूँ।" उसने अपना झोला दिखाया।

सचमुच उसमें पटरी रखी हुई थी। उसने आगे कहा, "एक पंडितजी आए थे। उन्होंने हमारा हाथ देखकर कहा कि तुम्हारे हाथ में विद्या-महारानी बसती है। खूब पढ़ो। इसलिए नानी के यहाँ जा रहा हूँ तो पटरी लिये जा रहा हूँ।···नानी हमारी मसूर की दाल खूब खाती हैं। झोली में थोड़ी मसूर भी है।···माई ने दिया है।"

"बड़ा ढेर करनी-करतूत ले जा रहा है कि रास्ता भर ढोल पीटता जाएगा। चल चुपचाप!" गोजर की औरत बोली। वह मोटकी को गोद में लिये थी। मोटकी की उम्र लगभग एक वर्ष होगी। जिस हाथ से वह मोटकी को सँभाले है, उसी हाथ में एक कजरौटा भी है। दूसरे हाथ में एक अत्यंत जीर्ण छाता तना है। अवश्य ही छाता अपने लिए नहीं, उस नन्हीं बच्ची के लिए ले लिया था।

"काहे हँसती हो? नानी को पाहुर लिए जा रहा है तो कहना क्या कसूर है?" गोजरराम ने कहा।

"मत किसी का इतने पर करेजा उलटे। लड़के ने खुद छाती फाड़कर कमाया है। तुम मर्द होकर दस-बोझ काटकर ढह गए और उस दिन वह बित्ता भर का बिटौना छह बोझ काटकर ढो लाया।" औरत ने उत्तर दिया।

"मैं तो और काटता। यह मोटकी ससुरी छरियाने-रोने लगी। कबूतरी से कहा कि बुलाओ, तो वह कटोरा लेकर बिनिया करने लगी। बिनिया में क्या मिलता है? कबूतरी पागल है।"

अपना नाम सुनकर कबूतरी आगे दौड़ आई। अभी-अभी वह पीछे हरिया और चरना के साथ अपने पैसों का हिसाब कर रही थी। खोते की तरह उलझा झोंटा हवा में उड़ रहा था। उसने अपनी बचकानी धोती की कछनी भिड़ ली थी। इसका रंग औरों से साफ है और नाक पर पसीना आ गया है। उसे आगे आते देख हरिया और चरना भी दौड़ आए। ये दोनों लँगोटी पहने हैं। चरना की गंजी और हरिया की गमछी में कौन अधिक फटी-पुरानी है, कहना कठिन है।

और इस एक मामूली हलचल के साथ सनेही अपना झोला खड़खड़ाता आगे भागा। पीछे-पीछे लँगोटधारी छोकरे दौड़े और कबूतरी की अभी उमर भी ऐसी थी। अब मैं घाम का अनुभव क्या करता? अब मैं गरम हवा के थपेड़ों से आहत होकर हाय-हाय क्या करता? अब साइकिल ढोने का दु:ख भी क्या था? उनकी माँ चिल्ला उठी, "अरे चांडालो! धीरे-धीरे चलो। लूक गिर रहा है, झँउसा जाओगे···" मगर कौन सुनता था? कटिया पर या बनिहारी पर नहीं, वे मेला जा रहे थे! वे स्वयं मेला थे। और देखते-देखते लगभग मील भर आगे वे एक साँस में दौड़ गए। वे जहाँ पहुँच गए, वहाँ दुपहरिया नाच रही थी और उस जादुई पानी की चमचमाती धारा में वे नन्हीं-नन्हीं डोंगी की तरह हिलते-डुलते प्रतीत हो रहे थे। ···और वे जा रहे थे।

□

तू क्यों सोया?

निस्संदेह वह एक कुत्ता था। आराम से सोया था। किकुरकर पैरों और मुँह को इस प्रकार समेट लिया था कि गोल पत्थर के भूरे पिंड की भाँति लक्षित होता था। ऐसा कसा हुआ मांसल शरीर होना प्रमाण था कि आवारा नहीं था; लेकिन सद्‌गृहस्थ होकर इस प्रकार बेतुके सोया क्यों था? आधा शरीर तो खोइया में ढक गया था। अभी और भी ढक सकता था, क्योंकि ईख पेरने का काम जारी था। बिजली का कोल्हू घड़र-घर-घड़र-घर कर चल रहा था। यह आवाज इतनी कर्कश और भारी थी कि आस-पास किसी का कुछ बोलना सुनाई नहीं पड़ रहा था। लोग इशारों से अथवा चिल्लाकर बात करते थे। कभी-कभी यह चिल्लाहट तीखी चीख बन जाती। आश्चर्य! कुत्ते की नींद तब भी नहीं टूटती। वह एकदम हिल-डुल नहीं रहा था। कभी-कभी भ्रम होता, मर तो नहीं गया है? क्योंकि जैसे कहीं से साँस चलने और शरीर के किसी मध्य भाग के आहिस्ता-आहिस्ता उठने-गिरने के लक्षण भी नहीं मिल रहे हैं? किंतु कुत्ता मरा नहीं था। मरे की चमक और भाँति की होती है और जीते की चमक और भाँति की। गाँव को ही हम लोग झटके में कह देते हैं—'गाँव मर गया।' किंतु यहाँ बैठकर अनुभव किया जा सकता है कि गाँव मरा नहीं है। वह पूर्णतः जीवित है। यांत्रिक सभ्यता की संपूर्ण ग्रामीण हलचलों और उपलब्धियों के बीच, उसके शोर-शराबे के बीच वह इस कुत्ते की भाँति अभावों की खोइया पर सिर्फ सो गया है।

बेशक यहाँ शोर बहुत है। एक तो मशीन दोहरा काम कर रही है। एक ओर ईख पेरने का 'करासर' चल रहा है, दूसरी ओर अलग फीते पर धान कूटने का 'हालर' चल रहा है। इधर मीठा-मीठा रस गिर रहा है, उधर कनभूसी में भी अपनी चमक छोड़ता उजला-उजला मंसूरी धान का चावल। भीतर घर में आटा पीसने की चक्की है, कहीं एक फीता और लगा, उसे भी एक साथ चालू कर दें तो और बने। तब कितनी हलचल बढ़ जाएगी। अभी तो चावल और ईख का मोर्चा ही कितने हाथों के सहयोग से सँभल रहा है। कठिन है ईख का मोर्चा। खेत में खड़ी ईख गुड़ की भेली आसानी से नहीं बन जाती है। तैयार होने तक की परेशानी की बात छोड़ो। अभी इसी वक्त कितने प्राणी जुटे हैं। एक

आदमी ईख को मशीन में लगा रहा है और एक खेत से ला-लाकर उसके पास रख रहा है। यह ईख ढोनेवाला आदमी एक साधारण निकर और सेंडो बनियान पहने है और सहज भाव से जाड़े को चुनौती दे रहा है। इधर मोटे-मोटे ऊन, कोट और स्वेटर में भी हालत खराब है। शीत-लहरी के तमाचे बीस पड़ रहे हैं। बीच में धरहरी करनेवाला घाम नाकाम साबित हो रहा है। पूस का घाम फूस जैसा। तिस पर भी कुहरे की धुंध है। सबकुछ ठंडा है। गरमी बस एक चीज की है, धुआँधार चल रहे कार्य की।

देखा, अस्सी के लगभगवाले बूढ़े मालिक साहब धीरे-धीरे ठेंगूरी टेकते घर से यहाँ नलकूप तक आ गए। जहाँ मशीन चल रही है, वहाँ न जाकर वे सीधे खेत में पहुँचे। उनका बड़ा पोता ताबड़तोड़ गँड़ासी चला रहा है और कटी ईख को बाएँ हाथ से एक जगह इकट्ठा करता जा रहा है। यह पास के एक इंटर कॉलेज में अध्यापक है। घड़ी हाथ में है। जब-तब उसे देख लेता है। पौने नौ बजते ही वह काम छोड़कर नहा-खा साइकिल उठा भगेगा। उससे छोटे उसके दो भाई भी स्कूल का वक्त होने तक ईख छील रहे हैं। पत्ती अलग, गेंड़ा अलग। गेंड़ा अर्थात् ऊपरवाली पुलुई का रसहीन भाग घर जाएगा और उत्तम कोटि के चारे का काम करेगा। पत्ती एकत्र होकर बोझ बना खेत में छोड़ दी जाएगी। जेठ-असाढ़ में सोने के भाव बिकेगी। कहता है बुढ़वा मालिक, जितने रुपए की खाद खेत में लगी, वह पैसा तो ईख की पत्ती से आ जाएगा और रस पकनेवाले कड़ाहे की आग में क्या झोंकेंगे? उसके लिए खोइया है। हाँ, बेकार खोइया और किस काम आएगी? खोइया माने सीठी।

खोइया, जिसका सारा रस निचुड़ गया, जो कठिन चक्रों में चँप, अति क्षीण, लुजलुज और अशक्त हो गई, जो ढीली-ढाली होकर बे-पहचान हो गई, भरे-भरे की तगड़ी जवान चमक छोड़ जो सफेद पड़ गई, जिसका पोर-पोर छितरा गया, जो बेकार सी, उपेक्षित और धूर-कतवार जैसी नीसठ ठठरी मात्र रह गई और जिसे मशीन के पिछवारे बारंबार हटा दिया जाता है, टाल दिया जाता है। वह छितरा जाए, पसर जाए, कुचल जाए, परवाह नहीं। परवाह ईख की होगी खोइया को कौन पूछता है। खोइया तो पूरे माल का मल है, बेकार चीज, किसी काम की नहीं। बैठे उस पर कुत्ता! या सोए भी।

पर बूढ़े बाबा कहते हैं, खोइया चूल्हे में झोंक उस ईख के खर-पात को बचा लेंगे, जो समय पर नोट बन जाएगा तो कुछ सोचना पड़ता है। अभी-अभी देखा, बूढ़ा बाबा सीधे खेत में जा ईख छीलने में जुट गया। ठीक वैसे ही जैसे बेकाम सी खोइया चूल्हे की आग बन जाती है। ईख की खोइया और परिवार का बूढ़ा, दोनों में कितनी समानता है। किसान-जीवन के कसे कर्म चक्र में कोई चीज बेकार कहाँ है। बेकार अगर है तो यह परंपरित किसान जमात। सामूहिक रूप से यह ऊपर उठ नहीं पाती है। इस जमात की खोइया आग नहीं बन पाती। समय की आँधी में सबकुछ उड़ता जाता है और किसान की जड़ता नहीं टूटती है। इन भाग्यवादी जड़ परंपराभोगियो के बीच जब कोई उद्यमी परिवार

उकसता है और कहीं नलकूप जैसी जगह पर जीवन जगता है तो लोग तमाशा देखते हैं। कहते हैं, विधाता ने खूब दिया है।

हाँ, खूब दिया है। एक अदद परिवार में जो अति बूढ़ा है, वह ईख छीलने के लिए खड़ा हो जाता है। एक उत्साहप्रद वातावरण बनता है। दो--चार ईख छीलकर बोझ–दो बोझ क्या, खेत–के–खेत ईख छील देने की शक्ति अपने पीछे खड़ी नवछटिया कतार में भर देता है। शक्ति जहाँ खुलकर उपयोगिता बनती जाती है, कितना अच्छा लगता है! यहाँ मशीन की शक्ति आदमी की शक्ति है, जाग्रत् शक्ति है, स्वतःस्फूर्त शक्ति है, पूस के हाड़–सिकोड़ प्रभात में उपटी शक्ति है। गाँव के भीतर आलसी किसान जब कि कऊड़ पर गप्पों के गुच्छे तोड़ रहे होंगे, यहाँ गाँव के बाहर मशीन के साथ मशीन बना एक पूरा परिवार पिछड़ेपन के बंजर को तोड़ रहा है। यहाँ कहाँ है आलस? यहाँ जीवन जगा है।

शायद कुछ समय के लिए आलस का प्रतिनिधि बनकर यह कुत्ता खोइया पर सोया है; लेकिन जहाँ निरालस भाव इतना सक्रिय, सक्षम, चुस्त–दुरुस्त और सजग है, क्या आलस ठहर पाएगा? यहाँ भी यही हुआ। मैं वह घटना भी लिख लूँ।

मैंने बताया न, बूढ़े का एक पोता एकदम नंगे बदन ईख ढो रहा है। सो मास्टर साहब के स्कूल चले जाने के बाद वह दोहरे काम में जुट गया। दोहरा क्यों, तेहरा काम कि खड़े होकर ईख छील रहा है; मशीन के पास ईख कम पड़ जाती है तो झपटकर छीली गई ईख को रख आता है और फिर जब–तब मशीन के पीछे खोइया, जो एक स्थान पर अधिक एकत्र हो जाती है तो उसे पैरों से झटका देकर टार देता है। ऐसे ही एक मौके पर जब वह खोइया टारने के लिए मशीन के पीछे गया तो कुत्ते से भिड़ंत हो गई।

क्यों भिड़ंत हुई? क्या लड़का ईर्ष्या कर रहा है कि मेरी तरह यह क्यों जाड़े को चुनौती दे खुले में खोइया पर सोया है। लड़के में तो परिवेश के जीवंत कर्म–प्रवाह की गरमी है, कुत्ते में क्या है? कुत्ते में ठीक उलटे आलस है। लड़का आलस को क्यों टिकने देगा? मन में एक मौज आ गई। पहले उसने कुत्ते के ऊपर पड़ी खोइया को हटाया, फिर धब्ब से एक धमाका हाथ से लगाकर जगाया। देखा, जगता नहीं है तो उसे उलाट दिया। कुत्ता उलटकर नई जगह पर फिर किकुरकर वैसे ही पड़ा रहा। वाह रे आलस! लड़का मुसकरा उठा। मुझे लगा, कुत्ता कठुआ गया है। कहीं मर तो नहीं गया है?

अब लड़के ने उसे दोनों हाथों से आगे–पीछे मजबूत पकड़ में जकड़ उठा लिया। अरे, यह क्या करेगा? और देखते–देखते उसने उसे जैसे हवा में उछाल दिया। फिर क्या हुआ? बिजली जैसी तेजी से कुत्ता उछाल से उछलकर कान फटफटा मटर के खेत की ओर भगा…भगा…भगा एकदम सरपट। और कुछ दूर जाकर तगड़ी आवाज के साथ लाइन पर आ गया—भूँ…भूँ…भौं…भौं…।

□

सर्कस

बेशक मुझे घाट-घाट का पानी पीने के बहुत मौके मिले हैं और जीने के लिए बहुत-बहुत पापड़ बेलने पड़े हैं। गोबर फेंकने और खेत में खटने से लेकर अध्यापन-लेखन कर्म तक फैले जीवन की कहानी का तो फिर एक ही शीर्षक बनता है—'सकल कर्म करि थकेउ गुसाईं।'

लेकिन आज अचानक शीर्षक बदल गया। एकदम नया कुछ हो गया कि जिसके बारे में कभी सोचा नहीं था। मैं सर्कस का खिलाड़ी बन गया। आश्चर्य कि उस मामूली से लौंड़े ने मुझे पटा लिया। मैं नए रोमांच के चक्कर में उसका सहयोगी बन गया।

सर्कस मेरे गाँव में आया है, यह बात उसी ने मुझसे बताई। गाँव में सर्कस? आश्चर्य हुआ। खैर, सर्कसवाला ही कह रहा है तो मान लेना पड़ा। बहुत तेज लग रहा था। साफ खड़ी बोली बोल रहा था। उसने बताया कि वे कानपुर के रहनेवाले हैं। उनकी कंपनी एक गाँव में सिर्फ एक दिन खेल दिखाती है। बगलवाले गाँव में दिखाने के बाद कंपनी इस गाँव में आई है। आज तैयारी कर खेल कल होगा।

"तो तुम मेरे पास क्यों आए हो?" मैंने पूछा।

"हुजूर, आपका नाम बहुत बुलंद है। इसीलिए सबसे पहले खिदमत में हाजिर हुआ हूँ।" इतना कह सर्कसवाला खड़ा हो गया और फिर हाथ जोड़कर मेरे पाँव छूते हुए बोला, "सरकार, हम लोग रोजी-रोटी और पापी पेट के वास्ते दर-दर की खाक छान रहे हैं। आपसे हमारी यह दरख्वास्त है कि आप हमारा खेल देखने जरूर आइएगा। दिन में दस बजे, नोट कर लें, सरकार।"

उसके चले जाने के बाद मैंने सोचा, मेरी उपस्थिति का उसके लिए शायद कोई निश्चित अर्थ है और यह मामला अर्थ का है। अच्छे-भले लोग जुटेंगे तो अच्छी-भली आमदनी संभव है। अन्यथा गाँव-गँवई में अब कौन कुछ देता है ऐसों को! पहले की तरह अब भी मदारी आते हैं, ढोल पीटकर भीड़ जुटाते हैं, जान लड़ाकर खेल दिखाते हैं। देखकर बिना कुछ जेब से निकाले सरक जानेवालों को बद्दुआ जैसी धमकियाँ देते

हैं, आँखों में कच्चा बैठ जाएगा, कानों पर वज्र गिर जाएगा, पैरों में बाई होगी वगैरह,वगैरह, मगर भागनेवाले पट्ठों को हाथ झारकर नौ-दो ग्यारह होने से रोकने में मदारी के ये नैतिक दाँव नाकाफी होते हैं। युग नैतिक दाँवों का रहा नहीं। हाँ, इसके पास अगर कोई राजनीतिक दाँव होता तो बात शायद कुछ बनती। मगर गरीब मदारी से इसकी आशा नहीं की जा सकती। सो उसके ग्राहक उसकी आशाओं पर पानी फेरते हुए पीठ दिखा देते हैं।

अब दिखाता रहे मदारी शेष बचे हुए लोगों के आगे गिलगिलाकर अपना पेट। पल्ला बिछा है। मदारी के चाकू से 'मरा' उसका जमूरा पड़ा है। आर्त और आर्द्र स्वरों में ढोल पर ढिमक-ढिमकवाला सर्द सा बोल निकालता वह अर्ज करता जा रहा है—दस-पाँच की लाठी एक का बोझ। धर्म-कर्म और ईमान की दुहाई, निकालें बाबू धेली-रुपया। फिर ऐसा भी नहीं हुआ कि गाँव के 'बाबुओं' ने कुछ नहीं निकाला। बिछे पल्ले पर दस-बीस के कुछ सिक्के गिरे, एक-दो के दो-एक नोट फिंके, छोटे बच्चों द्वारा लाया गया चुटकी-चुटकी भर आटा-चावल दिखा; लेकिन कुल मिलाकर इस महँगे लोकतंत्रवाले युग में कितना सस्ता पड़ा यह मदारी का तमाशा? इन खानाबदोश कलाकारों का करतब देखने के लिए माननीय अच्छे-भले लोग घरों से निकले ही नहीं। वे भला मामूली मदारी का खेल देखने निकलेंगे! शायद इसीलिए सर्कसवाला एक दिन पहले बड़ों के यहाँ फेरी दे रहा है, ताकि सर्कस को भी मदारी का तमाशा समझ ये लोग घरों में न रह जाएँ। सोच के इस बिंदु पर पहुँचकर मेरे भीतर बड़प्पन की एक फुरफुरी उठी, गण्यमान्यों में एक हूँ मैं भी गण्यमान्य इस गाँव में।

दूसरे दिन सुबह वह फिर आया और खेल देखने के लिए प्रार्थना कर चला गया। यह अच्छा लगा। कोई अन्य साधन न रहने की स्थिति में स्वयं ही घूम-घूमकर संपर्क-प्रचार कर रहा है। इस गरीब सर्कसवाले की मदद होनी चाहिए। इसे पाँच-दस तक दिया जा सकता है। लेकिन यह बहुत कम होगा। इतने की कीमत क्या रह गई? एक लाल पत्ता तो निकल ही जाना चाहिए।··· लेकिन क्या यह अति नहीं हो जाएगा? गाँवों में आलोचना का विषय बनना ठीक नहीं होगा। ऐसे मामलों को गाँववाले तिल का ताड़ बना चटपटे रूप में इस प्रकार सोदाहरण उड़ाते हैं कि सुननेवालों की साँसें टँग जाती हैं और कुछ अधिक नमक-मिर्च मिलाकर पुनः जब तक वे श्रोतागण उसे दस जगह नहीं सुना लेते हैं, पेट का पानी नहीं पचता है। मैं ऐसी शाहखर्ची कर मजेदार चर्चाओं का हीरो अर्थात् विशुद्ध मूर्ख क्यों बनूँ? तमाशे में जाऊँगा। देखूँगा कि कौन कितना दे रहा है। बस, उसी हिसाब में मैं भी आ जाऊँगा। इस मामले में गाँववाले ही अगुआ बनें।

लेकिन, आश्चर्य! मुझे ही अगुआ बनाने के लिए कुछ देर बाद एक प्रस्ताव लेकर सर्कसवाला धमक गया।

उसका प्रस्ताव एकदम अभूतपूर्व था। वह एक ओर गौरवास्पद था तो दूसरी ओर लज्जाजनक। कैसे हिम्मत हुई ऐसा प्रस्ताव लेकर मेरे सामने आने की। गहरे कुतूहल में आत्मसम्मान का भाव जब डूब गया तो मैंने फैसला किया—अच्छा एक अनुभव इस पवित्र 'दलाली' का भी हो जाए। बन जाऊँ मैं भी सर्कसवाले का एक कमाऊ पार्टनर खिलाड़ी। यह खेल भी कम मजेदार नहीं। सभ्य आदमी ऐसा ही खेल खेलकर दूसरों की जेबें खाली करा सकता है। अरे हाँ, वह और कौन सा खेल खेलेगा? यह कमाल उसके योग्य है। इसमें कोई बुराई नहीं। गरीब सर्कसवाले की कुछ भलाई हो जाए। थोड़ा नीचे उतरना पड़े तो राजी-खुशी से उतर जाऊँ। मान लूँ उस प्रस्ताव को।

क्या था वह प्रस्ताव?

सर्कसवाले ने अपनी गरीबी और मेरे सम्मानित स्थान का रोना-गाना चलाकर अंत में हाथ जोड़कर मुख्य प्रस्ताव सामने रखते हुए कहा, "बस, हम यही चाहते हैं कि एक सौ एक रुपए के इनाम का श्रीगणेश आपके हाथों हो जाए।"

"संभव नहीं।" मैंने छूटते हुए कहा, "मुझ लेखक के पास इतने रुपए कहाँ? फिर यह काम मुझे बेहद नापसंद है। मैं गाँव का बड़ा आदमी हूँ भी नहीं। दो-चार दिन के लिए आया हूँ, फिर चला जाऊँगा।"

"आपसे बड़ा कोई नहीं।"

वह कुछ कहने जा रहा था कि डाँटकर मैंने कहा, "चुप रहो और यहाँ से भाग जाओ। वादे के मुताबिक खेल देखने आ जाऊँगा और खेल की पसंदगी के मुताबिक इनाम दे दूँगा।"

"अरे नहीं, पिताजी!" वह एकदम कच्च से पैरों पर गिर पड़ा। बोला, "आप दया नहीं करेंगे तो हम लोगों का दीवाला पिट जाएगा। आपके नाम के भरोसे ही तो यहाँ हमारी नाव चल रही है। उसे मझधार में मत बोरिए।...न सही एक सौ एक, आप एक्यावन रुपए से ही साइत कर दीजिए।"

"तुम गलत जगह आ गए बेटा और गलत काम लेकर। अधिक-से-अधिक मैं दस तक निकाल सकूँगा। इससे अधिक की उम्मीद मुझसे मत करना।" बहुत गंभीरता के साथ मैंने कहा।

मेरी बात सुन सर्कसवाला एकदम हतप्रभ हो गया। वह सिर झुकाकर जैसे किसी गहरे दुःख में डूब गया और क्षण भर बाद लंबी साँस खींचकर बोला, "अच्छा, तब एक काम कीजिए बाबूजी, मेरी रोजी-रोटी और आपकी प्रतिष्ठा दोनों बनी रह जाएँ। मैं आपको पच्चीस रुपए दे रहा हूँ और आप इसमें अपना पच्चीस मिलाकर इनाम की साइत कर दें। आपको देखकर कुछ और लोग भी आगे बढ़ेंगे। देखा-देखी पुण्य, देखा-देखी पाप! सो मेरा उद्धार हो जाएगा।" यह कहते हुए उसने पच्चीस रुपए मेरी तरफ बढ़ा दिए।

मुझे बेहद झुँझलाहट हुई, भीतर से गुस्सा हुआ। मन में कुछ अपमानित जैसा अनुभव किया। फिर आश्चर्य हुआ और मैंने रुपया उठाकर उसकी ओर फेंकते हुए कहा, ''यही सब करने-कराने के लिए तुम दो दिन से नाक रगड़ रहे हो? मैं यही सब करता हूँ? जानते हो, मैं कौन हूँ?'' और खड़ा हो गया।

''आपको जिला-जवार, देश में कौन नहीं जानता है, साहब। बस सवाल गरीब की रोटी का है। नाराज मत होइए। अपराध हुआ, उसके लिए मारिए-पीटिए मंजूर है; मगर हम दीन-दुखियों पर दया कीजिए।''

वह घुटनों के बल दोनों हाथ जोड़कर तथा उसी में रुपयों को दबाए हुए कहता गया, ''यह पाँच और ले लीजिए, कुल तीस। इनमें अपना इक्कीस मिला श्रीगणेश कर दीजिए। आप जैसा इज्जतदार आदमी एक्यावन से कम क्या देगा!''

वह अब पूरी तरह झुककर अपना सिर पैरों पर रगड़ने लगा। मैं हैरान होकर इधर-उधर देखने लगा, कोई देख तो नहीं रहा है? अच्छी फँसान हुई। न पैर झटकते बनता है और न डाँट के बोल कढ़ते हैं। शायद इज्जतदारी का काँटा भीतर कहीं फँस गया था और बाहर गरीब की मदद का बहाना तगड़ा पड़ने लगा था।

वह चला गया। देखा, पलंग पर नोट पड़े हैं—दस-दस के तीन। एक झटका लगा। इस तीस के लासा में फँसे मेरे इक्कीस! उदारतापूर्वक हिम्मत बाँधकर जहाँ पाँच-दस कढ़ रहे थे, वहाँ प्रतिष्ठा के नाम पर यह शुद्ध चूना लगा दूने पर! तमाशे में स्वयं एक तमाशा बनें ऊपर से। लोगों की नजरें उठ जाएँगी, मास्टर साहब आज बहुत दरियादिल बने हैं। और वे लोग शायद मुसकरा देंगे। किस बात पर? अरे, मूर्खता हो गई क्या?

लेकिन ये विचार देर तक नहीं टिके। लगा, यदि मूर्खता भी है तो शानदार मूर्खता है। मानवता, कर्तव्य-पालन और गाँव-घर की प्रतिष्ठा भी कोई चीज होती है। पछताए मन से नहीं, सिर ऊँचा कर अब सर्कस देखने चलना है। मगर अभी तो दिन के नौ बज रहे हैं।

तपते जेठ में दिन के नौ-दस बजे का कोई अर्थ होता है। इस समय हम कहीं घर की ठंडी आड़ में चलें या फिर घनघोर बरगद-पीपल जैसे पेड़ या बगीचे की शरण लें। इस शीत-शरणता की स्थिति को देखते दस बजे सर्कस देखने चलने के खयाल से एक भारी आतंक पैदा हुआ। कठिन मोरचा था। बारह-एक तक इमली के पेड़ के नीचे खुले में खड़े या बैठे रहना पड़ सकता था। इस गँवई सर्कस के पास वैसी सुरक्षित बैठाने की व्यवस्था कहाँ होगी। अधिक-से-अधिक कुछ छोटा-मोटा तंबू या चाँदनी ऊपर टाँग दिया होगा। लेकिन बैठने की व्यवस्था? अरे हाँ, क्या हो सकेगी उस धूल-धक्कड़ में बैठने की व्यवस्था! खैर, कुछ होगी, देखेंगे। समस्या है कि जब धूप आँच पर चढ़ पकने लगेगी, तब सर्कस शुरू होगा। वैसे में कितना मीठा मजेदार लगेगा गँवार सर्कस का खेल?

दाढ़ी बनाकर जूते में पॉलिश किया। साफ कपड़े निकाले। अच्छा मनोरंजनी मूड बनाया। सारे गाँव के सामने जाना था, बड़प्पन दिखाना था। तौलिया सिर पर रख लिया। एक बार मन में आया कि छाता ले लें, परंतु मन ने ही इसे काट दिया।

छाता लगाकर तमाशा देखने चलने जैसी 'फुटानी' शायद गाँव बरदाश्त न करे। फिर अब छाता लगाता कौन है! शायद संसार में छाता लगानेवाला केवल एक मैं ही गँवार रह गया हूँ। सो अब गँवारों के बीच भी लगाकर चलना कठिन है। यह उचित भी है; क्योंकि अब गँवार कोई रहा नहीं। सभी नागरिक हैं। इस चुनाव के गरम वातावरण में गँवारों की नागरिकता रंग बदलती है कि थाह पाना कठिन हो रहा है।...कहीं यह सर्कस भी किसी पार्टी का प्रचारक ही न हो और लोगों की भीड़ जुटाने के लिए खेल का बहाना किए है? सामान्य रूप से अब किसी पार्टी का प्रचार-भाषण सुनने कोई जाता नहीं। ऐसे खेल का चारा फेंकने पर शायद मामला फँस जाए। सर्कस का हल्ला कर बुला लो। जब आ जाएँगे तो सुनेंगे ही। भले ही बाद में गाली देंगे। गालियों से भी एक प्रकार का प्रचार हो जाएगा।

राजनीतिक बातों ने मन के खुशनुमा सर्कसी मौसम को बदमजा कर दिया। आसन्न लोकसभा के चुनाव ने चुनाव के वातावरण को नाना प्रकार के प्रदूषणों को पूर्ण कर दिया है। बिना कुछ किए मन थका रहता है। इस थके मन को सर्कस-प्रकरण ने और थकाकर भारी कर दिया।

मन का यह भारीपन उम्मीद थी कि गाँव के बाहर इमली के पेड़ के नीचे पहुँचने पर घटेगा; परंतु यह तो एकदम उलटा हो गया। इमली के पत्ते झड़ गए थे। छाया नहीं, बस उसकी छाया का आभास भर था। इस चिलचिलाती दुपहरिया जैसे जलते पूर्वाह्न में उस नाममात्र की छाया में भला कितनी देर तक खड़े रहा जा सकता है। हाँ, सर्कस का खेल यहीं होने को है; परंतु अब तक यहाँ उसकी कोई सुनगुन या हलचल नहीं है। न कोई तंबू न टेंट और न कोई उसका ताना-बाना। ऊपर इमली की विशाल छतनार चालन, जिससे छनकर नीचे फर्श की गंदगी पर जमी भरी धूप, दुनिया भर का खरपतवार, धूल-धक्कड़, मिट्टी और ईंट के ढेले-टुकड़े, झाड़ू-बुहार की सफाई तक नहीं हुई। ऐसी ही जगह पर सर्कस का खेल होगा!

मैंने इधर-उधर नजरें दौड़ाईं। तमाशबीनों का कहीं अता-पता नहीं। नाथ बाबा के चबूतरे पर रोज की तरह दो-चार लोग बैठे बातें कर रहे थे। बाग में कुछ लोग सुरती ठोक रहे थे और कुछ लड़के अपने खेल में मशगूल थे। सर्कस देखने कौन आया है? स्वयं सर्कसवाले कहाँ हैं? इमली के नीचे ठीक बीचोबीच एक व्यक्ति ढोलक लिये बैठा था और उसके पास झोला सँभाले एक और व्यक्ति। ये दोनों अदर्शनी झाड़-झंखाड़ जैसे इनसान सर्कसी जीव जैसे नहीं लग रहे थे। ढोलक जरूर कुछ संकेत कर रहा था,

मगर वह खामोश पड़ा था। तब कल से ही प्रचारित दर्शनी सर्कस का क्या हुआ?

वहाँ पहुँचने पर कुछ लोगों ने नमस्ते करते हुए पूछा, ''इस नावक्त में आप यहाँ कहाँ?''

अब मैं क्या जवाब दूँ? सर्कस का नाम लेते संकोच होने लगा। बहाना बना दिया, एक आदमी आने वाला था, नहीं आया। बाहर उसी को खोजने निकल आया। अब आगे समस्या थी, वहाँ रुकने की। कहाँ खड़े हों? बैठें भी तो कहाँ? किसके पास? शहरी मन ने तन को बहुत अलग-थलग कर दिया है अपने ही लोगों से। सो एक चक्कर बगीचे का लगाकर लौट पड़ा।

आगे बढ़ने पर मेरे एक पड़ोसी मिले। वे अपने बैलों को बगीचे में ले जा रहे थे। बोले, ''कहाँ लौट पड़े? सर्कस नहीं देखेंगे?''

''सर्कस? क्या आज कोई सर्कस होगा?'' मैंने अनजान बनकर जानकारी प्राप्त करने की कोशिश की, ''यहाँ तो कोई नहीं है।''

''सर्कस का खेल दुपहरिया में होगा।'' उन्होंने संक्षेप में कहा और बैलों को भगाते हुए बगीचे की राह पकड़ी।

तब मन-ही-मन मैंने दुहराया—सर्कस का खेल दुपहरिया में होगा। फिर स्वयं से एक सवाल किया—तब मुझे दस बजे बुलाकर उल्लू क्यों बनाया?...लेकिन उल्लू कैसे बनाया? खुद बना है। उसके तीस तो इस पॉकेट में पड़े हैं।...बस पर्याप्त प्रमाण है यह उल्लू बनाने का। ये वे तीस हैं, जो अपने पास के इक्कीस को खींच लेंगे। इस चपत के बाद यहाँ इमली की धूप-छाया में उसका प्रचार-पोस्टर बन दो घंटे खड़े रहने की यातना को भी जोड़ लें।...इन सबके बाद मजेदार बात यह कि कैसा होगा वह सर्कस और उसका खेल, यह भी यहाँ आने के बाद जान लिया।...जरूर इसमें कोई फ्रॉड है अथवा राजनीतिक तिकड़मबाजी है।

अपने ऊपर बेहद क्षोभ हुआ। कहाँ इस चक्कर में फँसा?...यदि लौटकर घर चला गया और बाद में खेल हुआ तो वह व्यक्ति हमें खोजेगा। न पाकर क्या सोचेगा? स्पष्ट वादाखिलाफी होगी। भेंट होने पर झेंपना पड़ेगा।...लेकिन झेंपना क्यों पड़ेगा? दस बजे बुलाया था, सो आ गया। खेल नहीं हो रहा है तो लौट गया। सामने आएगा तो फेंक देंगे रुपया—लो, ये रहे। ऊपर से डाँट बताएँगे—तुमने क्या समझ रखा है? तुम्हारी दलाली के लिए क्या मैं बिक गया था, जो घंटों इंतजार में बिताता? तुमने क्यों नहीं कहा कि सर्कस का खेल दुपहरिया में अर्थात् लगभग एक बजे होगा?...इतने पर भी नुकसान तो बेचारे का हो ही जाएगा। वह जो फटीचरों की तरह गिड़गिड़ा रहा था, घड़ी कहाँ बाँधे था, जो ठीक दस बजे का मर्म समझता। फिर कौन आज देश में किसी 'ठीक बजे' को ठीक मानता है? उसके दस बजे की भाषा को मैं स्वयं नहीं समझ सका तो उसका क्या

दोष? हमारे जैसे सफेदपोश लोग जहाँ भी जाते हैं, लेट जाते हैं। 'इंडियन टाइम' एक मुहावरा ही उछल गया है। बारह-एक बजे पहुँचने के लिए दस बोल दिया तो उसका गणित गलत कहाँ रहा? उसे क्या पता था कि मैं इतना बेकार आदमी हूँ कि घड़ी देखकर गँवई सर्कस का खेल देखने चला जाऊँगा?

इमली की तपती छाँव के एक किनारे खड़े होकर मैं उलटे-सीधे विचारों के बवंडर में उड़ने लगा।

तब क्या करें? सवाल भीतर से उठा। दो घंटा प्रतीक्षा संभव नहीं और न ही विश्वासघात मन को गवारा होगा। तीसरी ओर, घर जाकर वापसी कठिन है। फिर मार्ग क्या है? हाँ, एक बात हो सकती है। कोई बहाना बनाया जा सकता है।

डूबते मन को जैसे तिनके का सहारा मिला। मैंने सोचा, उस व्यक्ति से भेंट कर पूरे सद्भाव के साथ पैसे वापस कर दूँ। कह दूँ—देख बेटा, तूने दस बजे बुलाया। मैं आ गया। तुम्हारे खेल में देरी है और मुझे बारह बजे जरूरी काम से बाहर जाना है। सो ये रुपए ले और अपना कोई इंतजाम कर लो।...लेकिन वह है कहाँ? पूरे परिसर पर कई-कई बार दृष्टि दौड़ाई। अब तक वहाँ यथास्थिति थी। पड़ोस के एक लड़के को उसका हुलिया बताकर, उसके यहाँ आते ही घर भेजने का काम सौंप मैं लौट पड़ा।

मन में खुशी थी कि इक्कीस पर चूना लगते-लगते रह गया। कैसी हो गई है दुनिया? जैसे होड़ लगी है, कौन किसको कितने उलटे छुरे से मूँड़ अपना उल्लू सीधा करता है। यह देखो, चिमिरिखी-चिड़ीमार जैसा उठल्लू सर्कसवाला मुझे पट्टी पढ़ाकर निकला जा रहा था। भले वक्त पर सर्कस की भी कलई खुल गई। अच्छा हुआ कि मैं वहाँ गया तो वह गायब था।

लेकिन यह क्या? लौटा तो वह फिर मेरे यहाँ हाजिर! शायद किसी ओर से आया था और अनुपस्थित देखकर जा रहा था कि मैं वापस होता दिख गया। उसे देखते ही मैंने चट कुछ अतिरिक्त कार्यभार, तनाव, उतावली, हड़बड़ी भरी तथा भरे-भरे आक्रामक चेहरे को ओढ़ते हुए कहा, "क्यों जी, खूब हो रहा है न वहाँ दस बजे सर्कस? उल्लू बनाता है।" और उसके चेहरे पर नजर पड़ी।

देखा—उदासी, मनहूसी, पीड़ा और निराशा के साथ हैरानी-परेशानी की गाढ़ी छाया से वह घिरा हुआ है। नहीं, मेरी तरह इसके पास दूसरा चेहरा नहीं है। फिर मन विचलित होने लगा; किंतु अभी अपने तेवर में ढिलाई नहीं आने देना चाहता था। कहता गया, "क्यों ऐसी कड़ी धूप में नाहक परेड करा दी? क्या मेरा वक्त फालतू है? तुम्हारी रोजी-रोटी के लिए दो घंटा पहले मैं क्यों तुम्हारा प्रचार-पोस्टर बना वहाँ खड़ा रहूँ?...मेरे यहाँ ऐसे काम के लिए तुम्हारी आने की हिम्मत हुई, यही बहुत बड़ी बात हुई। तुम्हें यह पता ही नहीं है कि मैं कौन हूँ!"

"ऑनरेबुल सर, एक्सक्यूज मी।" मेरे पैरों को बारंबार छूते हुए उसने कहना शुरू किया तो मैं चौंक उठा। अरे, यह तो अँगरेजी झाड़ रहा है और उसने भी शायद मेरी कमजोर नस को पकड़ लिया था—"आपको कौन नहीं जानता। सारी दुनिया में नाम सूरज की तरह चमक रहा है और इसीलिए कड़ी धूप में छाँह के लिए सरकार की शरण में आया। पापी पेट के लिए हम कलाकार···"

"खाक कलाकार! देखा तो वहाँ उचुरुँग झींगुर जैसा एक कीड़ा ढोलक लिये एक ढेंका जैसे जंतु के साथ बैठा है। ऐसे ही होते हैं सर्कस के कलाकार? फिर वहाँ क्या था कि लगे, कुछ होने वाला है?" मैंने बात काटकर कहा।

"फटाफट मिनटों में बहुत कुछ हो जाएगा, सरकार। पूरी पार्टी है और तमाम-तमाम सामान है। मैं उन्हीं लोगों को लिवाने गया था।"

"और लिवाकर गाँव की गली-गली होते चले आ रहे हो ट्रक भर, बैलगाड़ी और गधों पर सामान लादे अकेले ही।··· अरे, यह क्यों नहीं कहते कि दलाली के लिए कुछ और लोगों पर लासा डालने गया था!" मैंने व्यंग्य किया।

"अरे, यह क्या कह रहे हैं, सर?" उसका मुँह ऊपर टँगकर अवाक् हो खुला रह गया। आँखें फटी-फटी और चेहरे पर जैसे अनर्थ उतर गया, जैसे उसने कुछ ऐसा सुन लिया, जो परम अवांछित हो। फिर क्षण भर बाद हाथ जोड़कर थरथराती आर्द्र वाणी में बोला, "बहुत अफसोस है मुझे कि बाबूजी ने श्रीगणेश को दलाली समझ लिया। बड़ी-बड़ी जगहों पर इसे उद्घाटन, शिलान्यास अथवा इनागरेशन आदि कहकर बड़े-बड़े संत-महंत और मंत्री-मिनिस्टर··· "

"धत्तेरे की। मैं मामूली आदमी हूँ जी, मंत्री-मिनिस्टर नहीं, समझे?"

"जी मालिक समझा। बड़ी गलती हो गई, जो आपको तकलीफ दिया। माफी चाहता हूँ।···मैंने तो आपको मंत्री-मिनिस्टर वगैरह सबसे ऊपर समझा था। खैर, किस्मत की बात है। अब इजाजत दीजिए, मैं चलता हूँ।" वह हाथ जोड़ और सिर झुकाकर जाने लगा।

अचानक मुझे झटका लगा, कहीं कोई गलती हो गई क्या? और दौड़कर उसे बुलाया, "अरे सुनो जी, सुनो तो। कहाँ भागे जा रहे हो? कम-से-कम अपना रुपया तो लेते जाओ।"

"अब क्या रुपया ले जाऊँ, पिताजी!" वह लौटकर कुछ पास आकर नाराजगी के स्वर में बोला, "मेरे आज के बिजनेस का तो भट्ठा बैठ गया।" और फिर कुछ और आगे आकर हाथ जोड़ गिड़गिड़ा उठा, "हम आप जैसे मालिक लोगों से बराबर कहते हैं, सरकार! पीठ पर चाहे जितना मारिए, पेट पर लात मत जमाइए।···आप ही के भरोसे तो इस गाँव में झंडा गाड़ रखा है और इधर आप इस प्रकार दुतकार रहे हैं।"

"दुतकार कहाँ रहा हूँ जी!" मैंने कहा, "मेरी बात तो सुनो, अब मेरा वहाँ जाना संभव नहीं। मुझे अन्यत्र जाना है।" मुझे यह झूठ बोलते कुछ हिचक हुई, परंतु जब एक बार बोल दिया था तो फिर आगे उसे बोलते ही जाना था। भले इसके लिए अपने को दंडित करना पड़े। मैंने आगे कहा, "हाँ, तुम्हारे लिए एक कष्ट मैं उठाने के लिए तैयार हूँ। रास्ते पर से अंदर बैठकखाने में आ जाओ।"

सर्कस का खेल देखने वाले कुछ लोग धीरे-धीरे रास्ते पर जाते दिखाई पड़े। मैं सावधान था कि हमारी बातें कोई न सुने। छोटी-बड़ी हर चोरी अपने लंबे सिलसिलों के साथ आती है। खैरियत थी कि हमारी गोपनीयता अब तक बनी थी। इसीलिए मैंने उसे भीतर बुला लिया और वह आकर बैठ गया तो स्वयं भी बैठते हुए मैंने अत्यंत संयत होकर कहा, "देखो, मैं तुम्हें बिना शो देखे दंड-स्वरूप अपना अग्रिम पुरस्कार दे रहा हूँ।...पहले सोचा था, दो रुपया दूँगा। लेकिन तुम लोग मामूली मदारी नहीं, शायद सर्कसवाले हो। अतः पाँच रुपया दे रहा हूँ।...ये रहे तुम्हारे दिए तीस और यह रहा मेरा पाँच। बस, ले लो और जाकर अपना आगे का प्रबंध देखो।"

रुपए मैंने उसके आगे फेंक दिए।

"अरे-अरे, यह क्या किया आपने? यह तो भारी मुसीबत हो गई, सरकार। इस गरीब पर दया कीजिए। इतना मत सताइए। मैं हाथ जोड़कर माफी चाहता हूँ कि दस बजे मुँह से निकल गया। अब उसे माफ कर छन भर के लिए मेहरबानी कर दीजिए श्रीमानजी। रुपए ये रख लें। हमारा श्रीगणेश आपके ही हाथों होना है। आप नहीं चलेंगे तो कौन..."

मैंने देखा, यह मदारी तो फिर आरंभिक बिंदु पर आ गया। इधर बात कितनी आगे बढ़ गई है। मैंने गंभीरता से कहा, "देखो बेटा, संभव नहीं है। बेकार समय बरबाद मत करो। हाँ, रुपए उठा लो।"

"तो ऐसा करें सरकार, कि वह अपनावाला इक्कीस दे दें, ताकि गरीबों का निस्तार हो जाए। इस महँगाई के जमाने में पाँच की क्या कीमत है! आपका यश हम लोग गाते रहेंगे।...मैं तो फिर विनती करता हूँ कि छन भर के लिए चलकर अपना वादा पूरा कर दें, पिताजी।"

अब उसका बोलना मेरे लिए असह्य हो गया। जल्दी से छुटकारे के लिए पाँच का एक नोट और उसके आगे फेंकते हुए किसी-किसी प्रकार उसे समझा-धमकाकर विदा किया। और जब वह तीस अपने और दस मेरे लेकर आँखों से ओझल हो गया तो बेहद राहत महसूस हुई, यह सोचकर कि इक्कीस पर जहाँ पानी फिर रहा था, वहाँ दस से गला छूटा। इस प्रकार शुद्ध ग्यारह का लाभ हुआ। धूप की परेशानी और दलाली से बच गया सो अलग।

भोजन करने बैठा तो अपने सोच के वाक्य का एक टुकड़ा उड़ता-पड़ता मन पर उभर गया और अचानक हँसी छूट गई, 'शुद्ध ग्यारह का लाभ।'

"किस बात पर हँस रहे हो?" माँ ने पूछा।

मैंने सारी घटना बता दी। सुनकर उसने सिर पीट लिया। बोली, "धन्य हो मूरख! ग्यारह का शुद्ध लाभ तो झूठा लाभ है और यह क्यों नहीं दिखता कि दस की सच्ची हानि हो गई। भला गाँव में कौन सनकी होगा जो रुपए-अठन्नीवाले मदारियों के लिए एक दहाई से हाथ धो देगा।"

मन फिर भारी हो गया। लेटने पर नींद नहीं आई और बेचैनी बढ़ गई तो यह पता लगाने के लिए बाहर निकला कि गाँव में और कौन-कौन लोग बने हैं सनकी? श्रीगणेश किसने किया है?

ज्ञात हुआ कि सबसे अधिक डेढ़ सौ रुपया ग्राम सभापति ने दिया है और उसके बाद सरपंच साहब ने एक सौ एक निकाला है। बाकी लोगों में से कुछ थोड़े से 'प्रतिष्ठित' लोगों ने देखा-देखी जेबें टो-टोकर और काँख-काँखकर दो-दो, चार-चार रुपए फेंके हैं। कुछ लोगों ने अठन्नी-चवन्नी और दस पैसे उछालकर घर की राह ली है। शेष लोग धूल झाड़कर इस प्रकार भुनभुनाते हुए मैदान छोड़ उलटे पाँव चल दिए हैं कि साला दोकड़हा मदाड़ी राजनीतिक तिकड़मबाजी कर गाँववालों को उल्लू बनाने के चक्कर में था।

बातें सुनकर और कुछ सोचकर जी का काँटा निकल गया। कितना अच्छा हुआ कि मैं डेढ़ सौ और एक सौ एक वालों के बाद एक्यावन वाला तीसरा मूर्ख बनते-बनते बच गया। लगता है, बेचारा सर्कसवाला जल्दी-जल्दी में मेरे स्थान पर श्रीगणेश वाला आसामी नहीं फँसा सका।

जल्दी-जल्दी घर आया। माँ को सुनी खबरें सुनानी थीं और बताना था, मैं मूर्ख या सनकी नहीं रहा। सर्कस के नाम पर लोगों ने सौ-सौ, डेढ़-डेढ़ सौ तक न्योछावर किए हैं।

लेकिन इस समाचार को सुनकर माँ प्रसन्न नहीं हुईं तो भीतर खटक हुई, कहीं कोई भूल है क्या? और तभी एक विचार ऐसा आया, जिसने मुझे दु:ख के सागर में गोते लगाने के लिए विवश कर दिया। मैं यह सोच-सोचकर छटपटा उठा कि उतनी-उतनी तारीफों के पुल बाँधने के बाद भी उस सर्कसवाले ने मुझे थर्ड ग्रेड में रखने लायक ही समझा था।

□

कहाँ बचकर जाओगी?

सिरपत वर्षों बाद होली में घर जा रहा है। ट्रेन में बैठे-बैठे उसे एक गीत याद आता है—'चढ़ते फगुनवा सगुनवा मनावे गोरी···।' वह गीत को गुनगुनाने लगता है, फिर क्षण भर बाद मन-ही-मन खीझ उठता है, नहीं जी, यह तो बहुत पुरानी बात हो गई। अब कहाँ कोई गाँव की गोरी फागुन चढ़ते सगुन काढ़ने बैठ जाती है कि कोई उसका प्रियतम परदेशी इस बरिस दिन-के-दिन होली पर वापस लौट रहा है? अरे हाँ, होगी अपवादस्वरूप कहीं कोने में पड़ी, परदेशी-सेवी पति से जुड़ी कोई अभागी नगण्या, जो ऐसा पिछड़ा रोना रोती होगी और सगुनवा-फगुनवा के चक्कर में पड़ी होगी। गाँव की गण्यमान्य मेरीवाली जैसी गोरियों ने तो जाने कभी उस सीमा या बाधा को पार कर लिया। वे पिया-पास रह परदेश-वास करने लगीं। राजी-खुशी नहीं तो सास-ससुर से लड़ाई करके, बात इससे नहीं बनी तो बहाना दवाई का करके। सच है, दवाई बिना गोरिया कइसे जिए गाँव में?

ट्रेन की धड़धड़-भड़भड़ में सिरपत उलझता ही गया सोचवाले गोरिया कांड में! ···बेचारी गाँव की गोरिया! पति से विलग होते बीमार हो जाती है। कपार में, कमर में, न जाने कहाँ-कहाँ दरद उठने लगता है। दरद सनातन है। ऐसा नहीं होता तो लोकमानस में कैसे इतनी गहराई तक जमा होता! कैसे चढ़ते फागुन वह मुँहफुकौना बिहरिया रात-रात भर नाच-नाचकर गाता होगा, 'बालापन से कमर में दरद बा?' उठती पीड़ा का जो रहस्य ऐसे पकड़ में नहीं आता था, उसे लोकगीतों में कितनी सफाई के साथ खोल दिया गया। होली खूबसूरत हो गई। होली आग भड़काऊ हो गई। यह कैसा मरद है, जो दरद को नहीं बूझता है? सो बूझो हे मरद, यानी सिरपत जैसे पति परमेश्वरजी इस दरद को!

सिरपत को याद है अलबत्ता उसने मालती के दर्द को समझा था और इसीलिए तो ऐसा हुआ कि उसकी गोरिया-बहुरिया भद्दे-भदेस और बदरंग गाँव को छोड़ सपनों के जगमग संसार शहर में उसके साथ जा बसी। अब होली पर लौट रही है। यह एक परंपरा बन गई। गाँव में पुरानी परंपराओं के टूटने पर इसी प्रकार की तो कुछ नई

परंपराएँ बनीं। जैसे चाहे किसी भी हैसियतवाले परिवार का पढ़ा-लिखा जवान हो, नौकरी चाहेगा, उसके लिए जान लड़ाएगा, लड़ाई में लड़खड़ाएगा तो उसकी मालती जैसी बीवी भीतर से जोश भरेगी, ललकारेगी, ऐसे नहीं बना तो व्यंग्य-बाणों अथवा उपालंभों से कोंचकर पलीता लगाएगी। कहेगी—इसी जाल-जंजाल में सब दिन सड़ाने के लिए हमको यहाँ ब्याह लाए हो? और जब गाँव से, परिवार से छूट पुत्र नौकरी पर गया तो देर-अबेर बहू भी नत्थी होकर ही रही। इन परंपराओं से जुड़ी अगली परंपरा यह कि वे बाद में मन की शहरी एकरसता में नए-नए टटके ग्राम-रस को ढाल खुशियाली मनाने के लिए होली जैसे किसी त्योहार की प्रतीक्षा करेंगे। उन्हें फागुन, फगुनहट भरी हवा, पके गेहूँ के खेत, उठते हुए होला के धुएँ, होली की तानें और बौराए हुए आम वगैरह बुलाएँगे तो गाँव जाएँगे।

सिरपत अगल-बगल झाँककर चलती ट्रेन से देख-देख सोचता है-…रक्त में घुला-मिला सांस्कृतिक त्योहारी रस भला इतनी आसानी से बिसर जाने का है? और-और समय में भले वह दबा रहे, पर फागुन में तो वह जैसे भड़क उठेगा। उनके भीतरवाला अबीर-गुलाल में डूबा गाँव सुधि आते झूम जाएगा। फिर वे परदेशी पंछी दूर-दूर से पंख पसारे किसी मोहक सांस्कृतिक नशे में डूबे अपने गाँव के भदेस को कल्पना के रंगों में रँगते हुए लौटेंगे। चलो, मजा आ जाएगा, काका जब ढोल बाँधकर झूम-झूमकर गाते हुए गोल के बीच में पहुँचकर बजाने में मस्त हो जाएँगे तो उनके सिर पर वह इसी मौके के लिए बना रंग-बिरंगा मनोरंजक और विचित्र जैसा कैप रख देंगे। लोग देखकर 'हरे-हरे' करने लगेंगे। मामला जम जाएगा।

सिरपत अपनी स्कीम मालती से भी बता देता है।

"कौन कैप? वही, जिसे सिर पर रखते ही आदमी जोकर जैसा लगने लगता है?" स्टेशन से ताँगा लेकर गाँव के कच्चे रास्ते पर हिचकोले खाते चलते-चलते में पति द्वारा पहले कही गई एक बात को याद कर मालती कहती है—

"हाँ-हाँ, वही। ठीक रहेगा न?"

"अरे, तुम काका को जोकर बनाओगे! क्या वे थप्पड़ नहीं लगा देंगे?"

"नहीं जी, हम जानते हैं, होली में वे कितनी मौज और सनक में रहते हैं! फिर इस मौके पर सबकुछ माफ है।" सिरपत कहता है।

"मैं उनके ऊपर सेंट को स्प्रे कर दूँगा।" बड़ा लड़का धर्मदेव कहता है।

"चल हट, बहुत स्प्रे सेंटवाला बना है। शीशी को छूना मत। मैं उसे होली मिलनेवाली औरतों के लिए लाई हूँ।…काका देख लेंगे तो डाँटेंगे कि हम लोग शहर में फिजूलखर्ची कर रहे हैं।" मालती लड़के को समझाती है।

"हमको पटाखा छोड़ने के लिए तो नहीं न डाँटेंगे, माँ?" तब छोटा लड़का

विश्वनाथ माँ का आँचल खींच पूछता है।

"नहीं, पटाखा छोटी चीज है।"

"गलत। गाँव में शहरी पटाखा आदि भी बड़ी चीजें हैं।" सिरपत बीच में हस्तक्षेप करता है।

"तब तो हमारा उतना महँगा पैंट-बुश्शर्ट भी बड़ी चीज है। मैं नहीं पहनूँगा।" बड़ा लड़का मुँह फुलाकर कहता है।

ताँगे को धीरे-धीरे चलने के लिए निर्देश देते हुए सिरपत उत्तर देता है, "अच्छा बाबा, नाराज मत होओ। मेरीवाली शीशी ले लेना और जब काका को मैं रेडीमेड लखनौआ छकलिया कुरता पहना दूँगा तो उसपर खूब स्प्रे करना।"

"सो तुमने उसे आखिर अलग से भी खरीद ही लिया। इस प्रकार हाथ फैलाकर चलने से कैसे गाड़ी चलेगी? मुई एक दिन क़ी होली ने तो महीने भर खींचनेवाली तनख्वाह का भट्ठा बैठा दिया।" मालती पति पर झल्ला उठती है।

"होली पर चल रहे हैं, मुन्ने की माँ! मत याद दिलाओ तनख्वाह और खर्च-वर्च की। देखो, कितनी बढ़िया लग रही हैं गेहूँ की सुनहरी बालियाँ! अब तुम अपने गाँव के सीवान में से होकर चल रही हो।" सिरपत तुनकी हुई पत्नी को बहलाने का प्रयास करता है।

"खाक सुंदर लग रही हैं। सुंदर तो तब मानूँ जब चलते समय काकाजी दो बोरा गेहूँ साथ में रखवा दें।...अरे बाप रे बाप! किशमिश, गरी, इलायची, मखाना, अबीर-गुलाल, रंग-पिचकारी, खोआ, टोप, पटाखे और सेंट-साबुन वगैरह में ही हजार के पास पहुँच गए। कपड़े-जूते अभी बैठे रहे।...इस बार तो गेहूँ, चना और दाल-तेल लेकर ही चलूँगी।" मालती कहती है।

"मगर अभी तो कटिया हो रही है।...तो ठीक है, तुम महीने भर और गाँव पर रह लेना। क्या हर्ज है? गेहूँ वगैरह लेकर आना।"

"लेकिन मैं तो ऐसी गंदी जगह में नहीं रहूँगा। यही सड़क है यहाँ की? फजीहत हो गई वहाँ से यहाँ तक!" पत्नी के चुप रह जाने पर लड़का बोलता है।

"फागुन मस्त महीना, हो सखी, फागुन मस्त महीना!" तभी ताँगेवाला सुर भरकर होली उठाता है।

पत्नी आँचल सँभालने लगती है। पति मुसकरा उठता है और बच्चे चौंककर ताँगेवाले की ओर निहारने लगते हैं।

गाँव दिखाई पड़ता है तो होली के उत्साह की परिकल्पना भीतर पाँख पसारने लगती है। रसानुभूति की गुदगुदी उठती है। दूर निवास ने इनके भावात्मक अंतर-रस को गाढ़ा कर दिया है। आँखों में रंगबाजियाँ कानों में ढोल व झाँझ-डफ की झझकार

ध्वनियों पर तैरती होली-गीतों की गूँज और मन में विविध पकवानी स्वाद-गंध उतरकर उद्वेलित करने लगती हैं।

लेकिन हाय, गाँव में प्रवेश करते ही सिरपत को एक जबरदस्त धक्का लगता है। होली जलने के अब चंद दिन शेष रह गए और जहाँ खरपतवार, उपले, लकड़ियों और पुआल आदि के ढेर लग जाने चाहिए थे, वहाँ होली जलनेवाले स्थान पर एक तिनका भी नहीं दिखाई पड़ता है। वसंत पंचमी को गाड़ी जाने वाली झंडी भी नहीं! क्या हो गया गाँव को?

मालूम हुआ कि सभापति के चुनाव के बाद गाँव के भीतर अंतर्विरोध इतना बढ़ गया है कि वसंत पंचमी के दिन यहाँ कोई नहीं पहुँचा। न झंडी गड़ी, न ताल ठोककर होली गायन का शुभारंभ हुआ। रात में पक्की बात सुनने को मिली काका के मुँह से। बताया उन्होंने, जब आपस में प्रेम नहीं रह गया तो कैसी होली? दिलफाट हो सब लोग अलग-थलग पड़े हैं। अब कौन किसके साथ मिलकर गाए-बजाए? सभी एक-दूसरे से जलते हैं, सशंकित हैं और खार खाए बैठे हैं। तुम बाहर रहते हो, बाहर से आए हो, तुम्हारे भीतर उमंग ताजा है। हम गाँव में रहते हैं। हमारे भीतर वह बासी, बदमजा और बदसूरत हो गई है। पता नहीं कैसे-क्या हो गया है कि हुलास जैसा कुछ भीतर उठता ही नहीं।

बहुत गड़बड़ है। गाँव का जनमा और शहर जमा सिरपत छुट्टी में जिस रंग-तरंग को लिये आया, वह क्या यहाँ के यथार्थ से टकराकर बिखर जाएगी? अबीर-गुलाल, पान-मसाले आदि के स्पेशल डिब्बे भी क्या बंद ही रह जाएँगे? जी कड़ा कर त्योहार के नाम किए गए उतने खर्च का क्या होगा? क्यों और कैसे गाँव में इतने रगड़े-झगड़े और तनाव हैं कि होली के त्योहार पर लोग नहीं हिल रहे हैं। कमर और हाथ-माथ की बात तो अलग है, मन भी नहीं हिल रहा है।···लेकिन हिलेगा, वह सब हिलेगा और होली का जश्न मनाया जाकर रहेगा। उठो तुम, सभ्य नागरिक बने गाँव के परदेशी बेटे, कुछ करतब करो।

फेंको कुछ पैसे उस बहिकट बिसरमवा के आगे—ऐ देखो, यह लो और ले जाओ फटे ढोल-डफों को बाजार में मोची के यहाँ से मढ़ा लाओ। तुम्हारे नशा-पानी के लिए अलग से। फिर आकर शुरू करो, 'होली खेलैं रघुवीरा अवध में।'···यह कितने खेद की बात है कि अयोध्या में राम-लक्ष्मण और सीता होली खेलने में तल्लीन हैं और हम गाँव के लोग इस हँसी-खुशी के मौके पर भी अपनी-अपनी आग में जल रहे हैं। अरे, आओ, इस सारी जलन को होलिका की पवित्र आग में जलाकर गले से गले लग जाएँ।

फेंको एक अदद नई गंजी, एक चारमीनार का डिब्बा और एक छोटी इत्र की शीशी भीमल सरदार के आगे, यह होली का उपहार है। फिर कहो, ऐ सरदार, तुम्हारे जैसे जिंदादिल इनसान के अछत गाँव में ऐसी मनहूसी छाई है? अभी साइकिल उठाओ

और चले जाओ बाजार, फौरन लेकर आओ चीनी, भाँग, बादाम और वह···अरे तुम्हारी बूटी, पूरे चार दिन का खर्च। बोलो, कितना लगेगा?··· और हाँ, जरा अपनी पार्टी को सजोर करो। तुम्हारे कंठ से कढ़ा वह होली-पद कितना अच्छा लगता है—'बृज में हरि होरी मचाई।'

रास्ते में मिल जाए उत्तर टोलवाले उपसभापति तो कलकत्तेवाली एक खास बीड़ी जलाकर उनके आगे बढ़ाते हुए गोपनीयता का रंग स्वर पर चढ़ाकर बोलो, "अरे उपसाहबजी! वह दक्षिण टोलवाला सभापतिया चुपके-चुपके गोल-पार्टी सहेजकर ढोल-झाँझ जुटाकर तथा अचानक गाने-बजाने का जोरदार प्रदर्शन कर आपको झुकाना चाहता है और कानों में रुई डालकर आप सोए हैं। उठिए तो, जब आपके हाथों ढोलक बमबमा उठता है तो उसके आगे भला कौन है, जो टिकता है!···मैं तैयार हूँ। किसको-किसको आपके पास बुला लाऊँ कि गाने-बजाने का पूरा प्रोग्राम बन जाए।···भला बताइए तो यह भी कोई बात हुई? आप गाते हैं, 'खेलें होली बिच कैलास, भोला-पारबती!' आप उनके भक्त हैं और आपके रहते भोला-पार्वती का यह पर्व गाँव में इस साल इतना फीका पड़ जाएगा?···गाँव की जड़ता ने आपको जड़ बना दिया है। मैं नगर से थोड़ी सुरक्षित चेतनता लाया हूँ। इसकी उमंग वास्तव में इस गाँव की ही पूँजी है। नगर में यह कहाँ खर्च होती। सो वर्षों बाद सूद समेत आ गई है। यह सब अपने गाँव पर न्योछावर है। अब आप उठें और उठे सारा गाँव आपके साथ। खूब खाएँ-पीएँ, भूल जाएँ सारे राग-द्वेष! अब खूब नाचें-गाएँ और बजाएँ नागड़धिन्ना।"

—और कल्पना आगे बढ़ती है तो लगता है जैसे सोया गाँव सिरपत के जगाने से एक बार जो जग गया तो फिर जग गया, होली का जादू सिर पर चढ़कर बोलने लगा, नहा गया रंग में, बह गया तरंग में। उस कल्पना में पुनः सिरपत सोचता है, मूलतः गाँव अपने समूह मन में देवता-रूप है, राग-द्वेष और रगड़े-झगड़े से बहुत ऊपर। होली उसके इसी देवत्व का सोल्लास प्रकाशन है। इसीलिए वह सदा शुभ है। उसके आगे अशुभ आकर अंततः छँट जाता है और कल्पना की ही एक बालटी में रंग घोलकर गाँव की गली में दौड़ पड़ता है—अब कहाँ बच के जाओगी, भौजी?

□

समस्या : एक दो की नहीं

उसकी आवाज से मालूम हुआ कि कोई बीमार औरत है और नित्य के अभ्यास के अनुसार लापरवाही से कहा, "उत्तर ओर बरामदे में चली जाओ।"

इस प्रकार के जीवों से नित्य वह बरामदा भर जाता है। सड़क पर का स्कूल ठहरा! राहगीर रात भर के लिए आ बसते हैं। सबेरे पता नहीं, कहाँ-कहाँ चले जाते हैं। दुनिया की इस भाग-दौड़ में कौन किसकी खबर रखता है!

ये फटे हाल मजदूर! वे आबाल-वृद्ध-वनिता की डोलती-बोलती, भूखी-प्यासी, विवश, धूमिल, श्रम-कातर और रुआँसी प्रतिमाएँ! पता नहीं, थे क्या, कब, और कैसे खाते हैं, पीते हैं? यहाँ तो वे रात भर बिताने के लिए रहते हैं। अधिक-से-अधिक पानी की याचना करते हैं। क्या भूख की ज्वाला पानी से शांत होती होगी! पर इससे क्या? यहाँ तो नित्य का अभ्यास, कह दिया, "शैतानों को पानी पिलाने का ठीका लिये बैठे हैं! जाओ उस दूकान पर।" फिर दई के मारों की हिम्मत नहीं पड़ती थी कि वे कुछ कहें··· और तभी हमारी मशीनी सभ्यता के भीतर कोई अट्टहास कर उठता, "क्या आदमी हो!" मन में एक मरोड़ उठती, "इतने गरीब क्यों हैं?" ठीक उसी समय पंच महायज्ञ का आतिथ्य छटपटा उठता। कहीं मानवता छटपटा उठती। कहीं विश्व-बंधुत्व और समता के आदर्श कराह उठते! कहीं इस जड़ सभ्यता के विरुद्ध जीवन-सत्य फुकार उठता! किंतु सब निष्फल! हम वहीं रह जाते, जहाँ थे! क्यों, बात क्या है? धीरे से भीतर राजनीति का निठुर खिलाड़ी कहता, "अरे, यह तुम्हारे वश के बाहर की बात है और शासन की खराबी है।"···पर खिलाड़ी यह नहीं बताता कि हम क्या करें। बस जला करें या जूठी पत्तल फेंक यश-अर्जन करें। या इन निरीहों को देख बड़प्पन का अनुभव कर फूले-फूले फिरें।

बताया न? अभ्यास हो गया है, और इसीलिए कह दिया, "जाओ उत्तर ओर बरामदे में।"

कोई विशेष बात न थी। फिर भी न जाने क्यों, उसकी कातर वाणी रह-रहकर मन

के किसी कोने में गूँज जाती! क्या आदमी वैसे बोलता है? किसने उसकी वाणी में विश्व-दैन्य का ऐसा करुण स्वर भर दिया? ऐसी दबी-पतली बोली तो रोग-शैया के निकट से सुनी जाती है? तो वह कौन सा महारोग है, जिसने इस चलती-फिरती प्रतिमा में गिरे-पड़े आहत जैसी बेबसी ला दी और संसार ही उसकी रोग-शैया हो गया? रहा नहीं गया। सोचा, पूछूँ तो,... किंतु मन में आया, "जैसे और गरीब हैं, वैसे ही यह भी है। कोई नई बात तो होगी नहीं।" भीतर हलचल जैसे मच गई। भोजन भीतर तैयार रखा था। उसकी सुगंध बाहर तक आ रही थी। सारे अभ्यास और तर्क हवा हो रहे थे। हिम्मत नहीं पड़ती थी कि चलकर खा लूँ। साक्षात् विवशता द्वार पड़ी कराह रही है और मैं स्वाद उड़ाऊँ? नहीं, यह पापान्न खाना होगा। नित्य के अभ्यास के नितांत प्रतिकूल न जाने कहाँ से ऐसी भावना आकर जम गई। जंगले से झाँककर देखा।

देखा, बाहर फर्श पर आदमी के बच्चे जैसी कोई चीज लुढ़की है। वैसे ही हाथ-पैर तथा मुँह! निस्संदेह यह आदमी का बच्चा है। उसकी बगल में उससे बड़ी एक और प्रतिमा वैसे ही लुढ़की है। समझते देर नहीं लगी, दोनों भाई हैं। दोनों के आगे पैरों की ओर एक बड़ी प्रतिमा हिल-डुल रही है।

निकट से जाकर देखा। मन भर गया! ये सोये हैं, मातृहृदय के दो टुकड़े! माँ उन्हें और प्रकार से बना-सँवार न सकी तो क्या? झूम-झूमकर पाँव दबा तो रही है! जैसे यही उसके वश की बात है।...गरीबी के पन्ने पर मातृत्व के सुनहरे जगमगाते वर्ण, जो भूख की ज्वाला में जल नहीं सके। विवशता की आँच में बाल बाँका नहीं हुआ। यह माँ का हृदय भी किस धातु का बना है! विशाल जीवन-सागर में इन दो अनमिल डाँड़ों के सहारे जीवन-नौका नहीं छोड़ दी है। काल-प्रभंजन के थपेड़े खाती वह न जाने किस किनारे लगे। कहते हैं, नारी अबला है! पर भूल जाते हैं कि वह माँ भी है। विश्व की सबसे रमणीय, किंतु दुःसाहसों से भरी वस्तु! उसकी अपनी दृष्टि है, अपनी सृष्टि है। दुनिया की नजरों में कीड़ों, मकोड़ों से अधिक जो महत्त्व नहीं रखते, वे ही इस दुनिया के लाल हैं, जीवन के ध्रुव-तारे हैं।

मन में तूफान उठ रहे थे। तर्क की तेज धार में विश्वास नहीं टिक पाते थे। आखिर हम लोग अपने को ऊँचा-बड़ा-शिक्षित और प्रतिष्ठित समझते हैं! क्यों? क्या इसी बिना पर कीड़े-मकोड़ों की तरह जिल्लत की जिंदगी बितानेवाले लोग भी धरती पर हैं?...ये क्यों ऐसे हैं? क्या इनके अंदर औरों की भाँति रक्त-मजा और मांस आदि का प्रबंध नहीं है?...इन नीचों के बीच हमारी उच्चता का विश्वास क्या लज्जा-जनक नहीं है! बहुत से सवाल हैं। इनका उत्तर धुँधली ज्योति की भाँति बेकाम सा हो जाता है। सबकुछ देखते हैं, पर जैसे कुछ देखा नहीं। बँधे हुए नित्य के संस्कार हैं। बहुत हुआ, तो किसी करुणा-कातर परिस्थिति में चलती-फिरती भाषा में सोच लिया, 'पूर्व जन्म के संस्कार

हैं!' 'राज्य दोष है।' 'मशीन युग की देन हैं।' 'पूरे शैतान हैं!' 'भीख माँगने का स्वाँग है!' अथवा दार्शनिकता के अतिरेक में कभी मन में आया, 'वे हमसे सुखी हैं।' संतोष हुआ और फिर छुट्टी मिली।

लेकिन आज यह सबकुछ नहीं। आज तो प्राणों में एक गजब का स्पंदन आ गया है। नित्य के अभ्यास में एक विचित्र भूकंप आ गया। विश्वासों की रसा, जो नीरसा हो चली थी, स्वयं द्रवित हो करुण जल छोड़ने लगी।

× × ×

"कहाँ घर है?"

फिर वहीं पछाड़ खाती हुई, लुटी सी, रिरियाती सी बोली। सुन न सका उत्तर। अतः दुहराया।

"ऐं!"

"सीअर!"

"कहाँ जाएगी!"

"दक्खिन।"

"वहाँ क्या करेगी?"

"और क्या करें। माँग-चाट के पेट पालूँगी। कूट-पीसकर भी दिन कटेंगे। किसी बाबू के यहाँ काम-धाम लगेगा। खेत में रोपनी-काटनी करेंगी। किसी तरह गुजर-बसर करना है बाबू!"

मैंने सोचा, "ओफ! संबल-विहीन यह कैसी विकट जीवन-यात्रा है! इन माँ, बेटों, तीन प्राणियों का 'कल' कितना अनिश्चित, कितना निष्ठुर और कितना दर्दनाक है!"

पूछा—

"तुम्हारे साथ और कोई नहीं है?"

"हमारा आदमी पर-साल मर गया। एक लड़की यह गोद में है। एक दस बरस का होकर चल बसा। एक सात बरस का लड़का है, जो बाबू के यहाँ रहता है। एक लड़की है, जो ब्याही है। बाबू लड़के को सेंत में छेंक रखे हैं। कुछ देते-लेते नहीं हैं। खाना-खुराक में मलकिन कसर करती हैं। बच्चा क्या उकसेगा! सोचा था, बाहर ले चलकर कहीं काम लगा देंगी। पर मन की बात मन में ही रही। आने नहीं दिए?"

"तुमको कुछ भी नहीं देते हैं?"

"देते, तो वह परदेश की ठोकर क्यों खाती?"

"वहाँ क्या तुम्हारा घर-बार नहीं है!"

"घर!" वह चुप हो गई। पुनः सँभलकर बोली—

"था एक। वह अबकी बरसात में रहने लायक न रहा। फिर जहाँ खाने के ही लाले पड़े हैं, घर कैसे बने! घर का आदमी होता तो छाता-बनाता।"

"तुम्हारे पड़ोसी तो होंगे!"

"हैं क्यों नहीं? पर किसके गले कौन अँकवार देता है! एक सौत का लड़का है। वह ससुराल ही सँभालता है!"

"वह भी कुछ मोह-माया नहीं गुनता होगा?"

"नहीं बाबू! कई बरस हुए, एक साड़ी दी थी। सो भी मैंने रूपा को ही दे दिया।"

"रूपा कौन? तुम्हारी ब्याही लड़की और उसकी ससुराल वाले क्या मर गए? जो इस तंगी में तुम्हें दान करने की सूझी।"

"नहीं बाबू, मरे रूपा का शत्रु। मैंने दान थोड़े दिया। मेरा अपना क्या? काम चल ही जाएगा! हाँ, उसके ससुराल वाले जब ताना मारते हैं कि "क्या नैहर में खँडहर पड़ गया, जो कुछ आता-जाता नहीं है।" तो कलेजा फटने लगता है यह सुनकर। माँ का कलेजा! नहीं सहा गया। साड़ी भेज दी। यह एक साड़ी है, जेठ में गिरे घर की खपरैल बेचकर खरीदी थी।"

"अरे? खपरैल भी बेच दिया, तो बिना घर-द्वार के दुनिया में कहाँ रहेगी रे?" मेरा रोम-रोम सिहर उठा।

"अब घर-द्वार, धन-दौलत जो समझिए बाबू, ये ही दो लाल हैं। इन्हीं के लिए जीती हूँ। जहाँ पेट भरे, वहीं घर है। इसी गाँव में तो ये दिन भर पर दो रोटी मिली हैं। कुछ खिलाया और थोड़ी यह क्या रखी है।" अँधेरे में उस रोटी को यद्यपि देख न सका, फिर भी कल्पना द्वारा उसकी रूप-रेखा मन में आ गई। उसका सधा हुआ कोमल कातर स्वर झंकृत होता रहा।

"इधर गाँव धनी है। जाने का विचार है। दो मुट्ठी अन्न मिलेगा, बहुत है। देश चोरी, परदेश भिक्षा! कौन रास्ता जाता है बाबू! भगवानपुर का?"

"अरे! अभी जाएगी क्या? जाना सबेरे। यही सड़क के किनारे-किनारे। तुम्हारा लड़का भूखा ही सो गया है?"

"नहीं बाबू, कुछ खाया है। फिर आप भी तो परदेशी जान पड़ते हैं? कुछ खाए-पिए हैं? नहीं तो खरीदकर खा लें।"

"नहीं, नहीं, हम खा लेंगे। बना है।"

अपने भोजन का आधा लाकर मैंने उसकी थाली में रख दिया। अमीरी में निष्ठुरता होती है, यह जानता था। आज प्रत्यक्ष देख लिया कि गरीबी में सहृदयता की तरलता होती है।

एक लड़का, जिसको मैंने सोता हुआ समझ रखा था, बिजली की तरह उठा और

खाने में जुट गया, बिना कहे-सुने। स्नेहवश माता ने पीठ की धूल झाड़ दी। यद्यपि वह पुनः लगती।

सोचा, क्या यही निदान है इस सामाजिक रोग का। बहुत सी बातें मन में आईं और गईं। रह गई, किंतु एक बात। "धनी गाँव है, उधर जाने का विचार है।" परंतु क्यों? क्या धन इस सर्वस्व वंचित को विनाश की ज्वाला से बचा सकेगा?

× × ×

एक सप्ताह के बाद की बात है। गाँव पर जा रहा था। भगवानपुर के पश्चिम पोखरे पर पंडित पंचकउड़ी त्रिवेदी की चिमनी पर देखा, सब-इंस्पेक्टर साहब मय दल-बल के साथ जुटे हैं। सुना, एक औरत, जो ईंट उठाकर बाहर करती थी, अधिक मजदूरी के लोभ में जान से हाथ धो बैठी। शरीर से दुर्बल थी। दिन भर खटती थी। एक बार बाहर ईंटों के साथ गिर पड़ी और फिर न उठी। 'हाय मेरे बेटे' कहकर उसके प्राण-पखेरू उड़ गए।

और सुना। सब मामला तय हो गया। दरोगाजी के लिए सहस्र मुद्रा का डौल रहा। कई गवाह उसके संबंधी निकले। बताया, बचपन से ही मिर्गी का रोग था उसे। और फिर एक तेज आवाज सुनाई दी, "अनाथालय में कर दो।" तब तक याद आया, "हाय मेरे बेटे"—उसका अंतिम वचन। तो क्या कई बेटे हैं उस मृत अभागिनी के? और अनाथालय में क्यों जाएँगे? क्या उसके घर कोई नहीं? और वे संबंधी क्या कल्पित हैं?

पता लगा, न जाने कौन कहाँ की थी! दो नन्हे-नन्हे लड़के हैं उसके। मेरी आँखों के सामने 'सीअर' वाली स्त्री की कहानी नाच उठी। आगे पैर नहीं पड़े। भीड़ के भीतर दो बच्चे बिलबिला रहे थे। मैं भी भीतर पहुँचा।

"तुम्हारा घर कहाँ है बच्चा?"

रुलाई के स्वर में उत्तर मिला—

"वि···स···हा।"

"तुम्हारा कोई भाई जमींदार के यहाँ नौकर है?"

"अरे नाहीं! ए दादा।"

"तुम कितने दिन से मजदूरी करते हो?"

"एक महीना, मजदूरी अभी बाकी है बाबू!"

छोटा बच्चा चीखकर पास पड़ी माँ के शव से लिपट गया। मेरा सिर चकराने लगा। इतना निश्चित हो जाने के बाद भी कि वह सीअर वाली तीन बेटों की निराश्रिता माँ नहीं है, मेरा दिल धड़क रहा था।

□

गोबर-भवन में एक दिन

बात आज याद आ गई। यह फागुन का महीना है न? हाँ, ठीक और हाल में ही कई दिनों तक बूँदाबूँदी चलती रही। उन्हीं दिनों में एक दिन की बात।

जूता हाथ में था, क्योंकि पैरों में था माटी-पानी का कचर-बचर गहना और जब देह ही देह की छतरी थी, यानी इस शुतुरमुर्ग ने वर्षा की झड़ियों की रेत में सिर गड़ा दिया था। आ तूफान।

एक ठोकर लगी तो दाहिने पैर का अँगूठा फट गया। वह परपरा रहा था। नई कविता की तरह उसमें एक स्वाद था।

आगे एक गाँव था, जो पानी में बेपर्द भींग रहा था। उसे देखकर उस आदमी की कहानी याद आ गई, जो भूखा था और शहर के होटल वाले मुहल्ले की सड़कों पर खाली हाथ घूम रहा था।

एक शब्द बिजली की तेज चमक के साथ मन के बीहड़ में आ धँसा। "छत की तलाश।" आसमान की छत, हवा-पानी की छत और पेड़-पौधों की छत नाकाफी है। यह तूफानी दिन है। आज हिफाजत के लिए हमको ईंट-पत्थर की छत चाहिए अथवा कम-से-कम खपरैल या फूस की छत चाहिए।

सिलसिला आगे बढ़ा, क्योंकि पैर आगे-आगे, बराबर आगे बढ़ रहे थे। इस गाँव के बाद मेरा अपना गाँव था और पूरी तरह भींग जाने से पहले लपककर इस गाँव में ही कहीं छत की आड़ पकड़ लेनी है।

फिर एक सिलसिले में शब्दों की ट्रेन, ईंट-पत्थर की छतें, लोहे-लकड़ी की छत, खपरैल-फूस की छत, अलमोनियम स्टेनलेस स्टील की छत, प्लास्टिक की छत, टेरलिन और नाइलोनी छत, चलाचल चीनांशुक की छत, कागज की छत, बिजली की छत, रेडियो टेलीविजन की छत, चाँद-सूरज की छत और प्यार-प्रेम की छत, तभी अज्ञात मन ने जंजीर खींच दी और शब्दों की ट्रेन रुकी तो सामने गाँव में थी आखिरी छत, गोबर की छत!

गोबर की छत? तूफान में भागकर लुकाने के लिए गोबर की छत? छत ही गोबर की नहीं, फर्श भी गोबर का, दीवारें भी गोबर की! गोबर ही गोबर।

यह अपनी नियति है। हे मन, इसे भोगो। यह एक सामने खड़ी सच्चाई है। हे मन, इसे जिओ। यह अपना ही रूप है। हे मन, इसे स्वीकारो।

मोटे रूप में किस्सा यह रहा कि हमको तो भागकर छिपने की जल्दी थी, परंतु उस गाँव को कोई छिपाने की जल्दी नहीं थी। इसीलिए कि वह कई शताब्दी पीछे था। मिट्टी के फुटकर रूप में घर खड़े थे। घरों में बरामदे सायबान, खिड़की, जंगले और रोशनदान आदि का कोई स्थान नहीं था। वे केवल घर थे। घर थे तो उनके भीतर आदमी जरूर रहते होंगे, परंतु पानी पड़ने में उनका पता नहीं था। एक घर से एक जवान स्त्री निकली। उसके माथे पर एक खाँची थी। खाँची में कूड़ा-करकट था। दूर जाने की तकलीफ बचाने के लिए ठीक घर के सामने बोझ हल्का कर चट भीतर घुस गई। जब तक मैं कुछ बोलू तब तक कुंडी चढ़ा दी। बस बाहर उसकी शकल भर रह गई। लंबे-चौड़े भारी-भारी चरणारविंद, जिनमें मोटी-मोटी बेड़ियाँ। शेष सब लुगरी में ढका-ढका, जग जाहिर थी उसकी जवानी, जिसकी आभा को ढकना कपड़े के बूते की बात नहीं।

पास में एक बँसवारि। उसमें चुपचाप खड़ा है एक गदहा, लेकिन मुझे जल्दी है। वहाँ ध्यान नहीं टिकता। तलाश, तलाश, तलाश।

पास में एक और घर है, जिसका प्रवेश-द्वार इधर नहीं, किसी और ओर शायद उधर होगा। उसकी बगल में एक भारी गड़हा अर्थात् 'गड़ही' है। उसमें बनमुरगियों की छत होगी। धत्तेरे की। हवा भी चलने लगी। छर्र-छर्र बूँदें छींटती, जैसे पलिहर में किसान सरसों छीटता है।

आभास हो रहा है कि उधर जिधर ईख की पत्तियाँ जमा हैं, जिधर एक नीम का पेड़ कटकर पड़ा है, जिधर कोई रास्ता तो नहीं परंतु भड़भांड और बेहया के पौधों को लाँघते जाया जा सकता है, कोई घर होगा। एक बैलों की चरन बाहर है। एक फूल की झोंपड़ी है। झोंपड़ी में फाटक नहीं है। वह बहुत भद्दी लग रही है। वह मनहूस डोमडेरे की अछूत पलानी। हमारा सांस्कृतिक मन उसे जोर से नकार उठता है।

तब मरो। घर, घर और घर। पूरा गाँव; मगर अभागे; तेरे लिए कहीं छत नहीं। अब देख कि यह एक कुत्ता लपका हुआ कहाँ जा रहा है? अब कुत्ते-बिल्लियों के अनुसरण में ही कल्याण है। कुत्ता चंद्रलोक की सैर कर सकता है तो उसकी पूँछ पकड़कर एक छत की खोज आसान हो सकती है। फिर, जहाँ कुत्ता जा सकता है, वहाँ आदमी क्यों नहीं जा सकता?

मैं यह सोच ही रहा था कि उधर कुत्ता एक गौहरौर की आड़ में जाकर अंतर्धान हो गया?

अब मेरा ध्यान गौहरौर पर गया। गौहरौर अर्थात् गौहरों यानी उपलों की बनी लघु पिरेमिड। यह गाँव का प्रतीक है। जहाँ गाँव वहाँ बैल, जहाँ बैल वहाँ गोबर, जहाँ गोबर वहाँ गोहरे, जहाँ गोहरे वहाँ गौहरौर। यह जलावन की भूधरी, यह अन्न ब्रह्म के प्रस्तोता ईंधन का चौरा, यह गाँव की इज्जत, यह गँवारों की नानी, यह गोबरी स्तूप मैदानी और यह खाद की कुरबानी। सूखे उपलों को सुरक्षित रहने के लिए एक पर एक क्रम से, ढब से सजाकर, ईंटों की तरह जोड़कर, उतार-चढ़ाव युक्त, शिवालय की शकल की छोटी, मरद भर से ऊँची गौहरौर बना दिया। गोबर के उपलों की गौहरौर और ऊपर गोबर का ही पलस्तर-पलस्तर यानी चारों ओर एक में एक सटे चिपरे पाथ दिए गए। अब यह सँवारी सुधारी गई सी घरौटी हो गई, सूने-मैदान की गोबरी दुलहिन सी, गोबर की दुनिया को गोबरौरी साध सी और मजाक देखिए, इसके माथ पर पड़ी है ढाठा की एक छोटी सी टाटी आड़ के लिए। इसे भी आड़ की जरूरत है। जो गाँव वाले गौहरौर की आड़ का इंतजाम रखते हैं, वे इनसान के इस प्रकार वर्षा में बेइज्जत होने से बचने के लिए कुछ नहीं सोचते।

खैर, वह उल्लू का पट्टा कुत्ता गया कहाँ? तेज चलकर गौहरौर के पिछवाड़े पहुँचा तो यह देखकर हैरान हो गया कि गौहरों के उस महल में वह आसन जमाए है। हमने समझा कि यह लद्दाख की वीरान कोई पहाड़ी है, परंतु यह तो एक चीनी उसकी कंदरा में जमा हुआ है। भारतीय सिपाही कश्मीर की मसजिद में घुसपैठियों की तलाश में जैसे जा धमका, वैसे ही जब मैंने हल्ला बोल दिया तो बिना युद्ध के ही फतह हो गई। कुत्ता दुम दबाकर भाग निकला और बहुत ही चाव से उसकी जगह मैंने अपने शरीर को उछालकर रख दिया।

और इसीलिए कहा न, गोबर की छत, पानी से बचने के लिए यहाँ गोबर की छत? छत ही गोबर की नहीं, फर्श पर भी गोबर-गोबर और दीवार भी गोबर की। यह अपनी नियति है। हे मन, इसे भोगो।

मगर आपको आश्चर्य होगा कि यह गौहरौर कंदरा की तरह अथवा गुफा की तरह कैसे हो गई?

बात यह है कि दक्षिण ओर से उजाड़कर भीतर-ही-भीतर समस्त गोहरों को लोग घर के भीतर ढो ले गए हैं और किनारे-किनारे के गोहरे उस पर पलस्तर की तरह छाप गए हैं। यह चिपरों के कारण ज्यों-का-त्यों खड़ी है। इस प्रकार गौहरौर खोखली हो गई है और भीतर गुफा की तरह बन गया है।

शायद मैदान में होने के कारण इस डर से कि उत्पाती लड़के इसे ढोकर 'सम्मत बाबा' में न डाल दें, इसकी मालकिन इसे घर ढो ले गई। उसने आसमान पर बादल भी देखे होंगे और इस डर से इसे एक ओर से दरवाजा की तरह बना-बनाकर उजाड़ा कि

ढोते समय में भी अगर पानी आ जाए तो शेष गोहरे नहीं भींगेंगे। अब तो गोहरे प्रायः ढोकर चले गए हैं। यह उसकी ऊपरी खोलड़ी की तरह शेष रह गई है। उधर रास्ते की ओर से देखने पर सही साबित गौहरौर की तरह लग रहा है और इधर से वर्षा का भरपूर शरणालय।

उसमें नीचे पड़े चार गोहरों को एक पर एक रखकर कुरसी के ठाट में उस पर बैठकर मैंने सुख की साँस ली, उस समय पानी तेज हो गया था। झोंका उधर ही हवा का था, अतः मैं सुरक्षित था।

उस खोखले गौहरौर में राजभवन का सुख मिल रहा था। उस गोबर की हवेली में बैठकर सोने का सपना नयनों के आगे उभर रहा था। उस गोबरही धर्मशाला में दिल्ली की मनोहर झाँकी मिल रही थी। ऊपर एक बिच्छू एक गोहरे की खोड़रे में चुपचाप बैठा था। बगल में एक साँप का बच्चा आधा धड़ बाहर लटकाए छिपा पड़ा था। चींटियाँ रेंग रही थीं। सूढ़ वाले, अगणित पैर वाले, सरकने वाले, कूदने वाले और डँसने वाले नन्हे-नन्हे असंख्य जीव मटरगश्ती कर रहे थे। उनके इस उजड़े क्रीड़ागन में दैत्य की तरह बैठा था। मैं चाहता था कि पानी थमने पर यहाँ से जाने के पूर्व एक छोटा सा मानपत्र इस गौहरौर को प्रदान करता चलूँ। मैंने कागज-कलम निकालकर लिखा—

"हे अभिनव भारत के प्रतीकस्वरूप गौहरौर, योजनांत में माल-मत्ता हड़प जाने वालों की तरह मालिक ने तुम्हें एकदम खोखला कर दिया है, परंतु तुम्हारा यह खोखलापन धन्य है, जो अशरण को शरण देता है। तू भारत का सच्चा मानचित्र है।

हे कृमिकीटों के उजड़ते आश्रय स्थल, रसतत्त्व निकल जाने पर आधुनिकता बोध की तरह बौछार के बीच तू नए साहित्य की तरह प्रतीत हो रहा है।

हे गोबराट्टालिका! तू गाँव की एक इकाई है और यह जो तू खड़ी है, सो यह दिखाने के लिए कि 'बिसरि गई सब बात पुरानी।'

हे जादूगर! भारत सरकार को चाहिए कि तुझे सुरक्षित रखने की व्यवस्था करे। क्योंकि तुम्हारे पेट में बैठने पर मन ऊँचा हो जाता है। देश के मंत्री लोग यहाँ आकर बैठें और चमत्कार देखें।"

पानी थम गया तो मानपत्र उसी में खोंसकर मैं चला आया।

□

छछलोल राय का तिलकोत्सव

आषाढ के आखिरी लग्न में छछलोल राय के माथे पर मउर और शरीर पर हल्दी चढ़ने की सुजनी जुट गई। सारा गाँव खुशी में डूब गया। कुछ लोगों को अवश्य ही इस बात का दु:ख था कि जब गाँव में तिलकहरू आने पर किसको निश्चिंत भाव से चटपट दिखाया जाएगा। छछलोल राय गाँव के एक मात्र दिखाऊ वर थे। उनके पैर इतने बड़े-बड़े कि दुकानों पर उस नंबर के जूते नहीं मिलते और सिर इतना बड़ा कि सिली-सिलाई टोपी नहीं मिलती। टोपी की जरूरत तीन-चार साल हुए उनके छोटे भाई की शादी में पड़ी थी। बहुत दिनों तक उनके छोटे भाई की शादी उनके पिता ने इसलिए रोक रखी थी कि जब तक बड़े भाई की शादी नहीं हो जाती, तब तक छोटे की कर देने पर खटकने वाली एक बात पैदा हो जाएगी। इधर छछलोल राय का छोटा भाई विमल जब एम.ए. भी पास कर गया, तब शादी करनेवालों की ओर जो धक्का आया, वह बहुत जबरदस्त निकला। उस साल ऐसा लगा कि दोनों भाई साथ ही चौक पर बैठेंगे। अर्थात् विमल की शादी तय होने के साथ-ही-साथ एक बहुत आतुर तिलकहरू सज्जन छछलोल राय को भी देखने आए। साक्षात्कार में संक्षिप्त प्रश्नोत्तर हुआ—

तिलकहरू : ''बबुआ, कुछ पढ़े-लिखे हो?''
छछलोल राय : ''हाँ कई दरजा पास हूँ।''
तिलकहरू : ''तो जो बोलता हूँ, उसे लिखो तो!''
छछलोल राय : ''मगर, पहले लिखवाई का नेग हाथ पर रख दो।''
तिलकहरू : ''बिना लिखवाई लिये नहीं लिखोगे?''
छछलोल राय : ''नहीं।''

इसके बाद 'लिख लौढ़ा पढ़ पत्थर' कहकर तिलकहरू ने हँस दिया। इस पर छछलोल राय पायजामे से बाहर हो गए। बोले, ''एक सौ बीस बीघे का जमींदार हूँ। एक बुलावे दस आवे। तुम्हारे जैसे सैकड़ों तिलकहरू आकर सिर रगड़ेंगे।'' इत्यादि।

तिलकहरू चले गए तो छछलोल राय पर खूब मार पड़ी। महीनों भागकर अपनी नानी के यहाँ रहे। तब से फिर कोई गोटी नहीं बैठी। इधर छछलोल राय के बालों को न

जाने क्या हो गया कि बेतहाशा सनकुट होने लगे। खिजाब वगैरह बेकार साबित हुआ तो इसे छिपाने के लिए अब वे पहलवान हो गए। हर तीसरे दिन सिर मुँडवा देते हैं। अखाड़े की धूल-मिट्टी समस्त शरीर के साथ सिर की भी शोभा बढ़ाती है। एक काला धागा गले में बाँध लिये हैं। किसी दूसरे के यहाँ भी तिलकहरू आते हैं तो दौड़-दौड़कर चिलम भरते हैं और हुक्के में पानी बराबर बदलते रहते हैं। इस साल से 'भूसट' (बुश्शर्ट) पहनना शुरू किया और कहते हैं कि यह पोशाक उन्हें सह गई। क्योंकि आषाढ चढ़ते-चढ़ते छछलोल बाबू का बृहस्पति दमदमा उठा। तिलक का दिन तय हो गया और उसके ठीक चार ही दिन बाद शादी की तारीख भी छूट गई।

तिलक की तैयारी हुई। छछलोल राय चौके पर बैठे। बैंगनी रंग का छींटवाला मुरेठा उनके सिर पर बाँध दिया गया। सिल्क का कुरता खूब शोभा बढ़ाने लगा। बहुत लजाते-लजाते छछलोल राय ने अपने छोटे भाई विमल राय से शाम को ही धूप वाला चश्मा माँग लिया था। मगर उसे आँखों पर लगाने का मौका नहीं मिला। उन्हें डर था कि तिलकहरू लोगों के चौके पर आकर बैठने के पूर्व यदि वे उसे लगाएँगे तो संभव है, लोग डाँटकर उतरवा दें। इसीलिए अभी तक वह पॉकेट में पड़ा था। आज वे बहुत गंभीर बने थे। होंठों को बढ़ा-बढ़ाकर बराबर दाँतों को छिपा रहे थे। मगर दाँत उनके ऐसे सरकस थे कि हाथी के दाँत हुए जा रहे थे।

मंडप में तिलकहरू लोग आ गए। ''मंगलं भगवान् विष्णु मंगलं गरुड़ध्वज:'' आदि मंत्र गूँज उठे। स्त्रियों ने सगुन शुरू कर दिया—

''आरे सगुनी सगुनवा।
लेई रे आउ।
तोहरा सगुनवा ए सगुनी।
हो खेला रे बियाह॥''

इस बीच छछलोल राय की आँखों पर कब काला चश्मा चढ़ गया, यह किसी ने नहीं देखा। शरीर के काले रंग को चश्मे की कालिमा ने और चोखा कर दिया। अब उनकी आँखों का उल्लास तो ढक गया, परंतु दाँतों के होंठों के घेरे से बाहर निकलने और भीतर जाने तथा इस प्रकार बराबर घटते-बढ़ते रहने से उनकी मुसकराहट और खुशी का विज्ञापन हो जाने लगा। छछलोल राय जब भैंस चराने जाते तो अकसर एक तिलक विवाह का गीत गाते और जब वही गीत उनके चौके पर बैठने में स्त्रियों ने उठाया तो उनके दाँत रोकते-रोकते भी लगभग आधे इंच बाहर आ गए। स्त्रियाँ गा रही थीं—

''गायी का गोबरे महादेव
आँगन लिपाई,
गजमोती आहो महादेव

चउक पुराई।
चउका बईठले महादेव
गइले कोहनाई,
बहिया लफाई गउरादेई
लिहली मनाई।''

छछलोल राय कंधों को इधर-उधर हिला-डुलाकर गर्व में फूल उठे। महादेवजी की तरह आज गजमुक्ता से पूरे गए चौक पर वे बैठे हैं। गीत में कहा गया है कि महादेवजी जब रूठ गए तो गौरी ने हाथ बढ़ाकर मना लिया। छछलोल राय इधर-उधर देखने लगे। मगर अभी यहाँ गौरीजी कहाँ हैं? अभी तो तिलक चढ़ रहा है। खैर, यह कम गौरव की बात नहीं कि आज छछलोल राय शंकर भगवान् के जोड़ीदार हो गए। यही क्यों, आज वे साक्षात् श्रीरामचंद्रजी हो गए—

''रामका लिलारे तिलक भला सोभेला,
चंदन सोभेला लिलार।
भले ही आज राम चउका बैठे॥''

और क्रिया हो जाने के बाद जिस समय तिलक चढ़ाने की क्रिया संपादित होने की बात आई, उस समय सब लोग बहुत उत्सुक हो गए। स्वयं छछलोल राय बहुत आह्लादित नजर आने लगे। दोनों हाथ अंजली रूप में ओढ़कर बैठ गए। उनके बड़े-बड़े हाथ की बड़ी-बड़ी अंगुलियों ने कमाल किया। उनकी खुली अंजली ऐसी लग रही थी, जैसे मोटे-मोटे काले बेंत से बुनी हुई खाँची है। सो अब इस खाँची में भरा जाने लगा चावल, चंदन, पान, सुपारी, गुड़, फल आदि-आदि। बरतन और वस्त्र की बारी आई तो एक कांड हो गया।

जहाँ पर मंगल-कलश रखा था, उसके उधर से एक चींटा गुड़ की गंध पाकर टहलता-घूमता चला। जब वह गोबर के बने गौरी-गणेश तक आया तो छछलोल राय की आँखों से उसकी भिड़ंत हुई। वह चींटा गौरी-गणेश के शिखर पर चढ़ गया और वहाँ से उतरकर इस ओर चला मानो कोई चीनी सैनिक उधर से आकर हिमालय पार कर इस ओर बढ़ा। इधर छछलोल राय की अंजली में मंगल द्रव्य भरा जा रहा था और उधर उनकी आँखें बराबर उस चींटे की गतिविधि का निरीक्षण कर रही थीं। चींटा आगे बढ़ा और ठीक छछलोल राय के पैर के अँगूठे को निशाना बनाकर वह आगे बढ़ा। वह इधर-उधर भी मुड़ता, परंतु अंत में फिर सीधे अँगूठे की ओर बढ़ता आने लगा। छछलोल राय का सारा ध्यान उस चींटे पर केंद्रित हो गया। अगर यह काट दे तो क्या होगा? उधर मंगलगान, उधर मंत्रोच्चारण, उधर द्रव्यदान और उधर सैकड़ों दर्शक और इधर यह चींटा! छछलोल राय बेचारे की जान साँसत में पड़ गई। चींटा एकदम मस्ती में चुपचाप सरकता पैर के पास आ गया। छछलोल राय हड़बड़ाकर खड़े हो गए। खड़े ही नहीं हो गए, दो कदम पीछे हट गए।

भारी हड़बड़ी मच गई। क्या है? क्या है? गान बंद, मंत्र ठप्प और सब लोग हैरान। स्वयं छछलोल राय इतने घबराए कि चीं…चीं…चीं करते रह गए। बड़ी कठिनाई से जब उन्होंने हाथ से उसे दिखाया तो लोगों ने जाना कि इस नाचीज चींटे के कारण इतनी गड़बड़ी हुई।

जब सब शांत हो गया और फिर से तिलक की क्रिया आरंभ हुई तो श्रीमान छछलोल रायजी की सुंदरता से संबंधित एक लोकगीत औरतों ने उठाया—

"चउका त बड़ा सुंदर
आरे माई, नाही जानों गोबराका नीमने
कि नउनीका पुरले गुने
कलस त बड़ा सुंदर
आरे माई, नाहीं जानो मटिया का
नीमने—
कि कोहरोका गढ़ले गुने।
दुलहा त बड़ा सुंदर,
आरे माई, नाहीं जानो राम का
उरेहले—
कि माई कोखी जमले गुने।"

(अर्थात् यह चौक तो बहुत सुंदर लग रहा है। इसमें पता नहीं गोबर की अच्छाई है अथवा नाइन के पूरने का चमत्कार है। यह कलश भी बहुत सुंदर है। पता नहीं इसकी सुंदरता का कारण इसकी मिट्टी की अच्छाई है या कुम्हार की कला। इसी प्रकार यह दूल्हा भी बहुत सुंदर है, परंतु हे माता, पता नहीं इसकी इस सुंदरता का कारण विधना की गढ़न है अथवा माँ की कोख से पैदा होने के कारण ही इतना मनोहर हो गया।)

जब बरतन-भंडा चढ़ गया तो स्त्रियों ने एक गीत रस्मी तौर पर उठाया, जिसमें इस बात की शिकायत जाहिर की गई कि सब बरतन छोटे-छोटे चढ़ा दिए गए। समधी को वादा न पूरा करने पर गाली दी गई। गीत सुनकर छछलोल राय के कान खड़े हो गए। क्या सचमुच छोटे-छोटे बरतन चढ़ा दिए? तमाम गाँव भर की स्त्रियाँ यही गा रही हैं। उसे लगा कि उसकी बड़ी बेइज्जती हो रही है। इसी समय दूसरा गीत शुरू हुआ—

"ई मति जनिहौ समधी,
आँगन ई छोट बाड़े।
आँगन का मालिक बाबू दयाल राम
तीलक लीहें नव लाख जी।"

उस समय रुपया चढ़ाने की तैयारी हो रही थी। छछलोल राय औरतों का गीत

सुनकर बहुत खुश नजर आने लगे। उन्होंने सोचा कि अच्छे मौके पर औरतों ने लड़कीवालों को चेतावनी दी। कहीं कम न चढ़ा दें। हमारा आँगन छोटा है तो क्या? हमारी इज्जत बड़ी है। हमारा भाई विमलराय एम.ए. पास है। हम जमींदार हैं। चालीस बीघे की तो एक ही परिया है।

लड़कीवालों की ओर से नोटों का एक बंडल निकाला गया। कुछ नंबरी नोट, कुछ दस के और शायद भीतर कुछ पाँच के भी तथा सब मिलाकर पता नहीं कितना रहा। वास्तव में तिलक-विलक कुछ तय तो था नहीं। उठनी बाजार का सौदा था। ऐसे ही होता है। 'तू भी समझ ले हम भी समझ रहे हैं' का मामला रहा। फिर छछलोल राय पार लग रहे थे, यही क्या कम था? सो उस रुपए पर किसी ने ध्यान नहीं दिया कि कितना है और न किसी को उत्सुकता थी। वह बंडल सामने बैठे लड़की के भाई ने हाथ में लेकर मंगलकलश और गौरीजी को छुलाने के बाद छछलोल रायजी के हाथ पर रख दिया। अंत में विप्रमंडली की ओर से 'कस्तूरी तिलक ललाट पटले···' आदि मंत्र की ध्वनि उच्चरित होने लगी। महिला मंडल की ओर से इस अवसर का विख्यात गीत शुरू हो गया—

"मोर बाबू पढ़े अंग्रेजी—
तिलक काहे थोर जी?"

अर्थात् हमारा लड़का अंग्रेजी पढ़ता है। इसका तिलक कम क्यों चढ़ाया गया?

ऐं क्या यह बात सच है? एक बार फिर छछलोल राय भड़क उठे। उन्होंने सोचा कि अवश्य ही स्त्रियाँ पुरुषों से अधिक चालाक होती हैं। सब लोग भक्कू की तरह खड़े हैं और उधर उन्होंने तुरंत जान लिया कि तिलक कम है। तिलक कम चढ़ाने की चोट कम, परंतु अंग्रेजी की पढ़ाई की बात उन्हें बहुत खटकी। औरतें झूठ-मूठ उनका नाम बढ़ा रही हैं कि वे अंग्रेजी पढ़ते हैं, परंतु क्या यह जरूरी है कि जो अंग्रेजी पढ़ेगा, उसी को बेशी तिलक मिलेगा? अंग्रेजी में ही सुर्खाब का पर लगा है? मैं अंग्रेजी नहीं पढ़ता हूँ तो क्या कोई हमारी थैली काट लेगा? मैं अंग्रेजी नहीं पढ़ता हूँ तो क्या कोई हमारी इज्जत बोर देगा? अंग्रेजी की पढ़ाई नहीं है तो क्या हमारे पास खेत-बारी, बैल-बछिया और गाय-भैंस नहीं हैं? अंग्रेजी वालों से किस बात में हम कम हैं? गिटपिट बोलने नहीं आता है, इसीलिए हमारा तिलक कम हो जाएगा? यह हर्गिज नहीं हो सकेगा।

एक बार फिर रुपया फेंकते हुए छछलोल राय भड़ककर खड़े हो गए। फिर हड़बड़ी मच गई। पीछे ही खड़े थे छछलोल राय के बाप दयाल राय। दाँत पीसकर टूट पड़े। थप्पड़ों-घूसों की बौछार के बीच लोगों के घेरते-घेरते भी यह कहते छछलोल राय भाग निकले कि "बाप रे बाप! यह नहीं जानता था कि तिलक पर आखिर मैं लात-मूका भी चढ़ता है।"

□

राक्षस

राजेंद्र के मन का भेद अचानक खुल गया कि वह क्यों 'रिक्शे' को 'राक्षस' कहता है। वह विवश होता है और बक जाता है। इसके लिए उसे शर्मिंदा भी होना पड़ता है। परंतु इस बात पर साधारणत: किसी का ध्यान नहीं जाता है। कभी-कभी स्वयं राजेंद्र को क्षोभ होता है कि वह क्यों सड़क पर थोड़ा भी बेकायदे खड़े रिक्शे को देखकर दाँत पीसने लगता है, ''हरामी हैं, साले! ऐसे रिक्शा खड़ा किया जाता है? इनके बाप की सड़क है? छेंक दिया रास्ता!'' कोई रिक्शा बगल से खड़-खड़, भड़-भड़ करता कुछ तेजी से निकल गया! बस राजेंद्र का मुँह तोप हो गया और गालियों की गोलाबारी अंधाधुंध शुरू हो गई और अंत में, ''इन सालों को जरूरत है कि जूता निकालकर खूब पीटा जाए!'' मगर दूसरे ही क्षण गालियाँ उसे स्वयं खटकने लगती हैं। स्वयं पर खेद करता है। सोचता है, वह एक शिष्ट सरकारी कर्मचारी है। उसके मन की यह अशोभनीय मलिनता निंदनीय है। उसे भय भी लगता है कि इस अज्ञात उत्तेजना में कभी कुछ कर न बैठे! तब कितनी भद्दगी होगी! लोग कहेंगे, छोटा आदमी है, तभी तो छोटों से उलझता है। मगर यह सब ज्ञान तभी तक रहता है, जब तक कोई रिक्शा नहीं दिख जाता है।

कई बार ऐसा हुआ कि वह पैदल ही स्टेशन से अपने क्वार्टर तक चला आया। किसी खाली रिक्शे से पूछा, ''कचहरी चलोगे?'' और वह अन्यमनस्क भाव से या मोल-भाव की मुद्रा में या सीट पर बैठे-बैठे बातें करता है, अथवा पैसा अधिक बढ़ाकर कहता है, अथवा यह पूछता है कि बाबूजी अकेले चलेंगे या पूरा रिक्शा? तब यह स्थिति राजेंद्र के लिए असह्य हो उठती है। वह इतना जल-भुन जाता है, इस सीमा तक उत्तेजित हो जाता है कि उसका सारा शरीर सनसनाने लगता है और बिना कुछ कहे दाँत पीसता हुआ, मन-ही-मन जूतों से रिक्शे वाले की मरम्मत करता आगे बढ़ जाता है। आगे दूसरे रिक्शे वाले घेरते हैं, ''बाबूजी, कहाँ जाना है? बाबूजी, इधर आइए।'' किंतु बाबूजी किसी ओर नहीं देखते हैं। वे तो हैं ताव में! मन कड़वाहट से भरा है। तन तना है। फाल कसते सीधे चले तो चलते ही गए। फिर किसी रिक्शो वाले की ओर देखा तक

नहीं। सोचता है, जाओ साले, चूल्हे-भाड़ में जाओ। हम टहलते चले जाएँगे। पैसा बचेगा। सेहत के लिए कितना लाभदायक है टहलना। एक दिन इसी झोंक में राजेंद्र ने हिसाब लगाया कि वह जिस नौकरी में है, उसमें मिलने वाली तनख्वाह प्रति घंटा बीस नया पैसा से अधिक नहीं पड़ती है। इधर यह रिक्शे वाला पाँच मिनट की मेहनत के लिए बीस पैसा ऐंठ लेता है। उसने सोचा, लानत है रिक्शा पर चढ़ने की! रिक्शे पर वे चढ़ें, जिनका वेतन एक हजार से ऊपर है। उसने यह भी सोचा कि ये रिक्शे वाले तो सरासर डकैती करते हैं। आखिर उसमें और उनमें क्या अंतर है? वे भी तन खटाते हैं और यह भी शरीर घिसता है। क्यों वे पाँच मिनट में बीस नया पैसा कमाए और क्यों इतना उसकी एक घंटे की कमाई हो?

आखिर राजेंद्र चाहता क्या है? वह चाहता है कि वह ज्यों ही किसी रिक्शे के सामने खड़ा हो, त्यों ही चट रिक्शा वाला अपने रिक्शे से उतरकर उसे सलाम करे। फिर वह दाँत चिआर के कहे कि बाबूजी, बैठिए, जो मरजी हो दे दीजिएगा। इस प्रकार राजेंद्र ठाठ से अकड़कर बैठ जाएं और इधर-उधर देखता वायु-वेग से उड़ चले। गंतव्य स्थान पर पहुँचकर वह चवन्नी की जगह दुअन्नी थमाकर बिना रिक्शे वाले की ओर देखे, रोब में अपने कमरे की ओर बढ़ जाए। रिक्शेवाला खड़ा-खड़ा उस दुअन्नी को मर्म भरी दृष्टि से क्षण भर देखे जरूर, मगर कुछ कहे नहीं और चुपचाप रिक्शा मोड़कर सरक जाए।

लेकिन इस करवट ऊँट बैठता कहाँ है? एकांत में कभी-कभी राजेंद्र सोचता है कि रिक्शा वाला क्या किसी का गुलाम है? वह क्यों अपने रिक्शे से उतरकर सलामी दागे? हरगिज वह नीच नहीं और न वह इसलिए छोटा है कि जाँगर ठेठाकर आदमी के रोब को ढोता है। वह स्वतंत्र बड़प्पन वाला एक गरीब बादशाह है। वह स्वतंत्र व्यवसायी है। वह क्यों उपकृत है? उपकृत वह हो, जिसे वह लादकर पहुँचा देता है। वह क्यों किसी बाबू को देखकर दुम हिलावे? उसके कपड़े फटे-पुराने हैं, उसका शरीर खड़खड़ है, उसके चेहरे पर रोशनी नहीं है और वह सर्वथा उदास और बेचारा जैसा लगता है। यह सब सही है, परंतु अपने रिक्शे की गढ़ी का वह गढ़पति है। उसे हम जो समझते हैं, वही वह अपने को नहीं समझता है। हम उसे क्यों अपना सेवक समझें? वह सेवा नहीं कर रहा है। यह रिक्शा उसकी दुकान है। हम उसके श्रम के ग्राहक हैं। उसका मोल-भाव करना जायज है। सौदा पटे जाइए, न पटे रास्ता नापिए। जब हम उसे कम-से-कम देना चाहते हैं तो वह क्यों न अधिक-से-अधिक हमसे माँगे? इन बातों को सोचकर और अपने व्यवहार का ख़याल कर राजेंद्र जोर से हँस भी पड़ता है। तभी उसके मन के भीतर से कोई व्यंग्य करता है; काश कि ये विचार रिक्शे की जरूरत पड़ने पर या रिक्शा सामने आने पर रह जाते?

एक दिन कटुता के झोंके में राजेंद्र घाटे में भी पड़ गया। उस दिन कुछ ऐसा संयोग

जुटा कि उसमें मारे घृणा के रिक्शेवालों से बातचीत तक करने की हिम्मत नहीं रह गई। उसे बैंक जाना था और सोच रहा था कि ये रिक्शेवाले इतने दुष्ट हैं, तभी तो इस प्रकार एड़ी का पसीना चोटी करने पर भी इनको खाना-कपड़ा नसीब नहीं होता। लेकिन समस्या थी कि बिना रिक्शे के काम चलता नहीं दिख रहा था। उसने अपने बड़प्पन के टर्म में सोचा, यदि ये सीधे मुँह बात नहीं करते हैं तो वह भी इनसे बात नहीं करेगा। वह ठाठ से बैठकर चलेगा। चवन्नी की जगह अठन्नी फेंक देगा। लो, साले तुम्हीं राजा हो जाओ। कौन बक-झक करे? उसने यह भी सोचा कि अब ये मोल-भाव करेंगे और कायदे से बात नहीं करेंगे तो उसे उनकी मरम्मत करनी पड़ जाएगी। इस प्रकार एक नया टंटा खड़ा हो जाएगा। इस समय जरूरी काम से चले हैं तो काम की ही चिंता करें। यही सब सोचकर वह एक रिक्शे पर बैठा। रिक्शा चल पड़ा और बैंक पर पहुँचकर जब अठन्नी पाकर भी रिक्शे वाला रोनी आवाज में भुनभुना उठा, ''बाबूजी, इतना ही?'' तो राजेंद्र आपे से बाहर हो गया। उस महँगाई-लाचारी का क्रंदन करते नाचीज जीव को बरदाश्त करने की उसकी शक्ति खोने लगी। दाँत पीसकर, उत्तेजना के झोंक में उसकी गरदन मरोड़ देने के लिए वह आगे बढ़ा ही था कि उसके पिताजी उसे देखकर किसी ओर से आ निकले। 'बहै न हाथ दहै रिस छाती' वाली स्थिति एक क्षण रही और थूक घोंटकर ओठ चबाता हुआ रिक्शे वाले की ओर घोर उपेक्षा-भाव से फिर चवन्नी फेंक कर जब वह पिताजी के चरण छूने के लिए बढ़ा तो कठिनाई से काँपते शरीर और जलती आवाज को छिपा सका।

इस घटना का उसके ऊपर बहुत गहरा असर पड़ा। उसने कान छूकर प्रतिज्ञा की कि अब कभी वह रिक्शे वालों से नहीं उलझेगा। बेचारे गरीब हैं। एक-दो आने पैसे की उनकी दुनिया है। दुनिया उनसे क्रूरता भरा व्यवहार करती है। हम उनके मोल-भाव करने और माँगने पर क्यों क्रुद्ध हों? हमें ऐसा करने का क्या अधिकार है? सारी दुनिया सौदा करती है, वह भी करता है। यह अपराध नहीं है। आज अपराध करने वालों को तो हम सिर पर उठाए रहते हैं। उन्हें मानपत्र देते हैं और पापी पेट के लिए हाड़ घिसने वाले इन कुरूप लोगों के प्रति हमारी सभ्यता सूख जाती है। हम इनके अशुभ, अशिव और अमंगल रूप को क्यों देखते हैं? हमारी समस्त गंदगी के वे भारवाहक हैं। वे स्वयं पवित्र हैं। वे चुप हैं। उनके मुँह से जो आवाज निकलती है, वह उनकी नहीं, हमारी है। लानत है हमारी इज्जतदारी को। राजेंद्र ने फिर-फिर कर पश्चात्ताप किया और रिक्शेवालों के प्रति शरीफ बनने की कसम खाई।

इसके दो सप्ताह बाद उसके ऑफिस का मुआयना था। उसके हैड ऑफिस के एक सीनियर इंस्पेक्टर आए थे। उनका नाम था भगवती बाबू। राजेंद्र भगवती बाबू को बहुत सम्मान की दृष्टि से देखता था, क्योंकि एक तो वे उसके रिश्तेदार लगते हैं और

दूसरे उन्हीं की मेहरबानी से उसे सर्विस मिली, तरक्की मिली और डिपार्टमेंट में रोब है। आखिरी दिन राजेंद्र के घर उनकी चाय रही। वह शनिवार का दिन था। अकसर इधर की ओर इस दिन रिक्शे की किल्लत हो जाती है। यह बात राजेंद्र को मालूम थी। अत: चाय समाप्त होते ही भगवती बाबू को अपनी पुत्री द्वारा एकत्र डाक-टिकटों के देखने में उलझाकर स्वयं सड़क पर आ गया। ट्रेन छह बजे आती है और साढ़े पाँच बज रहा था।

"ओ, खाली है?" सामने से खाली गुजरते रिक्शे को देखकर पूछा।

रिक्शेवाला कोई फिल्मी गीत गा रहा था। उसने सुना जरूर और सिर हिलाकर शायद उत्तर भी दिया, परंतु यह ठीक पता नहीं चला कि वह गीत की मगनता में सिर डुला रहा था या खाली होने के विषय में नकार रहा था और इस प्रकार वह अपनी रफ्तार में चला गया।

"ओ रिक्शा, स्टेशन चलोगे?" एक दूसरा रिक्शा था यह।

"पूरा रिक्शा?"

"नहीं तो क्या अधूरा ले चलेगा?"

"अठन्नी पैसा लगेगा, बाबूजी!" रिक्शे वाला मंद-मंद गति से रिक्शा आगे बढ़ाता और सीट पर बैठे-बैठे बात कर रहा था।

"ले जाओ!" राजेंद्र ने कहा और दूसरी ओर देखने लगा।

रिक्शेवाले ने चाल तेज की और कुछ दूर जाकर आवाज लगाई, "कितना दीजिएगा, बाबूजी?" मगर अब राजेंद्र ने उधर देखा भी नहीं। इसी बीच एक रिक्शा जो सवारी लिये था, सामने से निकल गया और पाँच मिनट तक कोई नहीं आया। उसे याद आया कि कभी-कभी घंटों कोई रिक्शा इधर नहीं आता है। घड़ी अब पौने छह बजा रही थी। यदि इसी प्रकार कोई सवारी नहीं मिली तो क्या होगा? उस पर अब पुराना नशा हल्के-हल्के छाने लगा। जब उसने सोचा कि अब साइकिल लेकर बाजार रिक्शा बुलाने चलें तो एक बार मारे घृणा के उसके होंठ भिंच गए। अब वह पछताने लगा कि क्यों नहीं उसने सीट पर बैठे-बैठे अठन्नी माँगने और मगरूरी में सरक जाने वाले रिक्शे का नंबर नोट कर लिया? पता लगाकर साले को मजा चखा देता। मार जूतों ढाठा को भूस कर देता। काम दुअन्नी का और शान इतनी! माँगने-खाने की भी तमीज नहीं है। फिल्मी गाता है! झोंटा पकड़कर, रिक्शे से खींच मारें दो लप्पड़ तो हरामजादे की बखिया उखड़ जाए। अच्छा बच्चू, आम-मछली में भेंट हो जाती है। देखेंगे···।

"अरे राजेंद्र! समय हो गया।"

उसने देखा, भगवती बाबू बरामदे से नीचे आ गए हैं। उसे लगा कि अब धरती फट जाएगी और वह उसमें समा जाएगा। अपने एक भारी अभिभावकनुमा ऑफिसर के स्वागत की सारी खुशियाली कड़ुवाहट में डूब चुकी थी। उसने मन की फटी खुरदरी

क्षुब्ध भूमि पर वे 'राक्षस', साक्षात् पिशाच, जंतु की तरह कराल डंक फैलाए रेंगते चले जा रहे थे। कहीं गाड़ी न छूट जाए!

और भगवती बाबू राजेंद्र के पास आ गए। उन्होंने पीछे मुड़कर आवाज दी, "मेरा सामान ले आओ" और आगे सड़क पर जाते रिक्शे को रोका, "स्टेशन चलेंगे, रुको?" संयोग से वह खाली रिक्शा उसी समय आ गया था।

दोनों आदमी रिक्शे पर चढ़कर बढ़े। राजेंद्र को काठ मार गया था। अपने क्षोभ को व्यक्त न होने देने के लिए वह बहुत कोशिश कर रहा था। लेकिन स्टेशन पर पहुँचकर आखिर वह उबल ही गया।

रिक्शा रुका तो राजेंद्र ने चालीस नए पैसे निकाले और रिक्शे वाले के हवाले किए। उन पैसों को वापस करने की मुद्रा में उसने और बीस नए पैसे की माँग की।

"इतना ही तो लगता है।," राजेंद्र बोला।

"नहीं बाबू , कम है।"

"कम है? क्या हराम का पैसा है?"

"हम लोग हराम का पैसा नहीं खाते बाबूजी, लीजिए, तब यह भी ले लीजिए।"

"ला दे, मोल-तोल करके न चढ़ो तो गरदन रेत दोगे? साले हरा···।"

"गाली काहे को दे रहे, बाबू?"

"ऐ सुन, ले यह एक रुपया," भगवती बाबू बीच में आ गए और एक रुपया रिक्शे वाले को थमा दिया, "जितना वाजिब हो ले लो।"

राजेंद्र तिलमिला गया। उसे लगा कि उसके शहर में ही उसका घोर अपमान हो रहा है। एक मामूली रिक्शेवाला उसके एक ऑफिसर के सामने उससे अधिक पैसे ऐंठ-कर उसे जलील कर रहा है। उसने गरजकर कहा—

"नहीं साहब, क्या गजब है? चार आने की जगह छह आने देता हूँ, तब भी यह शरारत है? कोई कह तो दे कि शिवाला से स्टेशन का भाड़ा···।"

राजेंद्र का स्वर कड़ा पड़ गया था। उत्तेजना में वह बिल्कुल भूल गया था कि वह अपने एक अधिकारी के सामने खड़ा है। उधर रिक्शावाला भी क्यों उन्नीस पड़े? चालीस पैसा साहब के हाथों में थमाता ताव झाड़ता रहा, "जमाना कितना बदल गया, यह नहीं देखते हैं? पचास रुपए में बिकने वाली खेसारी सौ रुपए बोरे के भाव से बिकने लगी। बाबू समझते हैं कि खैरात माँग रहा हूँ, भीख माँग रहा हूँ। बड़े बाबू बने हैं! गाली जबान पर ही रहती है। बड़े आदमी होकर···राम राम!!"

"बड़े आदमीपन बखानेगा तो अभी जूता निकालकर मरम्मत कर दूँगा।"

"बहुत देखा है आप जैसे जूता निकालने वालों को।"

"हम तुम्हें ठीक कर देंगे।" राजेंद्र के मुँह से फिचकुर निकल आया।

''क्या ठीक करेंगे?'' रिक्शा वाला भी गरज उठा।

''हम अभी तुम्हारे रिक्शे का नंबर नोट करते हैं।''

चारों ओर से दर्शक जुट आएँ, इसके पूर्व भगवती बाबू लगभग जबरदस्ती उसे घसीटकर टिकटघर की ओर लेकर चले। राजेंद्र चला तो उसे ऐसा लग रहा था कि वह पिटकर चल रहा है। उसके कलेजे पर एक काल्पनिक अपमान की बत्ती जल उठी। उसका मस्तिष्क साँय-साँय करने लगा। वह गुम हो गया। उसने अनुभव किया, वह परम असहाय जीव है और दुनिया के सभी लोगों को उस पर दया करनी चाहिए। अपनी-अपनी गरज से इधर-उधर आते-जाते लोग उसे बहुत निष्ठुर से लग रहे थे। कोई राजेंद्र की खबर लेने वाला नहीं है। स्टेशन का बीहड़ कोलाहल एक समुद्र है और वह उसमें डूब रहा है, डूब रहा है। भगवती बाबू के प्रति उसे न कोई क्षोभ है और न अनुगृहीत भाव। वह चुपचाप उनके साथ है। टिकट कटा रहा है, पैसे गिन रहा है, प्लेटफॉर्म पर चल रहा है, सूचना-पट्ट निहार रहा है और गाड़ी लेट समझकर चाय की दुकान की ओर बढ़ रहा है, परंतु यह सारा कार्य यंत्रवत् हो रहा है। उसका मिजाज सम पर नहीं आ रहा है। तनाव का एक काँटा कलेजे पर है और एक मस्तिष्क में। मुख खोलते लाज लग रही है। इज्जत धूल में मिल गई है। कहीं कोई सहायक-सूत्र नहीं मिल रहा है और बीस-पच्चीस मिनट का समय ही राजेंद्र के लिए चौदह वर्ष वनवास का समय हो गया।

चाय की टेबल पर बैठकर भगवती बाबू उसके इंस्पेक्टर साहब ने मुसकराते हुए राजेंद्र की ओर देखा तो वह गल गया। तूफान शांत हो चुका था और धीरे-धीरे जमीन मिल रही थी।

''इतना गुस्सा करते आपको देखे जाने की हमने तो कभी कल्पना भी नहीं की थी।··· रिक्शेवाला आखिर रिक्शेवाला है।···दो-चार पैसे की बात···।''

राजेंद्र सिर झुकाए चुपचाप चाय पीता रहा। उसे भगवती बाबू की इस टिप्पणी से एक गहरा झटका लगा। वह समझ नहीं पाया कि यह कैसा अद्भुत झटका है। मगर इस झटके ने उसे झकझोरकर एकदम शिथिल कर दिया। उसने एक जम्हाई ली। इस पल भर की जम्हाई में एक युग का तनाव ढीला होकर ढह रहा था। उसका शरीर चाय की टेबल पर बैठा था और मन कहीं मँडरा रहा था, कहीं डूब रहा था और कहीं बैठ रहा था। उस अत्यंत लघु क्षण में उसके सामने पंद्रह वर्ष पूर्व की एक घटना पूरे विस्तार के साथ साफ-साफ झलक गई। उसे रोमांच हो आया। वह हिल गया। चेहरा खिंचा गया। एक अव्यक्त मुसकान खेल गई। वह क्या खेल है, किसका खेल है, उसकी समझ में नहीं आ रहा था।

राजेंद्र को लगा कि उसके भीतर कुछ घुल रहा है। कुछ साफ हो रहा है। कुछ

उमड़कर अनावृत हो रहा है। वह अतीत की स्मृति में गहरे और गहरे उतरता गया, उतरता गया और एक जगह जाकर रुक गया। उसे आश्चर्य हुआ कि वह जहाँ रुका है, वह यही स्टेशन है। हाँ, ठीक यही जगह है, मगर बीच में 15 वर्ष का फासला है। वह बहुत चाव से उस आपबीती में घूम रहा है। तब वह पहले-पहल इस शहर में आया था और उसके पास दो आने पैसे थे।

वह उस मधबदरिया की काली डरावनी रोमांचक शाम को याद कर एक बार फिर सिहर उठा। उस दिन कंपार्टमेंट की रोशनी से निकलकर स्टेशन की रोशनी हेलता, जब वह बाहर आया तो अंधकार ऐसा लगा कि उसे घोंट डालेगा। तब वह एक तो बच्चा था; हाँ? बच्चा ही था, क्योंकि अभी मिडिल पास था। दूसरे, पहले-पहल रेल पर चढ़कर शहर में आया था। शहर उसके लिए एक स्वर्ग का सपना था। उसके बारे में उसने अपने मन में कुछ कल्पनाएँ कर रखी थीं। इस बीहड़ अंधकार को देखकर उसकी कल्पना को ठेस लगी। ऊपर से बूँदाबूँदी और हाड़ के भीतर झुरझुरी उठाने वाली ठंडी सनसनाती हवा और गजब ढाती है। स्मृति पर बिना बल दिए अनायास यादों की परतें खुलती जा रही थीं और उसे वह सब इस प्रकार याद आने लगा, जैसे कल की घटना हो। उसके पास दो आने पैसे थे। तब वह नौकरी नहीं करता था, नौकरी का उम्मीदवार था। मिडिल पास कर मास्टरी में घुसना चाहता था। उसके पिता की भी यही राय थी। इसी काम की सिफारिश के लिए वह शहर आया था। उसके पड़ोसी हरिचरण काका के ननिहाल के एक वकील बाजार में रहते थे। हरिचरण ने राजेंद्र को विश्वास दिलाया था कि वकील साहब कहकर बोर्ड में उसका जुगाड़ बैठा देंगे। इधर हरिचरण पंद्रह दिन से अपनी लड़की रतनी की आँख का इलाज कराने शहर में आया हुआ था। आँख अच्छी हो चली थी। अब वे लोग गाँव पर लौटने ही वाले थे। इसी बीच उसकी माँ ने याद दिलाया कि कहाँ तो हरिचरण काका को लिवा जाना था और कहाँ वे शहर में गए ही हुए हैं। सो वह जाए कि आमने-सामने काम बन जाए। उसकी माँ ने ही गाड़ी-भाड़ा और दो आना पैसा अधिक उसे दिया। कहा, जाती की भीर है। आती में तो काका रहेंगे ही।

राजेंद्र दिन भर धोती, कुरता और गमछा कुएँ पर साफ करने में व्यस्त रहा। उसने चप्पल की कँटिया दुरुस्त की। हजामत बनवाया। तेल लगाकर नहाया। वह आज शाम की गाड़ी से शहर जा रहा है। यह कोई मामूली बात नहीं है। उसके जीवन की सड़क पर एक नया मील-पत्थर गड़ने जा रहा है। उसे लग रहा था कि गाँव-गँवई का वह मनई कितना खुशनसीब है, जिसे कभी शहर में आने का मौका मिलता है। हरिचरण काका जब जाते हैं तो लौटानी में चिनिया बादाम ले आते हैं। कहते हैं कि शहर में क्या एक फाल पैदल चलना है? ठावें-ठाँव रिक्शे खड़े हैं। एकन्नी पैसा थमाया, रिक्शा टुनटुन-टुनटुन कचहरी से बाजार पहुँचा दिया। उस पर बैठकर चलने में नवाबी झरती

है। आगे साइकिल पर बैठकर रिक्शा वाला उसे खींचता है। दो आदमी आराम से उस पर बैठते हैं। उस पर गद्दी रहती है। बैठने पर मजा आ जाता है। अगर धूप है तो रिक्शे की छतरी ऊपर कर दी जाती है। धूप नहीं है या पानी नहीं बरस रहा है तो छतरी नीचे कर शहर-बाजार, लोग-बाग और दुकान-मकान पर आँख सेंकते सरसर-सरसर भीड़ के बीच से चलते चले जाओ। नीचे पैर फैलाकर रखने की जगह होती है। जैसे कुरसी पर बैठते हैं, उसी प्रकार तबीयत से रिक्शे पर बैठ जाते हैं। गिरने का डर नहीं होता है। पैदल चलते लोगों के बीच रिक्शे पर चलने में खूब शान रहती है। यही शहर का असली मजा है। राजेंद्र के मन पर इस प्रकार शहर बनाम रिक्शे का आकर्षण एक जादू बनकर छाया था।

यह सोचकर उसका किशोर मन खुशी में नाच उठता कि रतनी उसे रिक्शे पर बैठे आते देखकर क्या सोचेगी? उसकी आम की फरी जैसी बड़ी-बड़ी आँखें फैल जाएँगी। उसकी पल्लव जैसी उँगलियाँ चिहाकर होंठों पर चली जाएँगी। वह भोली-भाली हिरनी की तरह एक क्षण ताकती रह जाएगी। उसी प्रकार ताकती रह जाएगी, जिस प्रकार दोपहर में कुएँ पर नहाने के लिए जब आती है और वह उधर से निकलता है, तब निहारती है। वाह, जैसे कभी देखा नहीं, पहले-पहल देख रही है और बूझना चाहती है कि अहो, तुम हमारे गाँव के हो या परदेसी पाहुन हो? कितना प्यारा उसका मुख लगता है। फूल की तरह खिला रहता है। चाँद की तरह जगमगाता रहता है। मक्खन की तरह मुलायम। मक्खी बैठे तो फिसल जाए। छूने की इच्छा करती है। जब आँख उठाती है तो उजाला हो जाता है। जिस जगह खड़ी होती है, विश्वनाथजी का मंदिर खड़ा हो जाता है। वह सोने की पुतरी, एक बार उसकी ओर देखकर उसने हँस दिया था।

राजेंद्र ने देखा कि नहाने के लिए केवल बालटी लिये कुएँ पर वह आ गई। भूल गई होगी बेचारी, फिर घर जाएगी। राजेंद्र झपटकर अपनी डोर लिये कुएँ पर पहुँचा और दोनों हाथ में थामे उस डोर को उसके आगे इस प्रकार रखने लगा जैसे देवी के आगे फूल रख रहा हो। देवी मुसकरा उठी, क्योंकि डोर तो अपनी बालटी के भीतर रखकर पहले से ही लेती आई थी। 'खाली डोर लिये भैया बाँधने तो नहीं चले।' और ये शब्द उसके मन में गुरुमंत्र की तरह गूँजते रहते हैं। एक नशा सा छाया रहता है। आज शहर में उसे वह देखेगा। जरूर, अगर वकील साहब के मकान में बरामदा होगा तो वह उसमें जाते ही सामने पड़ जाएगी। देहाती लड़की, शहर देखती होगी। राजेंद्र कहेगा, अब ले देख, यह मैं भी आ गया और रिक्शे से उतरकर सबसे पहले पूछेगा—अरे रतनी, तुम्हारी आँख तो अब एकदम अच्छी भली हो गई?

राजेंद्र को एक नक्शा बनाकर दिया गया था, जिसमें यह दरशाया गया था कि वह वकील साहब के डेरे तक कैसे जाएगा। उस नक्शे के मुताबिक ट्रेन से उतरते ही सामने

उसे खड़े रिक्शे मिलेंगे। रिक्शेवाले से वह कहेगा कि उसे बाजार में चलना है और चौक के आगे मंदिर के पास उतरना है। एक आदमी का वहाँ का भाड़ा डेढ़ आना होता है, अधिक-से-अधिक दो आना। मंदिर से दखिन ओर गली जाती है, जिसमें पूछने पर वकील साहब को लोग बता देंगे।

ट्रेन कुछ लेट पहुँची। शाम के छह की जगह सात बज गए। राजेंद्र ट्रेन पर सवार हुआ तो अभी दिन था और उतरने लगा कि रात घिर आई है। रात के साथ आसमान पर बादल भी घिर आए हैं। ठंडी हवा सनसना रही है। अब उसे एक रिक्शा चाहिए था। वह इस रिक्शेवाले के यहाँ, उस रिक्शेवाले के यहाँ जाता है। मौसम खराब होने से रिक्शे की बाजार गरम हो गई है। राजेंद्र अकेला है, परंतु पूरे रिक्शे का तीन आने की जगह चार आना माँग रहे हैं। उधर वह अपने पॉकेट से लाचार है। कुल दो आने ही अपने पल्ले हैं। इसीलिए मोल-भाव के लिए वह दौड़-धूप कर रहा है। नया अनुभव है। अँधेरे में बहुत खल रहा है। पानी बरसकर अभी-अभी खुला है। बहुत मामूली झींसी की तरह कुछ बूँदें अभी भी पड़ जाती हैं। सड़क के गड्ढों में पानी भर गया है। राजेंद्र हिम्मत करके पैदल भी चला जाता, पर डर था कि कहीं रास्ते में बूँदें तेज न हो जाएँ। छाता भी नहीं है।

उसने जल्दी-जल्दी रिक्शे की तलाश शुरू की। रिक्शेवाले खूब तान रहे थे। एक रिक्शावाला एक सवारी बैठाकर बाजार चौक और शिवाला चिल्ला रहा था। यानी उक्त स्थानों की उसे एक और सवारी चाहिए थी। राजेंद्र उस पर बैठ गया। रिक्शा आगे बढ़ा। तब स्टेशन रोड के दोनों ओर मकान नहीं बन गए थे। चारों ओर मैदान और सुनसान था। इधर-उधर एकाध झोंपड़ी में बीड़ी-पान और लकठों की दुकानें थीं, जिनके आगे ढिबरी जल रही थी। आगे एकदम निर्जन था। उसके बहुत आगे शहर का सिलसिला शुरू होता था।

लगभग पचास गज चलने पर रिक्शेवाले ने अचानक रिक्शा धीमा कर दिया। बोला, ''बाबू, तीन आना आपका भी लगेगा।''

राजेंद्र ने बहुत दीन भाव से अपनी विवशता बता दी, किंतु रिक्शेवाले ने रिक्शा रोक दिया। राजेंद्र ने कहा कि एक तो उसे दूसरे साथ वाले सज्जन से इधर ही उतरना है। दूसरे पूरे रिक्शे को यहाँ से चार आने पर रिक्शेवाले खुशी-खुशी से दो आदमी को बैठाकर ले गए हैं। वह दो आना देता है, तब भी उसको पाँच आने हो जाते हैं। यही बात रिक्शे वाले को साथ की सवारी ने भी समझाई। परंतु वह मानने को तैयार नहीं था। राजेंद्र ने यह भी कहा कि उसके पास दो ही आना है और मौसम खराब है। सो इस दो आना में वह जहाँ तक परता पड़ता हो, वहाँ तक ले चले और फिर वहाँ से वह पैदल चला जाएगा। इस पर भी रिक्शावाला राजी नहीं हुआ।

उस सुनसान पथ पर, पानी-कीचड़ से भरी उस सड़क पर, उस अँधेरी रात में मन

मारकर राजेंद्र उतर गया। रिक्शावाले ने घंटी टुनटुनाई और फिर धीरे-धीरे आगे बढ़ गया। राजेंद्र के सामने सचमुच अँधेरा छा गया। वह काँप गया। पैर पड़ता नहीं था, परंतु चारा क्या था?

कई जगह गड्ढों में वह गिरते-गिरते बचा। चप्पल पानी-कीचड़ में लदर-फदर हो गई। उसके साथ ही उसका मन भी माटी-धूल में लसराकर उतर गया। शहर की वह पहली साँझ उसके दुर्भाग्य की साँझ हो गई, बहुत भारी, बहुत उदास।

बिजली की मद्धिम रोशनी में वह मोड़ से आगे हुआ कि इसी बीच एक मोटर पीछे से आई और गड्ढे का भरपूर पानी छपाक से उसके कुरते, धोती और माथ पर बैठ गया। इस कीचड़ की होली के लिए वह कतई तैयार नहीं था। वह खड़ा हो गया। उसका मन रोने-रोने जैसा हो गया। भीगा कपड़ा शरीर से चिपककर छनछनाने लगा। दिन भर की गई कपड़ों की सफाई माटी में मिल गई। वह कौन मुँह लेकर आगे बढ़े?

इसी बीच सवारी लिये एक रिक्शा पीछे से आया। आगे लुकलुक बत्ती जल रही थी। अंधकार में भूत की आँख जैसी लग रही थी। टुनटुन करता, जब वह आगे से निकल गया तो राजेंद्र को ऐसा लगा कि कोई प्रेत दाँत किड़किड़ा रहा है। उसकी खड़खड़ाहट में उसे दानवी आहट का मनहूस आभास हो रहा था। वह एक क्षण तक उसे घूरता रहा। जब तक उसके जाने की आहट सुनाई देती रही, तब तक वह उधर कान लगाए रहा। उसकी कल्पना में एक खूँखार जंतु उसके आगे से सरकता चला गया था। एक क्रूर पिशाच सूखे हाड़ खड़खड़ाता, अपने भयानक जबड़े फड़फड़ाता उसके आगे से निकल गया था। उसके मुँह से एक मर्मभेदी मरोड़ के साथ निकल गया—'राक्षस'। और वह आगे बढ़ा। मन-ही-मन मनाने लगा कि वह पहुँचे, तब तक रतनी सो गई रहे अन्यथा ऐसे देखकर वह क्या सोचेगी?

वह एक रात नहीं थी, काले पत्थर की भारी चट्टान थी, जो उसके मन पर पड़ गई। जैसे-जैसे वह बड़ा होता गया, वह चट्टान और नीचे, और नीचे, अंतर्मन की अवचेतन की तह की ओर धँसती गई, खिसकती गई, स्थिर होती गई।

राजेंद्र देख रहा है कि आज वही चट्टान गल रही है। गीली धोती की तरह उसका अवचेतन निचुड़ रहा है। उसे वह निचोड़कर सूखने के लिए टाँग देगा। वह एक हल्केपन का अनुभव कर रहा है। यह चाय की टेबल आज उसके लिए गंगा-स्नान की परम पावन घाट हो गई।

"अच्छा, अब ट्रेन आ गई।" उठते हुए भगवती बाबू ने कहा और अभिभूत की तरह राजेंद्र ने उठकर उनके चरण पकड़ लिये। राक्षस अब जा चुका था।

□

कालातीत

उसकी आँखें पलाशवन पर फैल गईं। ताम्रकृष्णवर्णी धूमिल झंखाड़! यह फूला क्यों नहीं? लाल-लाल अग्नि-स्तवक बिखरे क्यों नहीं? याद आया, आज चैत्र पूर्णिमा है? गड़बड़ महीना है, अगला बैसाख। आम के टिकोरे, मधुमाते भौंरे, महुए की रास्ते छितराई फूलियाँ, उड़ती तितलियाँ, छिपकर कलेजा किकोरती कोइलिया और सूखे सुनसान की गीली पुरवइया को झेलते इस राह से वहाँ जाते में नहीं, लौटते में ये धधकते होते हैं।

उसे पुरानी बात याद आ गई। दुनिया सुंदर लगने लगी। हालाँकि वहाँ वह वैसी नहीं थी। उसे बराबर एक बोध बना रहा कि जिस रास्ते से वह गुजर रहा है, पच्चीस वर्ष पहले भी ऐसा ही था। ऊसर, वीरान, डाँड़-मेंड़ के ऊँच-खाल घरौंदों में बंद उदास! न विकास-चकबंदी और न सिंचाई विभाग की कोई नई कारगुजारी आँखों पर चढ़ी। और जगह ऐसा नहीं है। भीतर-बाहर से गाँव और उसके सीवान पूरी तरह बदल गए हैं। नलकूप की नाली, चकरोड, बोरिंग हुए कुएँ पंपिंगसेट, तार के खंभे, सड़क, बंधी, नहर और गेहूँ की नई खेती, कुछ भी यहाँ नहीं! पुराने कांग्रेसी हरिजन और नए विरोधी पार्टी के विधायक का यह उपेक्षित क्षेत्र।

किंतु वह राजनीतिक अथवा अर्द्ध-राजनीतिक कड़वाहट से बचना चाहता है। वर्षों बाद एक वासंती प्रात: रोमानी सफर के लिए मिला है। भूमि-विकास या कृषि-सुधार से अधिक वह यह देखने को आतुर है कि चूते हुए महुए ने जीवन को कितना महका-बहका दिया है? रास्ते-रास्ते छितराए स्वर्गीय उल्लास के सजीले फूलों की अलस-अल्हड़ बीननहारियों से इस हीन-परिवेश को कितना निखार मिला है।

वह सोचता है, गौरी किसी पेड़ के नीचे खड़ी मिल जाती तो कितना अच्छा होता। वह जानता है कि यह शुद्ध असंभव है। फिर भी इस विचित्र वांछा के झोंके में वह उड़ता जा रहा है।

महुए के पेड़ के नीचे खलिहान है। अधदाँई गेहूँ की पयर पड़ी है। उस पर रात भर सोया किसान रजाई-लाठी सँभालते परमुख हो गया है। पयर पर एक कुत्ता सोया है

और उस पर फूलों की एक और पयर चुपचाप पड़ती जाती है। यहाँ वह ध्यान से 'कुछ' देखता है।

घर के आगे महुए का पेड़ है। गोबर से लीप-पोतकर पवित्र किए गए आँगन में आसमानी रस के मादक सपने बिखरकर सघन होते जा रहे हैं। वहाँ कुएँ की ऊँची जगत् पर वह 'किसी' को खोजता है।

पुरवे के बाहर महुआ बारी। दो छोटे-छोटे लड़के रास्ते पर पड़ी फूली बीनने में जुटे हैं। राहगीर कुचलकर नष्ट न कर दें। यहाँ भी 'और' कोई नहीं है।

आगे पोखर पड़ा, विशाल, गहरा, ऊँचे भीटों वाला सूखा! याद आया, यहाँ उस दिन शर्माजी के साथ वह कुछ देर तक रुका था। शर्माजी उसके घर आए थे। उनका आग्रह था कि वह चलकर गौरी को देख लें। उसे हिस्टीरिया हो गई है। बरसात का दिन था। इस पोखरे पर शर्माजी ने स्नान किया और पूजा में जुट गए। तभी पानी आ गया। वे भीगते रहे और पूजा चलती रही। वह छाता लगाए बैठा था। पूजा समाप्त हुई तो कपड़े बदलकर चलते-चलते उन्होंने बात उठाई नियोग की। महाभारत के कई उदाहरण दिए। गजब की चीज है। कुंती-सूर्य और पाराशर-सत्यवती की कहानी सुनाकर वे आधुनिक यौन-मनोविज्ञान की चर्चा पर उतर आए। वह सुनता रहा।

वास्तव में वह पूरे समय तक उनकी पुत्री के बारे में सोचता रहा। हिस्टीरिया कैसे हो गई? शर्माजी कहते हैं, वह मनुस्मृति के श्लोक गाया करती है, दुर्गा सप्तशती में डूब जाती है और कभी-कभी इस प्रकार के प्रश्न करती है कि माद्री ने जो अपने रूप-सौंदर्य के बल पर सूर्य का रथ रोक दिया तो उसका क्या कोई आध्यात्मिक अर्थ है?

पच्चीस वर्ष पहले की परिचित उस लड़की को वह कितना जानता है? अपने गाँव से उसके गाँव की यह दूरी, ऊबड़-खाबड़ रास्ता, सब कितना आसान है। पहले दिन की बात याद आई। वहाँ उसकी नियुक्ति हुई थी। डाकखाना एक कच्चे खपरैल वाले घर में था। उसके आगे एक सहन था, जिसके किनारे नीम का एक मोटा पेड़ इस प्रकार खड़ा था कि पूरा सहन उसकी छाया में आ जाता था। बसंत अपने पूरे जोश पर था। नीम की सोंधी सुगंध से गाँव की उजली उदासी कट जाती थी।

वह थका था। फिर घंटा भर कागज, चिट्ठियों और सील-मुहर से निपटने में लगा। सब दुरुस्त हो गया तो उसने एक बीड़ी सुलगा ली। मुंशीजी नहाने चले गए। उसने कुरसी बाहर निकाल ली। हवा की तुर्शी भली लगी। उसे नीम की गमक सहला रही थी। कुरसी पर पसरकर उसे बहुत अच्छा लगा। वह पूरी तरह ढरक गया। आँखों के आगे था टहनियों में गुच्छे का गुच्छा लहराता ताजा फूल। हवा के झोंकों में वह झूल रहा था। फूलों की नन्ही-नन्ही जान में इतनी तगड़ी सुवास भरी है, वह देर तक सोचता रहा। जमीन पर आदमी के लेखे एकांत की उदासी है और पेड़ पर एक पूरी चहल-पहल का शहर टँगा

है। चैत में गाँव उजाड़ लगता जरूर है, पर उस दिन कुछ अधिक सन्नाटा था। नीम पर कुछ चिड़ियाँ चहक रही थीं। तेज आवाज एक गौरैया की थी, मीठी, गोल, चनचनाहट भरी, मोती का लावा फोड़ती बोली। एक कौआ मुँह बाए कहीं कुछ ताक रहा था। फिर कहीं उड़ गया। उसे लगा कि वह भी चिड़िया है। आज यहाँ उड़ आया।

विचार बहुत सुखद था। मन हल्का हो गया। जम्हाई आई और पलकें झँपने लगीं। उसे लगा कि दरवाजा बंद तो है, परंतु ताला लगाया नहीं है। वह वैसे ही कुंजी सहित सिकड़ी में लटक रहा है। लेकिन उसने यह सब सोचा भर, आलस ने उठने नहीं दिया और पलकें झँपते-झँपते झँप गईं।

पोखरे पर खड़ा-खड़ा वह इन यादों में डूब गया। सारा चित्र इतना साफ जैसे कल का है। कल और आज में कुछ बदला नहीं। कहते हैं, परिवर्तन की गति बहुत तीव्र है। सारे बदलाव प्राचीन काल में हजारों वर्षों में होते थे, उतना अब कुछ ही वर्षों में हो जाता है। मगर यहाँ क्या बदला है? न वह, न उसका इस क्षण का यह परिवेश और न भीतर की गौरी। एक शब्द है, कालातीत, तो क्या है यह कालातीत? कुछ है। दूसरी जगह भले न हो, पर यहाँ अवश्य है।

उसे एक वासंती दिन याद आया। गौरी से बताया था, ऋतु की गुदगुदी मंजरित अमराइयों अथवा वन-उपवन में ही नहीं, धूसर-वीरान में भी फूट पड़ती है। जब सूखी पगडंडियाँ महमहाने लगती हैं। पदमर्दित सूखी बेजान घास में जवानी छा जाती है। नन्ही उनकी रंग-रंगीली आँखें फूलों के रूप में झाँकने लगती हैं। सूखी माटी पर बिंदी जैसी महीन पत्तियों वाली हरी घास छत्ते की तरह पसरने लगती है और लाल-लाल बुनकी की तरह फूल गझिन बुनावट में इस प्रकार फूल जाते हैं, जैसे धरती पर अबीर-गुलाल बिखरा है!

उसने बहुत ही आतुरता के साथ अपनी एक शोध के बारे में गौरी को बताया था। जहाँ बदसूरती है, वहाँ और सज्जाशीलता है। एक भड़भाड़ है और एक है भटकटैया, खभर-खभर काँटा। भड़भाड़ के फूल पीले-पीले, दलों की कटोरीदार बनावट, बीच में लाल या गुलाबी पराग-कलगी! चमगादड़ के पंख की भाँति तने। भटकटैया के फूल लाल-गुलाबी और बीच में पीली पराग-कलगी! कितना सुंदर इंतजाम है! लाल-पीला, पीला-लाल! एक इस रंगीन मौसम की दुल्हिन का रंग और दूसरा दूल्हे का रंग! फिर दोनों की गठजोड़ी!

ताजे फूलों की भाँति सदा खिली रहने वाली गौरी को फूलों की बात बहुत प्रिय थी। उसे आश्चर्य था अपनी रजिस्ट्री, मनीऑर्डर और डाक-व्यवस्था की सूखी आजीविका में रहकर कैसे वह उससे यह सब बातें करता था! एक दिन तो उसने बेहद मजेदार बात कह डाली थी, ''गौरी! अरे, यह देखो, जो मंदार है, वह बहुत सात्त्विक है न? शंकर भगवान् का फूल, जहाँ धूल-रेत उड़ती है, वहाँ अपनी दुकान सजा लेता है। गुच्छे के गुच्छे फूल!

सच गौरी, जब उसकी कली फूली नहीं रहती है तो वह छोटी-छोटी शुभ्र संपुटित कली वैसी ही लगती है, जैसे मौन काल में अधरों सहित तुम्हारी मुखछवि! फिर कलियों के फूल जाने पर उनके राग-रंजित दलों की अंतरंग ललछौंही छवि, ठीक तुमसे चुराई जैसी!''

उस दिन वह नीम की छाया में कुरसी पर बैठे-बैठे सो गया। नींद खुली तो अचकचाकर सबसे पहले दरवाजे को देखा। यह देखकर कि फाटक की बंदगी पर तो कोई आँच नहीं आई है, परंतु ताला मय कुंजी के गायब है, वह सन्न रह गया। संभावना न होने पर भी भीतर ऑफिस का कोना-कोना छान डाला। सुई भूलने पर घड़े में भी खोजते हैं। जब ताला-कुंजी की तलाश में उसने अपने पॉकेट में हाथ डाला तो उसे स्वयं हँसी आ गई। उसने उस सहन पर जिस पर छाया की जगह आधे में धूप का एक तेज टुकड़ा बिछ गया है, एक नजर दौड़ाई और वह पसरती हुई खपरैलों पर भी धूम आई। कहाँ गया ताला? सरकारी चीज है। जुलुम हो गया। एक जगह पड़े खर-पतवार को पैरों की ठोकर से उसने अस्त-व्यस्त कर दिया। सिकड़ी बजा-बजाकर कुछ यों ही जाँच की। फाटक बंद किया, फिर खोला। कुरसी इधर-उधर की। दस-पंद्रह मिनट में वह पूरा नाच गया। शरीर पसीना-पसीना हो गया। उसी झोंक में दो गिलास पानी मुँह में ढरका गया। अंत में बाहर कुरसी पर बाँह टिकाकर खड़ा हो गया। हारे-थके मन से ईश्वर को धन्यवाद किया कि कोई कागज-पत्तर नहीं गया। थाने को इत्तिला करनी होगी। सरकारी चीज है।

इसी बीच फागुनी अंधड़ सी खिलखिलाती एक युवती गली से नए चैता घाम की चमक सी उग आई और वातावरण में एक झनक छा गई, ''किस सोच में पड़े हैं, पंडितजी? लगता है, कुछ भूल गया है क्या?''

वह गौरी थी, शर्माजी की पुत्री और यही पहला परिचय था। उसे याद आया, चौंककर देखा था, उसके पैरों में चप्पल है। इस गाँव में चप्पल वाली युवती? साड़ी बाँधने का ढब, बोलने की मुक्त शैली, सुरीली साफ आवाज, नाक-नक्श और चाल-ढाल अपूर्व। उससे कुछ जवाब देते नहीं बना। ताला-कुंजी पा लिया।

पोखर पर खड़े उसे लगा, कहीं से बहुत साफ वह खिलखिलाहट उसके कानों में खनक रही है, ''किस सोच में पड़े हैं, पंडितजी? लगता है, कुछ भूल गया है क्या?''

वास्तव में यह उसका कोरा भ्रम नहीं था। पोखरे की जलहीन गहराई में कुछ औरतें घास गढ़ रही थीं और अपने रंग में रहसती-खिलखिलाती जाती थीं। उसने उन्हें देखा।

तन का कपड़ा सस्ता हो, मैला हो, फटा-पुराना हो, हुआ करे, मोल उसके लाल-पीले रंग का है।

ऊपर सूरज सात रंगों में चमचमा रहा है। नीचे सूखी धरती का रंग फूटकर घास-फूस में नुमायाँ है। बकुला पोखरे की पेनी में मछली नहीं, कोई रंग टोह रहा है। गायें चर नहीं, किसी खास रंग में खाली विचर रही हैं। समय कुछ देर के लिए रुक गया है। वह

भी अपनी यादों की यात्रा में एक जगह रुक गया।

एक दिन उसने शर्माजी से कहा था, ''शर्माजी, न आम, न कटहल और न महुआ! केवल पलाश, पलाश! दूर तक विस्तृत एवं निश्चित लंबाई-चौड़ाई में चारों ओर चौरस उपजाऊ खेतों के बीच में, न फल किसी काम का, न फूल! भला बताइए, किसने इन्हें क्यों लगाया? पत्तों के पत्तल बन सकते हैं, परंतु क्या मजाल कि कोई एक पत्ता भी तोड़ ले! कोई जानवर भी इसका एक तिनका नहीं चर सकता। कोई लकड़ी के नाम पर इसकी एक टहनी भी नहीं छिनगा सकता। ब्रह्म बाबा का शाप है अथवा इस पलाश-वन को उनका संरक्षण प्राप्त है। कितने जगता ब्रह्म हैं! नहीं तो यह इस युग में बचता? यह वसंत-शोभा, यह धधकता मधु-माधव और यह वृद्ध झंखाड़-विस्तार इस कामकाजी युग में में बचता? वह शायद पटवारी के खाते की एक संज्ञा बनकर रह जाता, मौजा पलाश वन! अथवा परसवनी!!''

शर्माजी चुप रहे। जवाब दिया गौरी ने। उसने कहा, ''वन को जगाने वाला कवि रहा होगा। उसकी तपती अतृप्त आत्मा ब्रह्मभाव में आज भी जगी है और अपनी अनंत ज्वाला-लालसा लिये मँडराती रहती है। वसंत आते तेज हो जाती है। फिर आग लग जाती है।''

आश्चर्य! गाँव में रहकर गौरी ऐसी भाषा बोल लेती है। भाषा-भाव का यह संस्कार उसे अपने पिता से मिला। शर्माजी जब मौज में आते, अपनी युवावस्था में लिखी कविताओं की कॉपी निकाल लाते और झूम-झूमकर सुनाते। जिस वर्ष उन्होंने अवकाश ग्रहण किया, उसी वर्ष गौरी ने हाई स्कूल पास किया था। वे गाँव में आ गए। वह आगे न पढ़ सकी। अब अध्ययन के नाम पर डाक से आने वाली पत्र-पत्रिकाएँ ही विशेष रूप से थीं। इन पत्रिकाओं को वह बहुत एहतियात से शर्माजी के पास पहुँचाया करता। वास्तविकता यह थी कि इन्हीं के बहाने वह स्वयं पहुँच जाता था। न जाने क्यों गौरी से वह बहुत बात करना चाहता था। जब कभी डाक लेने वह स्वयं आ जाती तो वह मारे खुशी के पागल हो जाता। देर तक बातें होतीं। प्रायः बात का विषय हुआ करता था—छायावादी काव्य! जब वह जाने लगती तो उसे बराबर एक ही चुभन होती, ऐसी युवती लायक क्या यह गाँव है? इसकी शादी कहाँ होगी?

इस प्रसंग के छिड़ने पर शर्माजी के मुँह से बेहिसाब गालियों की बौछार होने लगती। गाँव की पुरातन अंधस्थिति के प्रति शर्माजी बहुत विक्षुब्ध रहा करते। गौरी की शादी में यही बाधा थी। लोग सौदा करते, लेन-देन पहले पूछते, फिर गौरी लायक घर-वर नहीं जँचता, शर्माजी गाली देते, भुनभुनाते चले जाते, ''साले, ढेला-फोड़, बात करने की तमीज नहीं, तिलक-दहेज को ही विवाह समझते हैं।'' और फिर वर्ष सरकते गए। शादी तय नहीं हो पाती।

उसने शर्माजी के भीतर एक उच्च अभिजात अहं का दर्शन किया था। उनके आगे वह बहुत छोटा हो जाता। उसने कभी अनुभव नहीं किया कि वह गौरी का प्रेमी है। जो कुछ रागात्मक नैकट्य था, वह अपारिभाषित और अविज्ञात था। इतना जरूर था, उसके लिए उस गाँव का अर्थ गौरी से अधिक और कुछ नहीं था। वहाँ वह पूरी जिंदगी गुजार देने के बारे में सोचता। लेकिन यह कैसे संभव था। स्थानांतरण हुआ तो गौरी ने खीर बनाकर खिलाई। कहने लगी, "भूल तो नहीं जाइएगा, पंडितजी?"

और फिर दो वर्ष बाद उस दिन इसी पोखरे पर शर्माजी के साथ लौटते समय उसे कितना धक्का लगा, यह जानकर कि गौरी को हिस्टीरिया हो गई है। शर्माजी उसके गाँव गए। गौरी को देखने के लिए हठपूर्वक उसे लिवा ले आए। मगर आश्चर्य था कि यह बात बीच रास्ते में उन्होंने बताई! रास्ते भर बेचैनी मे बहुत कुछ सोचता आया। पहुँचते ही गौरी सामने आ गई। किसी औपचारिकता के बिना मुस्कराए, अत्यंत गंभीर भाव से उसने पूछ दिया, "पंडितजी, इस बार आपका क्या चुराऊँगी?"

वह डर गया। क्या उत्तर दे? हालत मालूम थी। वह चुप रह जाना चाहता था, परंतु न जाने कैसे अकस्मात् मुँह से निकल गया, "इस बार मुझे ही चुरा लेना, गौरी।"

गजब हो गया। खड़े-खड़े गौरी झूमने जैसी लगी। चेहरा पीला पड़ गया। आँखें टँग गईं। वह लड़खड़ाने लगी।

शर्माजी चिल्लाए, "सँभालिए पंडितजी, इसी प्रकार अकसर हो जाता है।" उसने उसे बाँहों में सँभाल लिया और बिस्तर पर डाल दिया।

उसे रोमांच हो आया। ठीक इसी प्रकार उस दिन भी रोमांच हुआ था। युगों पुराना रोमांच! इन रोम-कूपों में कहाँ कौन सा अलक्षित तार लगा है कि देश-काल की सीमाओं को अतिक्रमित कर भरभरा उठते हैं!

कोई घाव रिसने लगा और चेतना के पोर-पोर में टीसने लगा। गाँव से वह चला तो बहुत उल्लास में, परंतु इस पोखरे की पहुँच ने उसे उखाड़ दिया। सोचा, बीते वर्षों में कितना कुछ बदल गया! शर्माजी न रहे। ठीक नहीं जानता है कि गौरी का क्या हुआ? हिस्टीरिया से मुक्ति मिली? फिर क्या हुआ? फिर क्या हुआ?

अचानक उसने सोचा कि अब वहाँ जाना बेकार है। अब वह गाँव नहीं है। पहली बार जाकर लौटा था तो यह पलाश-वन बाहर धधक रहा था, और आज आखिरी बार अधरास्ते लौट रहा है तो यह भीतर धधक गया है। जा वसंत। तेरी सुषमा का वह गाहक गया।

···लेकिन वह वापस लौटा नहीं। पैर आगे बढ़ गए। जरा गौरी का समाचार ले ही लें।

□

घंटा

चंद घड़ियों का मेहमान महेसर अपने बेटे भग्गत से कुछ कहना चाहता था। लोग घेरे हुए थे। बेचारा! बड़ा नेक आदमी था। पानी की तरह बोलता था। गाय की तरह सीधा था। चींटी की तरह चलता था। मगर···अभागा था। दुःख में सारा जीवन बीत गया।···अच्छा है, जवान बेटे के आगे चल रहा है।

लोगों ने महेसर को बताया कि भग्गत यहीं है। वह उससे क्या कहना चाहता है? बूढ़े ने क्षण भर के लिए आँखें खोलीं। हाथ पकड़कर भग्गत को पास चारपाई पर खींचते हुए कहा—

"मैं अपने जीवन की सारी कमाई तुम्हें दे रहा हूँ। बड़े यत्न से दुनिया की आँखों पर परदा देकर इसे मैंने जुगाया है। अब यह मेरे किस काम आएगी? मेरा परवाना कट चुका है। जिंदगी का खेल खेलकर मैं अब जा रहा हूँ। अब इसे तुम भोगो। रोना मत। मेरी कमाई कम नहीं है।"

बूढ़े की बातें सुनकर भारी विस्मय हुआ। उपस्थित सभी लोग एक-दूसरे का मुँह देखने लगे। जीवन-पर्यंत नमक चाटकर जीने वाला, सिर से पैर तक ऋण में सराबोर यह महेसर लखपती है क्या? भग्गत की दूर की लगनेवाली मौसी जो रात-दिन काली को गुहराया करती कि जल्दी इस खूसट को उठा ले, पास आ गईं। बोलीं, "अब जो कुछ है, कह-सुन लीजिए और आशीर्वाद दीजिए।"

उधर महेसर ने पुनः क्षण भर के लिए आँखें बंद कर लीं। ऐसा लगा कि जीवन की यात्रा से थका हुआ यह मुसाफिर आखिरी मंजिल पर पैर रखकर, स्मृति की लकुटिया से भूतकाल के सभी पथ-चिह्नों को टटोल रहा है। ठोकर, प्रहार, दुःख-दैन्य और विषाद की उल्काएँ उसके जीवन के आकाश में इस छोर से उस छोर तक अग्नि रेखाओं की भाँति उभर-उभरकर मिट रही हैं। मगर अब उसे इनसे क्या?

"बेटा! यह धन जिसे मैं तुम्हें आज सौंप रहा हूँ," महेसर ने पुनः कहना शुरू किया, "वह धन नहीं, जिसे पाकर लोग फूले नहीं समाते हैं। धरती पर पाँव नहीं पड़ते,

कुकर्म करते कलेजा काँपने नहीं लगता। भोग-विलास के कीचड़-दलदल में ढकेलकर जान लेने वाले धन और इस धन में अंतर है। सुनो, यह मेरे पसीने की कमाई है। गाढ़े पसीने की कमाई है। इसमें शरीर का एक-एक बूँद जला हुआ खून वर्तमान है।''

बूढ़े ने एक लंबी साँस ली। थोड़ा रुककर बोला—

''तुम लोगों के अतिरिक्त यहाँ और कोई दूसरा तो नहीं है?''

''नहीं।'' कई लोगों ने एक साथ ही कहा।

करवट बदलकर महेसर ने फिर कहना शुरू किया—

''दुनिया जानती है कि यह खूसट निपट दरिद्र है। आज मैं बता दूँगा कि मेरे पास भी कुछ है। मेरे घर भी लक्ष्मी की सवारी आई। मैंने भी उनकी कद्र की। मैंने भी उन्हें आसन दिया।''

खखनूसिंह को सुनकर बड़ा मजा आया। इतना मजा आया कि तुरंत टोला-महाल में दस आदमियों से जाकर खबर कर देने के लिए अधीर हो उठे। मुसकराते हुए वहाँ से जो चले तो दरवाजे पर ही भगेलू से भेंट हो गई। बोले—

''अरे, बिकटोरिया के जमाने का एक गगरा रुपया बूढ़ा धरती में गाड़कर रखे है। तमाम बक रहा है। चलो, चलो, मैं आ रहा हूँ।''...और तेजी से खखनूसिंह बाहर निकल गया। उसके बाहर निकलने की करामात एक क्षण में ही जाहिर होने लगी। भग्गत के घर मुँह पर कौतूहल के भाव लिये लोग पुछार करने झुंड-के-झुंड आने लगे। एक बार सभी चारपाई पर निस्पंद पड़े बूढ़े की ओर देखते, पुनः आँखें चाँदी के रुपए से भरे घड़े की तलाश में इधर-उधर नाचने लगतीं। भीड़ बढ़ती जाती और आँगन साँय-फुस से भर गया।...चाँदी के रुपए अब कहाँ मिलते? अब तो लोहे के रुपए चले हैं।...बूढ़ा भारी मग है! देखते हो, हजारों रुपया मारकर बैठ गया और मरते समय चहबच्चा खोल रहा है?...पाई-पाई अभी वसूल कर लेंगे। खिलवाड़ नहीं है।...जल्दी खोदवाओ जमीन को, भाई! कहाँ रखे हैं?...मिला खजाना? अरे भाइयो, यह सनक गया है।...नहीं, नहीं, साफ कह रहा है कि सारे जीवन की कमाई आज मैं भग्गत को सौंप रहा हूँ...।

भग्गत भी जान लेना चाहता था कि वास्तव में वह कितना धनी है। कल्पित रुपयों की खनखनाहट उसके कानों में गँज-गूँजकर मन को तरंगित कर रही थी। उसने कहा,

''बाबूजी, बताइए न कि कहाँ रखे हैं? सारा घर तो खँडहर हो गया है?''

''यह पूछते हो?'' महेसर ने बड़ी लापरवाही से आँखें बंद किए-किए कहा, ''तुम क्या जानो कि कहाँ रखे हैं? वह सब मेरे पास है, घबराते काहे को हो। उसे तो मैं दे ही रहा हूँ। अब रखकर क्या करूँगा?''

बूढ़े की मुँदी हुई आँखों के बाहर पानी छलछला आया।

''अरे, तुम तो रोते हो, बाबूजी!'' लड़के ने उसका सिर थाम लिया।

"नहीं, नहीं। तुम्हें भ्रम हुआ। मैं आनंद में हूँ। पृथ्वी इस समय सूरज के चारों ओर नहीं, मेरे चारों ओर चक्कर काट रही है। हाँ, तो मैं तुम्हें आज अपना संचित कोष प्रदान कर रहा हूँ। तुम्हें आज वह दौलत दे रहा हूँ, जिसे लेकर जीवन भर चक्कर काटोगे। फिरकी की तरह फर्र-फर्र नाचा करोगे, फिर भी तुम्हारा चित्त एकाग्र हो जाया करेगा। योगियों की सी तुम्हारी गति हो जाएगी। यह मेरे द्वारा प्रदत्त इस धन की महिमा होगी, बच्चा! समझे? तुम्हारा कर्म, धर्म इस धन से नियंत्रित होगा। तुम्हारी साधना और तुम्हारे जीवन का उद्देश्य सब इससे प्रभावित होंगे। लोग तुम्हें भला कहेंगे। तुम भाग्य और ईश्वर को मानने वाले पूरे आस्तिक हो जाओगे। फूँक-फूँककर कदम रखोगे। विश्व की चहल-पहल से दूर रहोगे। रोब-रौनक से किनारा कसे रहोगे। शांति के प्रतीक समझे जाओगे। बुराई से बचे रहोगे। तुम्हें देखकर ईश्वर के दिए भोग को लोग सच मानेंगे।"

"...अरे महेसर भाई? चला-चली का वक्त है। क्या पँवारा गा रहे हो! ठीक-ठीक बता क्यों नहीं देते हो?" हनुमान बाबू ने चारपाई पर झुककर कहा। पॉकेट में कई सरखत और दस्तावेज दिखाई पड़ रहे थे। यह खखनूसिंह के प्रचार की करामात थी। तमाम गाँव अपना-अपना हिसाब लेकर आया। विदेशी साहु कहते हैं कि मियाद डूब गई तो इससे क्या? गंगा-गौसैयाँ हलफ लेकर भगत से कहलाऊँगा कि उनके बाप ने उनकी माँ के मरने पर भोज-भात और क्रिया-कर्म के लिए एक हजार रुपया लिया था या नहीं? और सूद समेत वह ढाई हजार हुआ कि नहीं?

खखनूसिंह के साथ सीपरसाद बाबू भीड़ चीरते हुए चारपाई तक आ गए।

"हटो...हटो...सब लोग क्या तमाशा लगाए हो! रोगी को हवा लगनी चाहिए। टाटी की तरह छाए हुए खड़े हो। चलो...चलो दालान में।" और ठेल-ठालकर सबको बाहर कर दिया।

"महेसर चाचा! पा लागीं। पहचान रहे हैं?"

"कौन? सीपरसाद?"

"हाँ, सुना है कि चाचा लटपटा गए हैं। भेंट-दीदार कर लें। अब कहा-सुना सब माफ करना।...अरे भाई, कोई है? अरे, बिरिजबासी, ले आओ रामायन, चाचा को दो दोहा सुनाओ।...चाचा! अब धइल-उसारल सब बता दीजिए... । भगत के सिर क्यों बोझ रहे! लेन-देन सब साफ हो जाए। साहु-महाजन और पूर्वजों से उद्धार होने का ही मोल है।"

महेसर के चेहरे पर शायद मुसकराहट आई और फिर क्षण भर में एक विचित्र उदासी छा गई। उसने धीमे से कहा—

"जीवन में बड़ी अभिलाषा थी कि साहु से उऋण होकर पीठ ठोकवा लूँ, परंतु दलदल में फँसा हुआ जैसे छटपटाने पर और फँसता जाता है, वैसे ही मैं भी फँसता गया। मन की इच्छा मन में ही रह गई।...जमाना बदला। लोगों ने कहा कि सुराज हो

गया। अब देन-महाजन सब खतम।···महेसर कचहरी नहीं गया, क्योंकि उसे बड़ी कचहरी का भय है।···पानी··· ।''

मौसी ने झपटकर पानी बूढ़े के मुँह से लगा दिया। सीपरसाद ने धीरे से फिर सुला दिया।

''देखते क्या हो, भगत! पैर में तेल लगाओ, बहुत फायदा करता है।'' सीपरसाद बाबू ने कहा।

''इज्जत-आबरू से जिनगी कट गई, भइया।'' बूढ़े ने धीरे से कहा।

''क्यों नहीं, देखते हैं, आपके यहाँ आज सब गाँव के बड़े-बूढ़े और बाबू-भइया, रईस आए!''

''धन की यही महिमा है।···मैं अपनी कमाई देकर चला जाऊँगा, तब और भीड़ होगी। मेरे लड़के के दरवाजे पर सभी बड़े लोग आएँगे। अपनी चरण-रज से द्वार को पवित्र किया करेंगे। धनीमानी लोग सिर पर सवार रहेंगे और उधर हमारा बेटा! आह! वह अपनी धुन में मस्त रहेगा। नगाड़ा बजता रहेगा और वह सोया रहेगा। कभी-कभी जागेगा तो नींद हराम हो जाएगी। मेरा प्यारा बच्चा! एकदम परिवर्तन! खेलने-खाने वाला इतने बड़े धन का बोझ लेकर कैसे चलेगा?···ईश्वर उसे चलाएँगे।···मगर बेटा! इसको बढ़ाने की चिंता मत करना। सूद साँपिन है और धन बढ़ाने का व्यापार कालाजार है।···कालाजार! इसमें फँसा आदमी उबरता नहीं। पीढ़ी-दर-पीढ़ी इसका जहर भीनता जाता है।···नरक! नरक! हाय मेरी सारे जीवन की कमाई!''

बूढ़े का सिर एक ओर लुढ़क गया।

''हाय बाबू!''

भगत बिलख उठा। उपस्थित लोग इधर-उधर करने लगे। मौसी आँसू पोंछने लगीं। सीपरसाद बाबू नब्ज टटोलने लगे। बोले—

''पंछी अभी पिंजरे में है। घबराओ मत। भूमि-सेज दो।''

बूढ़े को भूमि-सेज दिया गया। सीपरसाद बाबू को बहुत खेद था कि बिना धन का सुराग दिए बूढ़ा सिधार रहा है। कहीं पहले ही उसने भगत को बता तो नहीं दिया है? उन्होंने अर्थभरी दृष्टि खखनूसिंह की ओर डाली। वह लोगों को समझा रहा था कि महेसर ने चाँदी के रुपयों को कहीं जमीन में गाड़ रखा है। उस ज़गह को उसने भगत को बता दिया है। सब लोग बेवकूफ की तरह ताकते रह गए। अब अकेले में खोदकर चैन की वंशी बजाएगा। बाप ने तमाम दुनिया का जमा मारकर टाट उलट दिया और बेटा माल लेकर गप्प कर जाएगा।

खेलावन बाबा उसका विरोध कर रहे थे, ''मगर भाई, अभी तक तो महेसर यही पहँड़क बाँधे था कि ऐसा धन, वैसा धन तुम्हें दे रहा हूँ। दिया कहाँ?'' अच्छेलाल की

माँ ने कहा, ''सरेसाम हो गया था। अकबक कर रहे थे। भला सब लोग खजाना खतियाने के लिए चले आए?'' भीतर सीपरसाद बाबू भगत से कफन के बारे में कह रहे थे और वह काठ के समान बाप के पैताने बैठा उनका मुँह देख रहा था। लोग धीरे-धीरे सरकने लगे।

इसी बीच महेसर ने धीरे से पुनः आँखें खोल दीं और धीमे से कहा, ''मौत मुझसे डरती है।''

''राम-राम कहो, चाचा··· अभी आपने कुछ बताया नहीं।''

बूढ़ा कुछ नहीं बोला। एक विशेष अर्थ भरी दृष्टि से वह घर में चारों ओर देखने लगा और लोग भी वैसे ही चारों ओर ताकने लगे। ऐसा लगा कि मालिक-मकान महायात्रा के लिए प्रस्थान के पूर्व अपना घर अच्छी तरह देख रहा है। शायद कुछ खोजता भी हो। कौन जाने? वहाँ था क्या?

ऐसा चौंका, जो इस बात का प्रमाण था कि कई दिनों से इस परिवार में रसोई नहीं बनी। चौके की राख की मृदुल शैया पर एक पिल्ला आराम से लेटकर हाँफ रहा था। उसके पेट की नसें एकदम उभरी हुई थीं। इधर-उधर कुछ जूठे बरतन लुढ़के थे, जिन्हें चूहे, बिल्लियों ने मिलकर आधा साफ कर दिया था। बगल में एक टूटी खाट थी, जिसके नीचे एक अंधा ऐनक और पीतल का धूल भरा पुराना गिलास था। घर के भीतर से छत के रास्ते कई जगह चमचमाता आसमान दिखाई पड़ रहा था। बरसात में जो भीतर पानी गिरा तो दीवालों पर बने नक्शे के समान अजीब-अजीब चिह्न अभी तक मौजूद थे। एक कोने में चार हँड़ियाँ, जिनमें दो लुढ़की हुई थीं, और इस प्रकार चारों के रिक्त होने का प्रमाण मिल रहा था। फटे हुए दो बोरे, जिनमें से एक घर पर सीपरसाद बाबू बैठे हैं और एक खाली पड़ा है। एक टूटी झपोली पर फटे-पुराने कपड़ों की पोटली। बगल में उल्टा पड़ा भगत का चमरौंधा जूता। सब मिलकर मनहूसी की एक अजीब दुनिया थी। दुर्भाग्य का सन्नाटा और आसन्न मौत की छाया चारों ओर मँडरा रही थी।

आज महेसर के घर का पर्दाफाश हो गया। लाज, आबरू और खानदान की मर्यादा को मरमर कर ढोने वाला अब उसे कैसे ढके? अब जो कुछ था, छिपाए नहीं छिपता। लड़कियों की शादी से लेकर अपनी स्त्री की अंत्येष्टि तक इसने दर्जनों परोजन में किसी बिरादरी वाले को उँगली उठाने का मौका नहीं दिया। सूत-सूत बेचकर इज्जत बचाई। खून की बूँद-बूँद झोंक, पर हवेली में चिराग जलाता आया।

आज अँधेरा होने जा रहा है। लोग तारीफ करते हैं···मरद गरीब था, पर कलेजा बड़े आदमियों का पाया था। टूट गया मगर झुका नहीं। शान से निभा ले आया।···खानदान का असर होता है। महेसर के परदादा बावन गाँवों के चौधरी थे और दिल्ली तक घोड़े पर चढ़कर जाते थे।···इन्हीं के हाथी पर लाट साहब शिकार खेलते थे···।

"क्या कुछ खोज रहे हैं?" मौसी ने कहा।

"हाँ।"

"कौन चीज? बोलिए।"

"फावड़ा है?" बूढ़े ने कहा और पुनः एक विस्मय-मिश्रित हर्ष की हिलोर व उपस्थित जन डगमगा गए।

फावड़ा लाया गया और आज्ञा-पालन में भगत से भी अधिक तत्पर सीपरसाद बाबू दिखाई पड़ने लगे। कभी कुरते की बाँह ठीक करते, कभी पॉकेट में पड़े दस्तावेजों को टटोलते। पुनः एक बार गड़े खजाने को देखने के लिए लोग टूट पड़े।

"चाचा, अब हुकूम हो।" सीपरसाद बाबू कान के पास जाकर धीरे से बोले।

महेसर ने चूल्हे के पास संकेत किया और बात-की-बात में सीपरसाद बाबू ने एक हाथ गहरा खोद दिया। खट्‌टी। ऐं क्या है? कुछ लोहे का है? ऊपर मोटा कड़ा लगा है। फिर खोदा गया और खींचकर निकाला गया। मिट्‌टी साफ की गई तो स्पष्ट हो गया कि यह अशर्फियों से भरपूर घड़ा नहीं बल्कि हाथी का घंटा है।

नटखट बिहारी ने उसे बजा दिया। टन्न···न्···न्···न्···! और एक तीव्र, गंभीर, दमदार आवाज से घर भर गया। लोगों ने कहा, और खोदो···अभी नीचे माल है, परंतु सीपरसाद बाबू ने जब महेसर की ओर देखा तो घंटे की आवाज से मानो जग गया था और उसने सिर हिलाकर मना कर दिया।

"तो क्या यही वह दौलत है, जिसे भगत को आप अभी-अभी दे रहे थे?" सीपरसाद बाबू ने कहा।

"नहीं, यह मेरे खानदान की इज्जत और निशानी है।"

"तब दौलत कहाँ है?"

"मेरे सारे जीवन की कमाई चारपाई पर मेरे सिरहाने है।···बेटा! कुल की आबरू पर आँच न आए। साहु···भगवान्···है। उससे···उऋण···हो···ना।"

महेसर की आँखें सदा के लिए मुँद गईं।

चारपाई पर सिरहाने दस हजार के लगभग ऋण के ब्योरेवाला कागज मिला।

भगत उसे उलट-पलट रहा है। उसके दिमाग में पिता की कही कई बातें चक्कर काट रही हैं।···मेरे लड़के के दरवाजे पर गाँव के बड़े-बड़े लोग आएँगे···मैं ऐसा दौलत दे रहा हूँ कि जीवन भर चक्कर काटोगे···विश्व की चहल-पहल से दूर रहोगे···यह वह धन नहीं, जिसे पाकर लोग फूल उठते हैं···बेटा! इसे बढ़ाने की कोशिश मत।···सूद साँपिन है···।

तभी उसका ध्यान पास में रखे घंटे पर गया। उसने फुरती से उठा लिया।

□

दमरी की खोज में

अब मैं उन कारणों की छानबीन में उलझा हुआ हूँ कि चिलचिलाती दोपहरी में, जबकि धूप की चमक से आँखें चौंधियाँ जाती थीं और बाहर कहीं चिड़ियों का एक दूत भी बोलता नजर नहीं आता था, उस गगनचुंबी धवल महल के शीतल और सुखदायक गर्भगृह से निकलकर क्यों भाग आया तथा जब बाहर आकर मुक्ति की साँस ली तो सिकुड़ा हुआ मन क्यों फैलने लगा, उस कैदखाने के बाहर, खुले खेत और बगीचों में? लेकिन स्पष्ट रूप से मुझे कोई कारण नजर नहीं आता। नजर पर बारंबार चढ़ता दमरी और तब कानों में दोपहरी के सन्नाटे के ताल पर गूँजने लगती उसकी बातें, सिघाई के संगीत की भाँति कि किस प्रकार ठाकुर अर्थात् बड़े बाबू साहब की नाम-चर्चा मात्र से वह खिलकर चहकने लगता है कि किस प्रकार अपने उस मालिक के बड़प्पन का बखान करते वह अघाता नहीं है। कहता है, आदमी नहीं, देवता हैं। गाँव की तो बात ही क्या, जिला-जवार के साथ हैं। दरवाजे पर पहुँचते ही जैसे सिर पर उठा लेते हैं। दमरी सबसे अधिक इस बात पर जोर देता है कि अपने रिआया और परजा-परानी जन को वे खूब मानते हैं और देते हैं तो भरपूर देते हैं, क्योंकि भगवान् ने उन्हें भी खूब दिया और कमी किसी बात की नहीं है।

सचमुच बड़े बाबू साहब में कमी किसी बात की नहीं। दमरी की बातें सुन-सुनकर मेरे मन में शायद उनके दर्शनों की लालसा छिपी थी और इसीलिए बिना कुछ सोचे-समझे उनके पीछे-पीछे चल पड़ा। मुलाकात मात्र संयोगवश उनके गाँव गोपालपुर के पास वाले पूरब के बगीचे में ठीक रास्ते में हो गई थी। मैंने देखा, उनमें गाँव के बड़े-बूढ़े बुजुर्गों की भाँति आने-जाने वाले राहगीरों से सौजन्यवश यह पूछने का भाव है कि कहाँ घर है? कहाँ जाना है? मुझसे भी उन्होंने ये सवाल किए और प्रयोजन जानने के बाद तो एकदम पीछे पड़ गए। बोले, ''आपका नौकर दमरी कई दिन से गैर-हाजिर है और उसे खोजने आप उसके इस गाँव पर आ गए तो मेरी यह खुशकिस्मती है कि आपसे मुलाकात हो गई। अब आप मेरे गरीबखाने में तशरीफ फरमाएँ, बहुत-बहुत मेहरबानी होगी।''

"मगर मुझे दमरी से मिलना बहुत आवश्यक था।" मैंने संकोच के साथ कहा।

ऐसा लगा कि दुबारा दमरी का नाम सुनते ही उनके मुँह पर विचित्र प्रकार की आड़ी-तिरछी, कुछ जली-बुझी सी लकीरें उभर गईं और पास थूककर बोले, "दमरिया से मिलना है तो वह साला कहाँ जाएगा? अभी पकड़वाकर आपके सामने हाजिर कर दूँगा। मुझे क्या मालूम था कि वह आपके यहाँ रहता है? खैर, इत्मीनान रखें। इस नावक्त में आपको मैं कहीं और कदम नहीं रखने दूँगा।"

उसके बड़े बाबू साहब की जबान मुझे बहुत आकर्षक लग रही थी। गाँव के परिवेश को देखते ऊँचाई उस कोठी की ही असाधारण नहीं थी, इस साफ-सुथरी जबान में भी कुछ वैसी ही चीज थी। उन्होंने कुछ लोगों को बगीचे से बुलाकर कुछ समझाया तो मुझे मालूम हुआ कि वे इस दोपहरी में खड़े होकर वास्तव में बाग की पैमाइश करा रहे थे। उन्होंने चलते-चलते एक अमीन टाइप के व्यक्ति को बुलाकर कहा, "देखिएगा, ऐसा न हो कि मेरी गैर-हाजिरी में किसी गरीब इनसान का कतल हो जाए!"

और मैं इस प्रकार उस छोटे से गाँव में साक्षात् बड़प्पन सी उठी कोठी में उसके मालिक के पीछे-पीछे दाखिल हुआ। रास्ते भर दमरी के शब्द कानों में गूँजते रहे··· आदमी हैं कि शान-गुमान नाम को भी नहीं। कौन है और दूसरा इस प्रकार छोटे-बड़े, परिचित-अपरिचित को समान भाव से आदर देने वाला? कौन है अपने मजदूरों-बनिहारों को भी 'आदमी' समझने वाला? उनके साथ हँसी-ठिठोली तक करके उन्हें निहाल कर देने वाला?···एक बार कभी गोपालपुर चलिए तो हमारे बड़े बाबू साहब को देखिए। फिर तो आप उन्हें भूलेंगे नहीं। वह आदर करेंगे, वह खिलाएँगे-पिलाएँगे कि आप भी कहेंगे···कहाँ थकता दमरी सौ-सौ मुँह से सराहते!

अच्छा तो लो दमरी, मैं तुम्हारे गाँव के तुम्हारे उस मालिक के यहाँ आ गया! मैं तो तुम्हें कुछ नहीं कहता, पर ये तुम्हारे मालिक मारे दुलार के तुम्हें 'दमरिया साला' कहते हैं। मजा आ जाएगा, जब वे तुम्हें 'पकड़वा कर' सामने हाजिर कर देंगे! कितने दिलचस्प हैं, ये तुम्हारे बड़े बाबू साहब!

लेकिन सबसे अधिक दिलचस्प तो मुझे वे तब लगे, जब बैठकखाने में पहुँचने पर उन्होंने एकदम शहरी अंदाज में पूछा, "क्या लेना पसंद करेंगे, ठंडा या गरम?" तो यह आदमी ठंडा-गरम सब तरह का इंतजाम सदा रखता है? फिर यह इतना उदार है कि मेहमान के मन के भीतर के जवाब का भी इंतजाम रखता है। आगे कहता है, "आप जैसे खद्दरपोश इनसान के लिए ठंडा ही बेहतर होगा!" सुनकर मन भीतर से जुड़ा गया।

मिठाई और लस्सी की तरावट तथा घर-गृहस्थी और खेती-बाड़ी के कुशल-समाचार की मिठास से डूबकर जब फिर एक बार मुख्य प्रयोजन मन की सतह पर उभर आया तो मैंने देश-दुनिया की चलती बातचीत के बीच में ही सहमते-सहमते धीमे से

कहा, ''किसी को भेजेंगे क्या, उसके यहाँ?''

''किसके यहाँ?'' बात बंद कर मेरी आँखों में एक सर्वथा अपरिचित रहस्यमय आँखें डालकर बड़े बाबू साहब ने पूछा।

''वही दमरी···उसे बुलाएँगे न?''

''बुलाएँगे क्यों? वह साला खुद आएगा।'' उन्होंने फूल की फर्श पर गिरी थाल की भाँति झनककर कहा, ''वह कमीना मेरा आदमी होकर मेरे यहाँ काम नहीं करता है, देखिए तो भला, भागकर आपके यहाँ हरामजदगी करने पहुँच गया है। कामचोर तो है ही, बेहूदा, बदतमीज और नालायक भी है।···सुराज क्या हुआ, इनके पंख जम गए। कोई यहाँ भाग रहा है, कोई वहाँ भाग रहा है। मन करता है, खंभे में बँधवाकर सौ कोड़े रसीद करें और खाल में भूसी भरवाकर बतौर इश्तहार टाँग दें···आपको मेरी बातें बुरी लग सकती हैं, मगर मेहरबान, जरा दिल में लगी इस आग पर भी तो गौर फरमाएँ कि सब क्या से क्या हो गया? जूतियों को अब क्या सचमुच सिर पर ढोना पड़ेगा?''

''लोकतंत्र का आदर तो करना ही होगा।'' मैंने कहा।

''आप ठीक कहते हैं। इन्हीं सबों के पास वोट है। अधिक कसने पर टूटने का डर रहता है। तार को ढीला रखना पड़ता है।''

''लेकिन कहाँ ढीला है? अभी भी तो कमजोरों की बस्तियों को फूँक डालने के समाचार अखबारों में छप जाते हैं।''

''आप अखबारों की बातें करते हैं? ये झूठ लिखते हैं। ये यह नहीं सोचते कि बिना नौकरों के जब अखबार नहीं छपते तो खेती-गृहस्थी का काम कैसे चलेगा? अब क्यों हम लोग खुद अपने हाथों से हल जोतें? सानी-पानी करें?···हमने तो ट्रैक्टर खरीद लिया है। सारी झंझट खतम! मगर तब भी आदमी तों चाहिए ही।''

''घबराइए नहीं, अब कंप्यूटर आ रहे हैं।''

''हमारा कंप्यूटर तो इस साले दमरिया का खानदान रहा है। अब यह ससुरा है कि छिटककर दरकिनार हो गया है।''

''आप कहें तो दमरी को मैं छोड़ दूँ।''

''इतना बिगाड़कर अब क्या छोड़िएगा? वह 'दमरिया' आपके यहाँ 'दमरी' हो गया तो अब मुमकिन नहीं कि यहाँ उसका गुजारा हो।···अब आप खाना खाकर आराम करें···ऐ परभुआ, चल, साहब के लिए खाने और सोने का इंतजाम कर।''

बड़े बाबू साहब बगल के दरवाजे से कहीं भीतर चले गए। मैं उनका जाना देखता रहा।

महीन चावल का सुगंधित भात, घी से तर खूब पीली अरहर की गाढ़ी दाल, खिली-खिली चपातियाँ, आलू-परवल और कटहल का साग, पुदीना मिली आम की

चटनी, तरह-तरह के अचार, पापड़ आदि के बाद कटोरे भर सजाव दही से उपसंहार, तबीयत में मस्ती तो अब आ ही जानी चाहिए थी। जल से खस की भीनी-भीनी खुशबू आ रही थी। नौकर ने हाथ धुलाकर एक नए कक्ष में पहुँचा दिया। वहाँ बगल में एक खाली पलंग दिखाई पड़ा। बिस्तर उस पर पहले से ही खुला था। बिना बताए समझ गया कि यह मेरे लिए है। बगल के पलंग पर एक सज्जन खर्राटे भर रहे थे। उसके बाद दो बड़ी-बड़ी चौकियाँ सटी-सटी पड़ी थीं। एक लंबा-चौड़ा धप्-धप् गद्दा उन्हें ढक रहा था। गद्दे पर चौपड़ की बिसात बिछी थी और छह-सात मोटे-मोटे चमकते चेहरे और साफ-सुथरे वस्त्रों वाले व्यक्ति उसे घेरकर अपने रंग में मस्त थे। खड़खड़-खड़खड़ पासा बजता था। वही हथियारों के चलने का शब्द था और भिन्न-भिन्न आवाजें बताई थीं कि लड़ाई में काफी सरगर्मी है। चार मुख्य खिलाड़ियों से अधिक मजा वाह-वाह वाहकों को शायद मिल रहा था! यह मारा···वह गोटी कटी···अबकी बचके कहाँ जइहौ··· अरे-रे-रे···बस पौ बारह! ठहाके गूँज उठे। शायद इससे प्रभावित हो एक छिपकली ने छत के कोने से जो छलाँग लगाई तो वह सीधे टेलीविजन के ऊपर पड़े परदे पर ठीक मेरे सामने गिरी, पट्ट! सामने का गिरना तो लाभ का योग है। क्या बड़े बाबू साहब दमरी को बुलवाकर ला रहे हैं! नहीं, अब उनका कहाँ पता है?

कुछ देर बाद मेरे सामने सवाल उठा कि अब क्या करूँ? नींद लगना संभव प्रतीत नहीं हो रहा था। प्रतिक्षण कोई अप्रत्याशित धक्का तोड़ रहा था। वातावरण का बोझ असह्य था। बोझ बढ़ता ही जा रहा था। कहाँ का कहाँ, यहाँ आ फँसा। ऐसा लगता कि यहाँ आना कोई भारी गुनाह हो गया। अपनी हीनताएँ सौ-सौ मुँह बोलने लगीं। एकदम खप नहीं पाया उन भाग्यवानों में। अपने को समझाना व्यर्थ हुआ। भोजन भार प्रतीत होने लगा। वह आनंदोल्लास का कोलाहल काट खाने लगा। कमरे की शीतलता जलन पैदा करने लगी। कभी-कभी अपनी इस स्थिति पर खीझ होती! एक पढ़ा-लिखा अध्यापक होकर मैं क्यों इतना कमजोर हूँ? सुराही का पानी पीकर, पान चबा-चबाकर और सिगरेट के धुएँ खींच-खींचकर ये बगल के लड़वैए खेल की लड़ाई में इतने मस्त हैं तो मैं तो जीवन की असली लड़ाई लड़ता हूँ। मैं कोई छिपकली नहीं हूँ कि ठहाके सुन अपनी पकड़ छोड़ दूँ।

मैंने देखा, वह छिपकली चूने से पुती चिकनी दीवार पर सरकते-सरकते रंग-बिरंगे चित्रों के पीछे कहीं छिप गई। बेशक चित्र बहुत कलात्मक हैं, परंतु उनमें मन को रमाने का प्रयत्न भी व्यर्थ सिद्ध हुआ। रह-रहकर दृष्टि कहीं और चली जाती। वह जहाँ भी जाती, उखड़ जाती। उसे सर्वत्र बड़े बाबू साहब खड़े मिलते, एक भीषण प्रश्न की भाँति! क्या मैं सचमुच उनका सौजन्य पचा नहीं पा रहा हूँ? झूठा कौन है, दमरी या वे स्वयं? कुछ बहुत गड़बड़ बात है।

किसी ओर से हवा का एक सुखद झोंका आया, अदब के साथ, बल खाता हुआ। उस शीत-स्पर्श के महल में दाखिल होते मन का वातावरण कुछ बदला। मैंने सोचा, हवा बाहर से आई तो गरम रही होगी। वह भीतर आकर ठंडी हो गई। उसकी यह ठंडक निश्चित रूप से झूठी है। इस मिथ्या शीतलता से बाहर की खुली सत्य की आँच भली! यह शीतलता नहीं, भारी अशांति है। और इस प्रकार जब वह अशांति बहुत बढ़ गई तो मैं पलंग पर उठकर बैठ गया। सबसे पहले कुरता शरीर में डाल लिया। धूपवाले चश्मे को रूमाल से पोंछकर आँखों पर चढ़ा लिया। चप्पल ठोंककर उस पर चढ़े गर्द-गुबार को साफ किया। उठकर एक गिलास पानी लिया। छाता खड़खड़ाया। सबका मतलब था कि कोई टोके और पूछ-पाछ वाला अध्याय समाप्त होकर निकल भागने का मार्ग प्रशस्त हो। जब किसी ने पूछना तो दूर, इधर निगाह भी नहीं उठाई तो खड़ा हुआ, अब चलूँ। अच्छा, चलते-चलते एक समवेत नमस्ते ठोंक दूँ।

लेकिन उधर कुछ और गुल खिला था। किसी पक्ष की बाजी उलझ गई थी। फिर खड़-खड़, खड़-खड़ कर पासा जो डाला तो मानो भारी तोप में पलीता दग गया। फिर एक बार ठहाकों से छत हिल गई। पास-पास बैठे दो मोटे सज्जन मारे खुशी के गले से गला लगाकर चिपक गए। दुबले-पतले सफाचट मूँछों वाले पूरब ओर बैठे सज्जन ने पश्चिम ओर बैठे सोने की चेनवाली घड़ी के सज्जन से झटककर हाथ मिलाया और दोनों कसकर झकझोरते रहे। दक्षिण ओर बैठे सज्जन चुपचाप गोटी बटोरकर फिर बिछाने लगे। उत्तर-पश्चिम के कोने में बैठे लंबे-लंबे बाल वाले सज्जन किसी झोंक में आधा हँसते और आधा बोलते हुए पान लगाने लगे। हमारे नमस्कार को ग्रहण करने की फुरसत किसी को नहीं थी। मैं धीरे से दरवाजे से बाहर हो गया। बाहर एक नौकर ऊँघ रहा था। चौथे फाटक पर खाकी कोट-पैंट और टोपी पहने एक आदमी फाइल लिये स्टूल पर बैठा था। मेरे पहुँचते ही उसने उठकर सलाम किया, ''सलाम साहब!''

''मगर मैं कोई साहब नहीं हूँ।'' मैंने कहा।

''जी सरकार, मुझे सेक्रेटरी साहब और एम.पी. साहब से मिलना है।'' उसने कहा।

''तब सीधे भीतर जाओ। यदि कोई पूछे कि कैसे आ गए तो कह देना कि अभी-अभी जो साहब यहाँ से बाहर गए हैं, उनसे इजाजत लेकर आया हूँ।'' मैंने कहा।

बाहर आकर पहली बार यह महसूस हुआ कि जेठ की दुपहरिया की धूप भी बहुत प्यारी होती है। विशेषकर उस स्थिति में, जब आदमी किसी नशे में हो। बेशक मेरे ऊपर भी एक नशा सवार था, एक अज्ञात नशा और वह काफी दूर चलने के बाद तब टूटा, जब लगा कि मैं देवी चबूतरे के ऊपर छाई हुई घनी नीम की छाया में पहुँच गया हूँ।

लगा कि मुझे प्यास लगी है। पानी की खोज में आँखें इधर-उधर दौड़ने लगीं।

सीवान में कहीं कुआँ या कोई आदमी नहीं दिखाई पड़ा तो घास पर बैठकर सोचने लगा, यहाँ कोई नहीं है। अतः जरूर कोई ईश्वर है। एकांत शून्य और नीरव निस्पंद घाम की चमकती दीवार के उधर वाली कोलाहल की दुनिया में कोई और है। दुपहरिया बीच में माया की भाँति नाच रही है। इस माया में ऐसा लगता है कि अचल पेड़-पौधे चींटियों की भाँति रेंग रहे हैं और गाँव कालिमा की लहरों से बने चित्रों की भाँति किसी उजली मेघ-नदी में बहे चले जा रहे हैं। एक अजीब सा सनन्-सन्न''सनन्-सन्न नीम की चलती धीमी-धीमी साँस में घुल रहा है। आँच के झोंके जब-तब आकर नीम की छाया से कुछ साँय-फुस बात कर जाते तो आनंद आ जाता। वास्तव में यहाँ आनंद के अतिरिक्त मुझे और कुछ का भान नहीं रह गया था। बहुत विकट या यह आनंद कहाँ से कैसे आ गया? बहुत कठिन है इसका गणित। शायद यह मूर्खता का गणित है। मैं चला दमरी की तलाश में और यहाँ आकर लगा कविता खोजने। पता नहीं, गाँव पर दमरी है या नहीं, कहीं ऐसा न हो कि उस बार की तरह बेगारी में पकड़कर बड़े बाबू साहब ने भेज दिया हो दरोगाजी की बेटी का विवाह सँभालने के लिए और दरोगाजी ने भेज दिया हो तहसीलदार साहब के लड़के के तिलकोत्सव में खटने के लिए। दुनिया में गरीब हो और सीधा हो तो उसकी गुजर नहीं। किस प्रकार शपथ खाकर लौटने पर कहता रहा दमरी, "काली माई किरिए, थानेदार साहब रोज आटा देत रहेन, बनाले-खाए बदे।"

इस बीच पता नहीं कब एक आदमी पास के ईख के खेत में आकर पानी चलाने लगा था। वह ढेकली को यंत्रवत् उठा-गिराकर कहीं पानी चढ़ा रहा था। उसका सिर खुला था, छाती खुली थी और पूरा अस्तित्व खुला था। कमर में कछनी कसी थी। एकदम ठोस बबूल के कुंद सा अधबूढ़ा शरीर धूप की जलन में अविचल भाव से हिलडुल रहा था। हाथ ताबड़-तोड़ चल रहे थे। उसकी तल्लीनता को देखते जेठ के माहुर घाम और शरद की चाँदनी में कहीं कोई अंतर नहीं रह गया था। उसकी मार्तंड विजय का अनुभव कर मेरा ताप जाता रहा। उसके सजीव श्रम से मेरी थकावट मिट गई। मैंने उसकी ओर मुँह कर खड़े-खड़े अंजुरी को मुँह के पास ले जाकर कुछ इशारा किया। इशारा सटीक बैठ गया।

लोटे में पानी लेकर नीम तले आते-आते उसने पूछा, "कहाँ घर है बाबू?"

मुझे याद आया, ठीक यही सवाल तो गाँव के गोंपड़े बड़े बाबू साहब द्वारा भी पूछा गया था!

थोड़ी देर में वह परिचित हो गया। उसकी ईख की खेती के बारे में बातचीत हुई। उसने बताया कि पानी चलाते-चलाते थक जाने पर यहीं आकर वह सुस्ताता है तथा सुर्ती खाता है। रात में सींचे खेत में खाट डालकर सोता है तो शिमला का मजा आता है।

"शिमला गए हो?" मैंने पूछा।

''नहीं, सुना भर है।'' उसने जवाब दिया।

''सुने भर क्यों हो? शिमला तो तुम्हारे गाँव में ही है। वह देखो।'' मैंने बड़े बाबू साहब की कोठी की ओर इशारा किया।

मेरी बात सुनकर वह सचमुच उधर एकटक देखने लगा, जैसे पहली बार देख रहा हो। फिर गंभीरता के साथ बोला, ''शिमला नहीं, यह डकैतों का अड्डा है। दिन भर इसमें छिपे रहते हैं और रात को निकल कभी इस गाँव पर कभी उस गाँव पर पड़ जाते हैं।''

मुझे लगा, यह भी कम दिलचस्प आदमी नहीं है। अब इत्मीनान से इस व्याख्या द्वारा दमरी के बारे में पूछताछ की जा सकती है; मगर एक भय से अभी भी पिंड नहीं छूट रहा था। अपने भगे मेहमान को खोजते शेष खातिरदारी के लिए बड़े बाबू साहब कहीं यहाँ भी न पहुँच जाएँ।

□

तिरसठ, तिरासी और तिरानबे

विनोद बाबू की चाची चारों धाम की यात्रा संपन्न कर लौटीं तो इसके उपलक्ष्य में पिछले सप्ताह एक प्रीतिभोज का आयोजन किया गया था। इस भोज में कुछ ऐसा घट गया, जिसकी आशा नहीं थी। गाँव के बड़े-बूढ़ों ने उन्हें खतरे से आगाह किया था, मगर उन्होंने उस पर कान नहीं दिया। उन्हें उम्मीद थी कि पिछले दो भोजों की भाँति गाँव स्थित जीवन के इस तीसरे भोज में भी उनका पानी बच जाएगा। विशेषकर विनोद बाबू को अपने उस 'दाँव' का भरोसा था, जिसका सटीक प्रयोग कर पिछले भोज में उन्हें हेकड़ी जतानेवाले भोजहर-भयवद्द भाई लोगों की ऐंठन ढीली कर उन्हें चित कर दिया था। दस वर्षों पूर्व संपन्न हुए उस दूसरे भोज में उन्होंने प्रच्छन्न रूप से बेमन का उसका प्रयोग किया और वह कारगर साबित हुआ था। लोगबाग चकित रह गए विनोद बाबू का 'परिवार' देखकर। पूड़ी का एक टुकड़ा भी नहीं बचा। सब खप गया। उनकी पगड़ी बच गई। मगर इस बादवाले तीसरे भोज में सब गुड़-गोबर हो गया। वे सीना तानकर नहीं कह सके कि परंपरागत भाई लोग नहीं आए तो क्या हुआ, नए भाइयों की भीड़ ने भोज संपूरन कर दिया। कुछ खास लोगों को छोड़कर अपने गाँव का या पड़ोसी तुलसीपुर का कोई भी आदमी भोजन करने नहीं आया। भारी हानि हुई। सायास प्रयुक्त 'दाँव' खाली गया।

यह हानि विनोद बाबू की एक भावात्मक जिद के कारण हुई। बदले हुए नए दौर में अब किसी के इस परंपरागत आग्रह में कोई दम नहीं रहा कि गाँव के समस्त भाई लोग एक साथ पुराने जमाने की तरह पत्तल पर बैठकर लक्ष्मीनारायण करें, कृतार्थ करें और बाप-दादे की कुल-रीति निभ जाने का सांस्कृतिक सुख-पुंज हृदय को लहलहा कर दे, सिर ऊँचा हो जाए और लोक-परलोक दोनों बन जाएँ।

विनोद बाबू लंबे अरसे तक महानगर कलकत्ते को जीने के बाद खेती-गृहस्थी के दबाव के कारण नौकरी छोड़कर गाँव सन् 1963 में आए थे। गाँव से दूर रहने के कारण अपने आजाद देश के नए आजाद गाँवों के बदले मिजाज से परिचित नहीं थे। उनके

भीतर भाईचारे और भोज-भयवद्दी का पुराना नक्शा जमा था। इसीलिए वे अपनी जिद पर अड़े रहे। उन्हें विश्वास था कि वे गाँव की इज्जत कर रहे हैं और गाँव भी उनकी इज्जत करेगा। इस विश्वास को पहले भोज की सफलता से बल मिलता था। उस बार बात बिगड़ते-बिगड़ते बन गई थी। विनोद बाबू ने इसे अपनी नैतिक विजय माना था।

बाद में धीरे-धीरे उन्हें यह अनुभव हो गया कि उनके भीतर का आदर्शवाद बेकार है। गाँव के बाहर का यथार्थ अब वह नहीं है, जो उनके मन में अब तक रहा है। लोकतंत्र, चुनाव, राजनीति, विकास, नेतागिरी, पार्टीबंदी, बेरोजगारी, भ्रष्टाचार, महँगाई आबादी की बढ़ोतरी और शिक्षा के पतन ने गाँव को भीतर से उखाड़-उजाड़ दिया है। इन कड़वी अनुभूतियों ने उनके भावुक ग्राम-मन को बहुत आहत किया। भीतर एक हूक सी उठती—क्या हो गया हमारे गाँवों को? उनके भीतर बार-बार एक सवाल उठता—क्या गाँववालों का पागलपन दूर हो सकेगा? फिर इसी से जुड़ा एक सवाल और उठता—क्या इनकी संगति में रहकर कुछ दिनों बाद मैं भी इन्हीं जैसा पागल हो जाऊँगा।

लेकिन इन सवालों का उन्हें कोई जवाब नहीं मिलता और प्रश्नों की ही शृंखलाएँ आगे बढ़ने लगतीं।⋯क्या कभी साथ-साथ बैठकर वे खाएँगे-पिएँगे? क्या हो गया कि भाईचारे की इमारत भरभरा रही है? स्वराज्य के बाद क्या हो गया कि अमृत ही विष हो गया?⋯प्रश्नों की चोट से विनोद बाबू का कलेजा फटने लगा। उन्हें अब स्पष्ट दिखाई पड़ता कि पंचायतों के निर्माण के साथ ही आपसी मेल-जोल का सत्यानास हो गया और चुनावों के फलस्वरूप ऐसे-ऐसे गोल-गिरोह गाँव में बन गए, जो भयंकर क्षति उठाकर भी एक-दूसरे की जड़ खोदने में दिन-रात जुटे हुए हैं।

⋯बेशक सरकारी विकास जोरदार हल्ले की भाँति गाँवों के आकाश पर मँडराने लगा, लेकिन प्रथम तो वह कागजों के जंजाल में फँस गया। दूसरे, यदि वह कभी गाँवों की धरती पर उतरा भी तो पार्टीबंदी के पाटों में पिसकर विनाश की विभूति बन गया। कुसमय के हाथों ने इस विभूति को छिड़ककर ऐसा जादू मारा कि ग्राम संस्कृति के शिखरों की ही सलामती नहीं रह गई। उनकी ढाही की धारा में भयवद्दी बह-बहकर ऐसी औघट-घाट लगी, जहाँ गाँववाले साथ बैठकर भोजन करने से कतराते हैं, एक-दूसरे से घृणा करते हैं, दूसरे के दरवाजे पर जाने में हेठी समझते हैं। इस प्रकार गोल-गिरोह के नए तैयार द्वीपों के नव-धनाढ्य भेड़िए गुर्राने, झपटने और हमला करने की ताक में दिन-रात जुटे रहते हैं। कहाँ छूट गई प्रेमपूर्वक खाने-खिलानेवाली राह? और गाँव की नई राह-रस्म है कि विनोद बाबू जैसे पुरानी पीढ़ी के आदमी के गले से नहीं उतरती है। यही कारण है कि भोज-भात के संबंध में वे अपने आदर्शवाद से जल्दी खिसकना नहीं चाहते हैं।

पहले भोज में उनके इस आदर्श की रक्षा हो गई। वह पंडित जवाहर लाल का युग

था। अभी 'विकास' का आरंभ था। आमंत्रित भाईगण भोज-भात संबंधी अपने गँवई खटराग के कारण धौंस जमाते रहे, हेकड़ी जताते रहे और अंत में नैतिकता व आदर्शवादिता के आगे झुक गए। द्वार पर अद्‌भुत सांस्कृतिक समाँ बँध गया। विनोद बाबू ने कहा, "हमारा गाँव तो छोटा है, मगर इसके पास जो दिल है, वह बड़ा है। यह विशाल हृदय, इस विशाल बढ़े हुए परिवार के रूप में हमारे द्वार पर है। सबका हार्दिक स्वागत है।" भाइयों की उस भीड़ को देखकर अनुभव हुआ, माताओं के 'एक से इक्कीस' होनेवाले आशीर्वाद ने फल-फूलकर खूब कमाल दिखाया है। पूरे गाँव के लोगों को अप्रत्याशित रूप से एक टाट पर भोजन करते देख स्वयं गाँववालों को एक ओर तो आश्चर्य हुआ और दूसरी ओर उनके भीतर आनंदोल्लास की एक ऐसी फुरफुरी उठी कि उसमें क्षण भर के लिए सारा वैर-विद्वेष, वैमनस्य, अलगाव और तनाव हवा हो गया। वास्तव में वह एक अनिर्वचनीय हर्षवर्धक दृश्य था। विनोद बाबू सहित सभी प्रबंधक अपनी विजय और भाइयों के प्रेम-सद्‌भाव पर गद्‌गद थे। काश कि यह मानसिकता, यह सुबुद्धि और यह भाईचारा गाँव का स्थायी भाव बन जाता! वह तब सचमुच स्वर्ग का स्वर्ग बना रहता।...मगर यह भीड़? कुछ थोड़े से समझदार ग्रामीण यह भी कहते सुने गए—अरे, हम लोग बढ़ते-बढ़ते इतने हो गए! ठीक कहते हैं जवाहरलालजी, परिवार नियोजन के बिना देश की नैया डूब जाएगी और गाँव नरक हो जाएँगे।... और इस प्रकार विनोद बाबू का वह पहला भोज सफल हुआ। लेकिन दूसरे वाले की सूरत तो बिल्कुल ही बदल गई।

पहले भोज की सफलता और भाइयों की भीड़ का नक्शा विनोद बाबू के भीतर गहराई से जमा था। अतः दूसरे भोज में बीस वर्षों की बढ़ोतरी का अनुमान करके आटा-घी आदि का परिमाण बढ़ा दिया गया था। हितैषी लोग बार-बार टोकते थे—इतना सब क्यों बनाएँगे? अब कौन खाने आएगा? भयवद्दियाँ सिकुड़कर छोटी हो गई हैं। दिलों के तंग होने से भाईचारे में जो जंग लगी तो खान-पान के रिश्ते टूट गए। सन् तिरसठ और तिरासी में बहुत अंतर हो गया। अब भाईचारे की जगह पार्टीबंदी आ गई, गाँव की जगह शहरी भाव उग गए और अपनी संस्कृति की जगह परायी राजनीति के लोकतांत्रिक रोगों से हम सब लोग आक्रांत हो गए।

लेकिन लोगों का समझाना अकारथ था। विनोद बाबू बातों को मुसकराकर टालते गए। उनके जीवन के चालीस वर्ष कलकत्ते जैसी महानगरी में व्यतीत हुए थे। सन् 1963 में कुछ आदर्शवादी कारणों से ही नौकरी छोड़कर गाँव पर आए थे। सो भोज के संदर्भ में भी आदर्शवाद झाड़ते रहे। उनका कहना था, मैं किसी को प्रेमपूर्वक भोजन के लिए निमंत्रित करूँगा तो वह क्यों नहीं आएगा? मैंने किसी का क्या बिगाड़ा है? सभी गाँववाले मेरे अपने हैं। वे अवश्य मेरा स्वागत स्वीकारेंगे? अब ऐसी स्थिति में विनोद

बाबू को कोई कैसे समझाए कि आपसे कोई विरोध न होने पर भी वे आपसी विरोध के कारण भोजन नहीं करेंगे। अमुक व्यक्ति के साथ अमुक व्यक्ति नहीं भोजन कर सकता तो अमुक के साथ अमुक। इस प्रकार सीमा कहाँ रही बिखराव की?

गाँव की गिरावट का यह यथार्थ एक ओर विनोद बाबू के मन के भीतर जमा एवं दूसरी ओर, दोनों में तालमेल नहीं था। वे अपनी ग्राम-जीवन की सबसे बड़ी उपलब्धि इसे ही मानते थे कि उस बीते वर्ष गाँव के सारे भाइयों को एक पंगत में बैठाकर खिला दिया। असंभव को संभव बना दिया। इसके साथ वे यह भी जोड़ दिया करते थे—यदि आपका मन साफ है और यदि उसमें मनुष्यमात्र के लिए निस्स्वार्थ प्रेम है, तो कोई आपसे वैर-विरोध नहीं कर सकता है।

विनोद बाबू के आदर्शवाद पर इधर उनके हितैषियों की बातों की बराबर चोटें पड़ती हैं। उनके कानों में कुछ बातें गहराई से पड़ती गईं।···अब गाँव में फुटमत की राजनीति घर कर गई है और गाँव बदल गया है। अब प्रेम की जगह पैंतरों ने ले ली है और राजनीतिक मोरचे पर हर आदमी एक-दूसरे को पछाड़ने के चक्कर में है। अब गाँव में भोज-भात और भाईचारा—भयवद्दी का नहीं, राजनीति का राज है।···हिल गए भीतर से दूसरे भोज में विनोद बाबू और अंदर-ही-अंदर आदर्शवाद ढीला पड़ने लगा। मगर कहा जाता है कि हाथी के दाँत निकल जाते हैं तो वे फिर भीतर करके छिपाए नहीं जा सकते। विनोद बाबू प्रकट रूप में कैसे अपने आदर्श से खिसकें? यह एक सवाल था।

सवाल को समय ने स्वयं हल कर दिया। विश्वास की चट्टान खिसकने लगी तो इसके प्रभाव से उनके भीतर एक अज्ञात किस्म का धुँधला हिंसक भाव उगने लगा और एक प्रतिक्रियात्मक राजनीतिक पैंतरेबाजी का बीज चुपके-चुपके भीतरी जमीन में अँखुआने लगा।

इस दूसरे भोज में बाहर से वे चाहे जो भी कहें, भीतर से भाइयों को श्रद्धापूर्वक खिला-पिलाकर पुण्य बटोरने और प्रेम-सद्‌भाव की फसल काटने तथा गाँव की परंपरा के दीपक को झंझावातों में भी प्रज्वलित रखनेवाले यश-अर्जन की जगह कुछ दूसरे भाव भीतर जोर मारने लगे थे। ये भाव थे—अकड़े हुए एकता-विरोधी भाइयों के कान ऐंठने, उन्हें सबक सिखाने और होश ठिकाने लाने के राजनीतिक भाव।···यह देखो, इन मूर्खों को! मैं इतने दिनों तक महानगर में रहा, देश-दुनिया को देखा और ये मुझे भी अपने ही जैसा एक क्षुद्र-स्वार्थी गँवार मानकर विघटन का पाठ पढ़ाने लगे हैं।···अच्छा, अब तुम लोग पढ़ो, मैं पढ़ा रहा हूँ।

संयोगवश इस बार भी विनोद बाबू को पहली बार की तरह सफलता मिली और ऐसा लगा कि सचमुच ही उन्होंने गाँववालों को एक 'नया पाठ' पढ़ा दिया। उनकी यह विजय आज की चालू भाषा में राजनीतिक विजय थी। अब उनका लोहा गाँव के उन

घाघ लोगों ने भी मान लिया, जो यह जानने के लिए अत्यधिक उत्सुक थे कि भाइयों-भयवद्दों की हड़ताल से भोज कितना विफल हुआ और विनोद बाबू की हेकड़ी कितनी ढीली हुई? इस जाँच-पड़ताल में भोज के समय वे छिपे-छिपे किसी-न-किसी बहाने उनके द्वार के इर्द-गिर्द चक्कर मारते रहे। अंततः उन्हें घोर निराशा हाथ लगी और उन्होंने जो कुछ देखा, उसे देखकर अपनी आँखों पर ही सहसा विश्वास नहीं होता रहा। इतनी भीड़? इतने नए-नए भाई? इतना बड़ा 'परिवार'?

वास्तव में परिवार-नियोजन के इस हल्ला-युग में भोजन की उस पंगत पर बैठे परिवार-पारावार को जिसने भी देखा, दाँतों तले उँगलियाँ दबा लीं। बूढ़े कम थे, बच्चे और जवान पत्तल पर ठसाठस भरे थे। बाबू साहब का विशाल दंगल-द्वार छोटा पड़ गया। बराती कितने थे? दो-तीन पाँत में समा गए। द्वार सहित आज के भोज के क्षार बन गए थे 'नए' भाई-भयवद्द! इस आदर्श द्वार के आदर्श आमंत्रित!! परंपरानुसार विनोद बाबू के परिजन घूम-घूमकर देखने लगे, किसी पाँत में बैठने के लिए अंडस तो नहीं? किसी पाँत में कोई अवांछनीय खब्बू घुसपैठिया तो नहीं बैठ गया है? कौन आया और कौन नहीं आया? जब गाँव के अपने भाई लोग फिरंट हैं तो यह भारी भीड़ कैसी?

—और ये निरीक्षक परिजन अगले क्षण कुछ चकित और कुछ घबराए से विनोद बाबू के पास पहुँचे कि ये तो सारे बरात के नाच देखनेवाले बाहरी लोग और पड़ोसी तुलसीपुरवाले बैठ गए हैं, तो उन्होंने आश्वस्तकारी संकेतों से रोक दिया, किसी को भी उठाना-टोकना नहीं है।

उधर विरोधी हैरान! यह क्या माजरा है? एक ऐसे ही दर्शक ने टिप्पणी की, "सब बाहरवाले हैं। देख लेना, अब इस दावत का भट्ठा बैठ जाएगा।...कान पकड़कर इन्हें उठा क्यों नहीं दिया जाता है?...ये पड़ोसी तुलसीपुर के सारे बनिहार-मजूरे कैसे बैठ गए हैं?"

"उठा नहीं दिया जाता है तो तुमको काहे पीरा हो रही है?...पाँत पर से उठा कैसे दिए जाएँ? ये सब बाबू साहेब के 'नेवतहरी' जो हैं।" दूसरे ने व्यंग्य किया।

"नेवतहरी नहीं, पोंछ हैं।" तीसरे ग्रामीण ने कहा, "अरे, ये सब नाच देखने उठल्लवाले हैं। लह बैठ गया तो खाने बैठ गए। इधर पत्तल पर सकुली (पूड़ी) काटो, उधर तंबू में बैठ रात भर भाँड़ के नाच का मजा लूटो!"

"रहो, इनको मजा लूटने देते हैं। अभी तो पुरवा-पत्तल चल रहा है। बस कान पकड़कर उठवा देते हैं।" एक व्यक्ति ने कहा और खैरख्वाही में चल पड़ा। किधर हैं मालिक विनोद बाबू?

विनोद बाबू पास ही खड़े हैं। शिकायत करनेवालों और बाहरी लोगों को खदेड़ देने की सलाह देनेवालों की बातें सुनकर वे सिर्फ मुसकरा देते हैं। लेकिन उनके कुछ

खास स्वजन भी हैरान से दिखाई पड़े और बारंबार कहने लगे, "ऐसे ऐरे-गैरे खाने बैठ जाएँ तो इज्जत कैसे बचेगी?"

तो उन्हें मुँह खोलना पड़ा। उन्होंने कहा, "इज्जत भगवान् बचाता है। आप लोग निश्चिंत भाव से, जो भी बैठ जाता है, प्रेमपूर्वक भोजन कराइए। इस भीड़ के सभी गैर नहीं, अपने लड़के हैं और तुलसीपुरवाले अपने स्वजन हैं।"

"तो क्या इन्हें भोजन करने के लिए नेवता पठाया गया था, जो आकर बैठ गए? यह तो सरासर ज्यादती है!" एक रिश्तेदार ने कहा।

"नेवता क्या चीज है? प्रेम तो देखिए।" कहते हुए विनोद बाबू हँसने लगे और इस हँसी में सभी शंका, सुझाव और शिकायतें जैसे उड़ गईं।

पूड़ी, सब्जी और चटनी वगैरह सभी व्यंजन चल गए तो लोगों के हाथ-मुँह चलने लगे। इस विशाल जनसंख्या को खिलाना हँसी-खेल नहीं था। परसनेवालों की मुस्तैदी से कहीं से हल्ला-गुल्ला नहीं उठता था। अद्‌भुत दृश्य था। जब दही-चीनी परस दी गई तो तुलसीपुरवाले लोगों की पंक्तियों की ओर से मीठी 'लड़ाई' की एक हल्की आवाज उठने लगी—सड़फड़…सड़फड़!

"देख रहे हैं? छोटे लोग हैं। किस प्रकार चीनी-दही पर कटकटाकर टूट पड़े हैं।" एक दर्शक ने टिप्पणी की।

"इनके खाने की समवेत ध्वनि तो ऐसी लग रही है, जैसे पानी से भरे डबरे में भैंसों का झुंड लोट-लोटकर हड़बड़-हड़बड़ कर रहा है।" दूसरा ग्रामीण बोला।

"देखो भाई, ऐसे मत बोलो।" विनोद बाबू ने टोकते हुए कहा, "और यह सब आज मत देखो। ये हमारे नए भाई हैं। इनका प्रेम देखो।…आओ, मैं दिखाता हूँ।"

भोजन अंतिम दौर में चल रहा था। पापड़ चलाया जा रहा था। बरातियों वाली पाँत, ब्राह्मणों की पाँत, गाँव के भाइयों की पाँत से होते हुए विनोद बाबू तुलसीपुरवालों की पाँत में पहुँचे और एक मजदूर लड़के के आगे खड़े हो गए। एक परसनेवाले से बोले, "अरे भाई, पापड़-खापड़ क्या पत्तल में डाल रहे हो, इस करीमना को और दही-चीनी खिलाओ। इसका सारंगी जैसा शरीर मत देखो। इसका प्रेम देखो!"

और इस प्रकार प्रेमदर्शी विनोद बाबू के भोज की नए भाइयों से संपन्न पहली पाँत का भोजन समाप्त हुआ। इसके बाद दूसरी, तीसरी…पाँत-दर-पाँत बैठती गई और परिवार की इस बढ़ंती को देखकर लोग आश्चर्य में डूबते गए।

लेकिन आश्चर्य क्यों?

भोजन-कार्य समाप्त होते-होते बात खुल गई कि अपने खून के भाई-दयाद लोगों की जगह विनोद बाबू के इस भोज में तुलसीपुर के 'परजा-जन', जो रिक्त स्थान पूर्ति के रूप में आ जुटे, सो आकस्मिक रूप में नहीं, इनके मालिक द्वारा अनौपचारिक रूप से

चुपके-चुपके भोजन करने के लिए कहा गया था। आमतौर से खेती-गृहस्थी में काम करनेवाले मजदूरी पेशेवाले अपने खास-खास लोगों को ऐसे मौकों पर स्वार्थ-परार्थवश बुलाया ही जाता है; परंतु इस बार खासतौर पर विनोद बाबू ने सबसे कह डाला था। उनके सामने एक निश्चित उद्देश्य था, जो उनके आने से पूर्ण हो गया। उन गरीब-बेचारों को इस भोजन करने में भला क्या आपत्ति हो सकती थी? खुशी-खुशी 'एक बुलावे तीन आवे' के हिसाब से आ गए। विनोद बाबू की कन्या का विवाह देखा, बरात देखी, नाच देखा और ऊपर से यह भोज! ऐसी छूट देख कुछ अन्य पड़ोसी गाँव के नाच देखनेवाले भी मौके का लाभ उठाने के लिए पत्तल पर बैठ गए और आगे भी बैठते गए। इस प्रकार विनोद बाबू के नए भाइयों के परिवार का यह 'प्रेम' चर्चा का विषय बन गया और उनकी राजनीतिक विजय तो असाधारण थी ही।

मनुष्य का मन विचित्र होता है। सफलताओं के मिलने के सिलसिले में जब वह किसी निश्चित ऊँचाई पर पहुँच जाता है तो बाद में उस बिंदु से नीचे खिसकना उसके लिए बहुत कठिन होता है। कभी-कभी तो यह असाधारण कठिनाई व्यक्ति-मन के साथ उसे भी तोड़-ताड़कर रख देती है। विनोद बाबू के इस सालवाले तीसरे भोज में भी ऐसा कुछ घटित हुआ और ऐसा सत्यनासी हुआ कि वे डाल से गिरे बंदर की भाँति मुँह चुराकर भागने लगे। पहले भोज की आदर्शवादी सफलता और दूसरे भोज की राजनीतिक सफलता ने उसकी महत्त्वाकांक्षा के जिन कँगूरों को आसमान में खिला दिया था, वे भरभराकर धूल चाटने लगे थे। रह-रह कुछ कचोटें भीतर आग की तरह दहककर बेचैन कर देतीं।...पिछली बार की तरह इस बार भी अपने कुछ भोजहर तो नहीं ही आए, उन तुलसीपुरवाले बहिकटों के भी पंख जम गए।...द्वार पर कितना उदास लगा और कितना-कितना व्यंजन घर में उस तरह सड़ने लगा!

विनोद बाबू ने दूसरे दिन सुबह अपने स्वजनों और प्रबंधकों से कह दिया—जहाँ जितना बाँटते बने, बाँटो, बचा हुआ खाद्य पदार्थ जैसे खपे-सधे वैसे खपा-सधा दो। लेकिन बाँटने-खपाने की एक सीमा थी। खराब होती सब्जी खाकर टोल-पड़ोस के मवेशी अघा गए। अंत में बची हुई पूड़ियों को सूखने के लिए छत पर डाल दिया गया। लूट-लूटकर खाएँ कौए भी! सोचा गया, जो सूखकर बच जाएगा उसके बारे में बाद में सोचा जाएगा। आखिर अन्न है, देवता है, इसे घूरे पर तो फेंका नहीं जाएगा। इस प्रकार एक समस्या ठिकाने लग गई। परंतु इससे विनोद बाबू के मन को शांति नहीं मिली।

छत पर बरामदे में अकेले बैठे-बैठे जब वे ऊब गए तो मन बहलाने के लिए पूड़ी को उलट-पलटकर सुखाने के लिए डंडा लेकर बाहर खुले में आ गए। क्वार की तीखी धूप जोर पर थी। पूड़ियों की फैलाई गई ढेरी पर दो-चार हाथ चलाने के बाद तबीयत उखड़ गई तो ऊपर के बरामदे में आकर कुरसी में धँस गए। भीतर क्षोभ की लहरें जोर

पर थीं। विचारों के बवंडर बारंबार एक ही केंद्र पर टिक जाते।···उस बार तनिक सा इशारा करने पर तुलसीपुरवाले जो भुक्खड़ ससुरे कटकटाए हुए दौड़कर पूड़ी-सब्जी पर टूट पड़े, वे इस बार साग्रह आमंत्रित करने पर भी नहीं आए? इस प्रकार के संगठित रूप में बहिष्कार का क्या अर्थ है? और तो और, अपने खास जन भी सभी नहीं आए। जो आए भी, वे ऐन भोजन के वक्त खिसक क्यों गए? क्या रहस्य है? इस संगठित विरोध का कारण क्या है? इसका अगुआ कौन है?

विनोद बाबू सिर थामकर तथा आँखें बंद कर उस झन्न-झन्न करते छत पर के एकांत बरामदे में कुरसी पर ढहे-ढहे सोच-विचार के एक ऐसे बिंदु पर आ गए, जहाँ लगा, अब क्या सोचें? मस्तिष्क सुन्न हो गया। और तभी झटके से विचार का एक नया दौर भीतर उठा।···लोग कहते हैं कि तुलसीपुर में राजनीतिबाजी हो गई।···धत्तेरे राजनीतिबाजी की। ऐसी राजनीति को लेकर कैसे जिया जा सकता है? यह कौन सी राजनीति है कि किसी की पगड़ी उतारकर इस प्रकार सरेआम नीलामी पर चढ़ा दी जाए और उसे मुँह दिखाने लायक भी नहीं रहने दिया जाए?···लेकिन हमने भी तो अपने भाइयों के साथ इसी राजनीतिबाजी का खेल खेला था!

विनोद बाबू जैसे होश में आकर चौंक उठे और उनके होंठों पर एक करुण मुसकान छिटक गई। उनके मुँह से हठात् निकल गया—मियाँ की जूती, मियाँ के सिर।···बेशक हमने भी यही किया था। भयवद्दों को धूल चटाने के लिए जिन तुलसीपुरवालों को उस बार हमने हथियार बनाया था, उनको इस बार मेरे भयवद्दों ने हथिया लिया और चुपके-चुपके मेरे ऊपर ऐसा चलाया कि चारों खाने चित्त कर दिया। और तब क्यों पिस रहा हूँ। हँसकर सहूँ इस आघात को।···मगर इतनी बड़ी बात की कानोकान खबर क्यों नहीं हुई? क्या आज की राजनीति ऐसी अंदरूनी हो गई है? उठा-पटक घट जाने के बाद बाहर पता चलता है कि इसके भीतर यह सब रहा।···राजनीतिक पराजय, राजनीतिक हथियार, राजनीतिक उठा-पटक! मगर कहाँ अंत है इस उठा-पटक का? हाँ, धीरे-धीरे अंत उनका जरूर हो जाता है, जो बेचारे बीच में 'इस्तेमाल' हो जाते हैं।

इन विचारों से जब कुछ घुटन घटी और मन शांत हुआ तो वहीं बैठे-बैठे उबाऊ वर्तमान की जलन से बचने के लिए अतीत के अंचल में सिर ढककर कुछ क्षण के लिए वे विराम में आ गए। उन्हें लगा, बावजूद गिरावट के क्या ही शानदार सफलताओं वाला वह एक समय था, जब वे कलकत्ता छोड़ गाँव पर आए थे। उन्हीं दिनों माताजी ने श्रीमद्भागवत कथा का सप्ताहपर्यंत श्रवण अनुष्ठान किया था। पूर्णाहुति के दिन भोज-भात का आयोजन होना था। भीतर से श्रद्धाभाव उठा था—सारे गाँव के भाई मेरे द्वार पर आकर पाँव धोएँ और भोजन कर कृतार्थ करें। मगर लगा, बहुत कठिन है इस टूटन-

विघटन के युग में इस अभिलाषा का पूर्ण होना।

विनोद बाबू तब निराश नहीं हुए। जैसे-जैसे उनके स्वजन उन्हें भयवद्दियों के टूटने के भयावह नक्शे समझाते गए वैसे-वैसे वे अपने संकल्प पर दृढ होते गए। अंत में उन्होंने ऐलान कर दिया—वे पूरे गाँव को नेवता देंगे। फिर इसके बाद क्या हुआ?···विनोद बाबू वहीं बैठे-बैठे उस तीस वर्षों पूर्व संपन्न हुए पहले भोज की मीठी स्मृति में डूबे तो डूबते ही चले गए।

आमतौर पर गाँववालों को विनोद बाबू के भोलेपन पर पछतावा होता था। कहीं शीशा टूट जाने के बाद जुड़ता है? किले बन गए हैं, तलवारें खिंच गई हैं, कदम आगे बढ़ गए हैं और तब पीछे हटने का सवाल कहाँ खड़ा होता है? पारस्परिक वैर के जटिल जाल में बुरी तरह से उलझ गया है सारा गाँव।···अमुक-अमुक आदमी का परिवार अमुक-अमुक के साथ भोजन नहीं करेगा। अमुक-अमुक की शत्रुता अमुक-अमुक से विकसित हो गई है तो भला वे एक टाट पर कहीं बैठनेवाले हैं!···वह चुनाव का मौका, वह गवाही का मामला, वह डाँड़-झूर का मामला।··· अरे, वैर-विरोध के रेशे-रेशे को भला कोई सुलझा सकेगा!

ऐसी बात नहीं कि ये चर्चाएँ विनोद बाबू के कानों तक नहीं पहुँचतीं; परंतु इस विषय पर कुछ भी राम-रहीम नहीं बोलकर इस बहस से वे किनारा कर लिया करते।

एक दिन उनके पट्टीदार चाचाजी ने उन्हें घेरकर बहुत गंभीरता के साथ पूछा, "गाँव की झगड़ेवाली नई स्थिति को देखते हुए भोज के बारे में आपने कुछ सोचा है?"

"कोई जरूरत नहीं।" विनोद बाबू ने उत्तर दिया, "मुझे गाँव में कोई झगड़ा नहीं दिखाई पड़ रहा है।···गाँव में जो झगड़ा है, चाचाजी, वह सिर्फ बातों का है। कागज का घर जैसे उड़ जाता है, उसी प्रकार बातों के झगड़े भी एक छन में उड़ जाएँगे।···आप भोज की तैयारी कीजिए।"

समय बीतते देर नहीं लगती। पूर्णाहुति का दिन आ गया। अकसर ऐसे बड़े समारोहों के मौके पर मालिक लोग बहुत व्यस्त मिलते हैं। उन्हें भरमुँह बात करने की भी फुरसत नहीं होती है। घर के भीतर-बाहर इस प्रकार काम बिखर जाता है कि प्रबंधक लोगों के चेहरों पर जैसे प्रतिक्षण हवाइयाँ उड़ती रहती हैं। वे बराबर भीतर-बाहर भागते रहते हैं।···यहाँ पूजा का टंट-घंट है।···यह आया कोई रिश्तेदार!···वह पत्तलवाला खड़ा है।···बैलों को सवेरे खिला-खिलाकर हटाते हुए द्वार पर पलंग आदि की व्यवस्था के साथ गाँव में भोजन के लिए निमंत्रण भेजवाना है।···लेकिन विनोद बाबू के चेहरे पर तनिक भी हड़बड़ी या व्यस्तता के चिह्न नहीं उभरे दिखते थे। कलकत्ते से अभी हाल में आए थे। अभी चाल-ढाल और पोशाक पर गँवई रंग नहीं चढ़ा था।

साधारण लंबे सिर के सफेद बाल लहरा रहे थे। खादी की सफेद धोती, नकली

दाँतों की धवल पंक्तियों पुराने रिवाज की खुली बटनवाली बंडी, कुरते के ऊपर और पैरों में पुरानी चप्पल, विनोद बाबू आँगन में खड़े होकर इस प्रकार बातें कर रहे थे जैसे वे दूर के रिश्तेदार हैं और प्रत्येक प्रकार की चिंता से रहित अपनी स्वतंत्र और आदर्श राय जाहिर कर रहे हैं—

"हमारी समझ में नहीं आता है कि जब मैं निमंत्रण दूँगा तो अकारण क्यों कोई उसे अस्वीकार करेगा?"

"कोई कारण नहीं है, फिर भी हो सकता है, कोई अस्वीकार करे और भोजन करने न आए।" एक व्यक्ति ने कहा

"क्यों नहीं भोजन करेगा?"

"उसका मन! गाँव में अब यही हो रहा है।"

"यह इसलिए होता है कि स्वयं भोजन करानेवाले के मन में खोट होता है। मेरे मन में कोई खोट नहीं है।"

"आप गाँव की राजनीति नहीं समझ रहे हैं।"

"यही सौभाग्य है। समझ जाऊँगा तो वही हो जाऊँगा, जो सब लोग हैं। मैं उस राजनीति को दूर से ही सलाम बोल रहा हूँ।"

"फिर भी रहना तो गाँव में ही है। कैसे बचेंगे?"

"हम उस गाँव में नहीं रहेंगे, जहाँ की राजनीति साथ-साथ बैठकर भोजन करने के लिए मना करती है।"

"तो क्या गाँव छोड़ देंगे? अथवा क्या आपका मतलब यह है कि हम कलकत्ते चले जाएँगे?"

"हम गाँव में रहकर भी नहीं रहेंगे और कलकत्ते रहकर भी गाँव में रहेंगे। गाँव का अर्थ है प्रेम और भाईचारा। मैं गाँव से प्रेम करता हूँ।"

"अच्छा, अब ये प्रेम-बुझौवल छोड़िए।" एक व्यक्ति ने बीच में टोककर कहा, "साफ-साफ कहिए, पूरे गाँव को भोजन के लिए निमंत्रण घुमवाया जाए या चुने हुए अपने उन खास लोगों को, जो वास्तव में आने वाले हैं?...ऐसा न हो कि सबको न्योता दिया जाए और लोग न आएँ तो सामान बरबाद हो।"

"आप लोग गजब हैं। पहले ही संदेह क्यों करते हैं? अपना काम कीजिए, सबको न्योता दीजिए, तैयारी कीजिए, स्वागत कीजिए। प्रेम से प्रेम बढ़ता है और घृणा से घृणा।"

इसी बीच एक व्यक्ति दौड़ा हुआ आया। बोला, "आप यहाँ खड़े हैं और वहाँ काम का कितना हर्ज हो रहा है।"

"कोई हर्ज नहीं हो रहा है। सब ठीक हो रहा है।" विनोद बाबू ने कहा और

धीरे-धीरे उस व्यक्ति के साथ चले गए।

लेकिन वहाँ जाना क्या था? जो पुरवा-पत्तल आया था, उसके बारे में प्रबंधक लोग उनसे जानना चाहते थे कि यह पूरे गाँव के लिए कम तो नहीं पड़ेगा? जबकि वह पहले से ही सोच-समझकर आवश्यकता से कुछ अधिक मँगाया गया था।

सूरज ढला, शाम हुई और लोगों के चेहरों पर तनाव की हल्की-हल्की रेखाएँ उमड़ने लगीं। कोई किसी से कुछ कहता नहीं है, परंतु एक-दूसरे की ओर देखता है तो जैसे पूछता है—क्या सभी लोग आएँगे?

गाँव में नियम है कि सायं-भोज के लिए पूर्वाह्न में भोजन के लिए निमंत्रण घुमवाया जाता है और सायंकाल या रात्रि में जब भोजन तैयार हो जाता है तो 'बिजे' (बुलावा) भेजा जाता है। सो विनोद बाबू ने वक्त पर 'बिजे' भी घुमवा दिया। लंबे-चौड़े द्वार के फर्श पर टाट बिछवा दिया गया। प्रतीक्षा होने लगी।

गाँव के कुछ निकटस्थ भाइयों के साथ ब्राह्मण वर्ग तो धीरे-धीरे पहुँचने लगा, परंतु उन अन्य भाइयों का पता नहीं चला तो लोगों के कान खड़े हो गए। आखिर गड़बड़ी हो ही गई क्या?

लेकिन नहीं, गड़बड़ी नहीं हुई। विनोद बाबू के व्यक्तित्व और प्रेम-विश्वास ने ठीक समय पर चमत्कार सा घटित कर दिया। गलियों और रास्ते पर भयवद्द लोगों के लोटे खड़खड़ाने लगे। पूरब-पश्चिम, उत्तर-दक्षिण और बीच के सभी मुहल्ले के लोग, लड़के-जवान और बूढ़े, गाँव में नई अप्रत्याशित हवा जैसे बनकर पत्तल पर भोजनार्थ आ डटे तो सारा परिवेश क्षण मात्र में कुछ और हो गया। विनोद बाबू की विजय का उस दिन डंका पिट गया।

और आज?···ठीक ही कहा गया है, 'मनुज बली नहिं होत है, समय होत बलवान।'

विनोद बाबू के होंठों पर मुसकान और चेहरे पर चमक वापस आ गई। अतीत-सुख कितना मीठा होता है। उसके दुर्लभ स्मृति-चिह्न बहुत मूल्यवान् सिद्ध हो रहे थे; किंतु अफसोस, देर तक इस सुख का उपभोग विनोद बाबू नहीं कर सके। किसी की पदध्वनि कानों में टकराई और लगा, कोई छत पर आकर अब एकांत में खलल पैदा करने ही वाला है। देखा, सामने बड़ा लड़का खड़ा है।

खलल जबरदस्त निकला। लड़के ने सूचना दी कि दखिन टोल के दीपन चाचा आए हुए हैं और मिलना चाहते हैं। सूचना देकर लड़का चुप हो गया। अपने पिता की स्थिति देखते हुए वह यह जानना चाहता था कि आगंतुक को भेंट करने के लिए ऊपर यहाँ छत पर लिवा लाऊँ या नीचे ही कहीं बैठाऊँ या यह कहकर टरका दूँ कि गहरी नींद में सो गए हैं, अभी भेंट-वार्त्ता के लिए जगाना ठीक नहीं।

वास्तव में लड़के की सूचना से विनोद बाबू को जबरदस्त झटका लगा था। एक

क्षण तक वे हतप्रभ होकर लड़के का मुँह टुकुर-टुकुर ताकते रहे। घृणा, क्षोभ, भय, उत्तेजना, पश्चात्ताप और लज्जा आदि की मिली-जुली लहरों ने जैसे उनकी बोलती बंद कर दी। अपनी इस विषम परिस्थिति में, मुँह चुराकर बैठे रहने की पराजित दुर्दशा में उस आदमी का मुँह भी नहीं देखना चाहते थे। उन्हें अब यह अच्छी तरह मालूम हो गया था कि इसी खूसट ने अगुआई करके यह सटीक विरोध-बवंडर खड़ा किया था। आजकल यह किसी पार्टी का नेता बन गया है और अचानक इस ग्रामनेता के शरीर में रंग-बिरंगे पंख जम गए हैं।

कुछ प्रांतों के साथ उत्तर प्रदेश की विधानसभा भंग कर दी गई, उसका चुनाव सिर पर घहरा गया है। अब विनोद बाबू को कुछ बातें साफ-साफ दिखाई पड़ने लगी हैं। नवंबर तिरानबे क्या आया कि मिनी महाभारत का माहौल गरम हो गया। योद्धा आमने-सामने हैं। तिकड़मी तलवारें खिंच गई हैं। माहौल गरम है। हवाएँ तेज हैं। सबसे अधिक गरमी जातिवाद और वर्गवाद की हवा में है। इसी का लाभ दीपन ने उठाया है और विनोद बाबू को चित कर दिया है, चारों खाने।

···चले थे शहर से आकर गाँव में भयवद्दी और भोज-भात की घरेलू लड़ाई में राजनीतिक हथियार भाँजने। इतना भी शऊर नहीं आया कि मौके पर विनम्र बनकर, पानी रखने के लिए पानी बनकर, गाँव की परंपरा के अनुसार भाई-भाई के द्वारे पर जाकर कुछ कहें-सुनें, वह यदि रूठा है तो मनाएँ!···कोई अब इस समय नहीं रूठेगा तो कब रूठेगा? यही तो मौका है। इसी समय रूठा जाता है, इसी समय हाथ जोड़कर मनाया जाता है। यही परंपरा है। कोई अपराध न होने पर भी माफी माँगी जाती है। इसी में दोनों ओर का बड़प्पन होता है।···तो यह कुछ नहीं। भोज ठानकर शान से घर बैठ गए। अहंकार में फूले रहे। पहले भोज में भाइयों ने इज्जत रख ली तो क्या हुआ? क्या कोई पत्तल चट्टू गुलाम है?···दूसरी बार बेटी के ब्याह में पुराने अपने खून के भाइयों की जगह नए राजनीतिक भाइयों को गुपचुप बुलाकर, द्वार पर भीड़ बटोरकर और भोजन कराकर परलोक बना लिया तो फिर कहाँ गई इस बार वह राजनीति? इस बार उसी राजनीति के चलते लोक बिगड़ जाने पर क्यों दम निकल रहा है? कहाँ गया वह कलकतिया शहरी दाँव?

''नहीं, सोच लेने दो कि इस आदमी को यहाँ बुलाऊँ या नहीं?'' विनोद बाबू ने बहुत ही घबराहट के साथ सामने खड़े लड़के से कहा और फिर एक क्षण बाद बात बदल दी, ''नहीं, उसे कहीं नीचे ही बिठाओ और कह दो, मैं थोड़ी देर में आ रहा हूँ।''

लड़का निःशब्द पलटकर जाने लगा। यह क्षण विनोद बाबू के लिए घोर यंत्रणा का क्षण था। भीतर कहीं गहरे में तीक्ष्ण शूल की भाँति एक तथ्य धँसा था कि यही दीपन है, जिसने भोजन के पूर्व तुलसीपुर में एक रात छोटे भाइयों की पंचायत बुलाकर उन्हें अच्छी

तरह समझा दिया कि यह विनोद बाबूजी है, घुटा हुआ गांधी का चेला कांग्रेसी है। अपना अन्न खिलाकर चुनाव के पूर्व तुम लोगों का मन फेरना चाहता है। अन्न में बहुत प्रभाव है। सरकारी अन्न से सावधान हो जाओ। कसम खाकर एका कर लो और कहला दो कि हम पार्टी वाले हैं। हमें दावत की घूस मंजूर नहीं है। हम इसका बहिष्कार करते हैं।

उस चुभते हुए जहरीले शूल की पीड़ा के बीच विनोद बाबू सीढ़ियों पर से उठती धब्ब्-धब्ब् की ध्वनि सुनते रहे।...लड़का धीमे-धीमे जा रहा है। लेकिन लड़का जा कहाँ रहा था? अगले क्षण दीपन बाबू के साथ लड़का ऊपर आकर सामने खड़ा था।

पास में ही एक और कुरसी रखकर लड़का चला गया तो एक हल्की मुसकान फेंकते हुए दीपन ने कहा, "विनोद भाई, भोज के दिन परसों मेरा मंगल व्रत था, इस कारण नहीं आया और कल एक जरूरी काम से शहर चला गया। आज लौटते ही आ गया हूँ। कुछ बासी बचा-खुचा हो तो ग्रहण कर माफी माँगना चाहता हूँ।"

"जले पर नमक मत छिड़को, दीपन! और यह जाली माफीनामा अपने पास रखो। जो हुआ वह बहुत हुआ और बुरा हुआ।...तुम आए जरूर, मगर मैं तुम्हारा स्वागत करने की स्थिति में नहीं हूँ। बासी भी ऐसा कुछ नहीं, जिसे तुम्हारे आगे सरका दूँ।...चलो नीचे। मुझे मालूम है कि आजकल तुम चाय के शौकीन हो गए हो।" विनोद बाबू ने बहुत गंभीर होकर कहा और उठकर सीढ़ी की ओर कदम बढ़ाया।

"रुकिए भाईजी।" दीपन ने कहा और पैर रोककर खड़े हुए विनोद बाबू का ध्यान खुली छत की ओर आकृष्ट कराते हुए आगे कहा, "आप कहते हैं, यहाँ कुछ नहीं है और यह सब यहाँ क्या फैला रखा है। इन्हीं में से एक टुकड़ा मिल जाए।"

"तुम भिखमंगे नहीं हो कि 'टुकड़ा' दिया जाए। तुम हमारे शुभचिंतक भाई हो। चलो, नीचे तुम्हें चाय पिला दें।"

"नहीं, मैं अब आपका भाई नहीं रहा। मैं सचमुच आपके लिए पराया और भिखमंगा सदृश हूँ। यदि आप भाई समझे होते तो भोज के वक्त रूठने पर क्या 'मनाने' नहीं आए होते? यह पूछने भी तो आप नहीं आए कि ऐ दीपन, तू काहे नहीं खाएगा?"

"मैं बहस नहीं करना चाहता। मैं बीमार हूँ। चलो नीचे।"

"नीचे क्या रखा है? ऊपर तो वह देखिए दीवार पर आपके आराध्य महात्मा गांधी की तसवीर टँगी है। यहाँ मन शुद्ध रहेगा। यहीं कुछ दीजिए।" दीपन ने दाहिनी ओर दीवार पर लगे चित्र की ओर संकेत करते हुए कहा।

"काहे घबराते हो, दीपन उतरो नीचे। मेरे पास दलितों के मसीहा बाबा साहब डॉ. भीमराव अंबेडकर का चित्र है। वे भी मेरे आराध्य हैं। और यदि मैं ठीक कह रहा हूँ तो तुम्हरा मन उन्हीं की छाया में शुद्ध रहेगा।" कहते हुए विनोद बाबू के चेहरे पर हल्की मुसकान उभर गई।

''नहीं, अब मैं स्वयं बहस नहीं करना चाहता हूँ। मुझे ऊपर ही काम है।''

''क्या काम है?''

''ये सब सूखने के लिए छत पर पसारी गई पूड़ियाँ आपके लिए बेकार हैं। इन्हें आप रद्दी के भाव में मुझे बेच दीजिए। आपका पिंड छूट जाएगा और मैं इनका सदुपयोग कर डालूँगा।''

''... ...''

अचानक विनोद बाबू का चेहरा उतर गया और कुछ उत्तर न देकर वे चुपचाप जड़वत् दीपन का मुँह देखने लगे।

''बोलिए भाईजी, मैंने कुछ पूछा है?''

''कुछ भी तो बोलिए।''

''चलो नीचे।'' अत्यंत गंभीरता के साथ विनोद बाबू ने कहा और एकदम उखड़े-उखड़े आहत हो खड़े होकर सीढ़ी की ओर बढ़ गए।

अब दीपन बाबू क्या करते?

आगे बड़े विनोद बाबू के पीछे उठकर सीढ़ियों पर से उतरने लगे। दो सीढ़ी और शेष थीं कि अकस्मात् विनोद बाबू लड़खड़ा गए और लुढ़ककर फर्श पर आ गए।

दीपन चिल्ला उठा, ''दौड़ो···दौड़ो···यह बाबू को क्या हुआ?'' और उन्हें उठाने में जुट गया।

आवाज सुनकर और लोग भी आ गए और उन्हें बरामदे में पड़े एक पलंग पर लिटाया गया। पंखी से हवा करनेवालों में सबसे अधिक तत्पर दीपन बाबू थे। उन्हें अभी होश नहीं आया था।

थोड़ी देर में एक पुरानी एंबेसडर कार कहीं से दौड़-धूप कर लाई गई। विनोद बाबू को उसमें लिटाया गया। गाँव के एक डॉक्टर के साथ कार में घर के लोग भी बैठ गए।

कार स्टार्ट हुई तो दीपन ने डॉक्टर से पूछा, ''क्या रोग है, डॉक्टर साहब?''

''बहुत सीरियस हार्ट अटैक है।'' डॉक्टर ने उत्तर दिया।

''बहुत चिंता की बात है, डॉक्टर साहब?'' धीमे-धीमे आगे सरकती कार के साथ-साथ चलते हुए दीपन ने कहा, ''अगर बूढ़ा मर गया तो ऐसा लगेगा जैसे गाँव मर गया।'' और कार आगे बढ़ गई।

□

आदमी का पइया

उस असाधारण घटना से दमरी बाबा की आँखों में भी आँसू आ गए। उन्होंने कहा, "आँच की पीड़ा वह चिलम जानती है, जिस पर अंगार बोझ दिया जाता है। चार दिन के छोकरे मद में पागल होकर चमक उठते हैं। आँख पर परदा पड़ जाता है। उन्हें क्या पता कि कितनी मशक्कत से चार पैसा जोड़कर आदमी की तरह रहते हैं। कितनी तपस्या से धरती को जुगाते हैं। इनके सामने बस झूठी शान है। हम बड़े हैं, हम ऊँची पगड़ी वाले, हम शेर की तरह दहाड़ने वाले और हम सबसे बड़े शानदार! झगड़ा-फसाद और मार-फौजदारी गूलर नहीं है। यही बरबादी की जड़ है। तुम लोगों को क्या पता होगा? अभी तो तुम लोगों का जन्म भी नहीं हुआ था। तब यह गाँव जैसा आज देख रहे हो, ऐसा नहीं था। आज बाबू घुरबिन राय की क्या चलती है? तब इनके बाप महादेव प्रसाद राय की ऐसी चलती थी कि चारों ओर तूती बोलती थी। बैठक में कचहरी लगती थी। दोहरे शरीर और मजबूत हाड़काठ के बड़े रोबदार आदमी थे। रेशम का दुशाला शरीर पर डालकर दस गाँव के चौधरी-सरदारों के बीच बैठते थे तो जिधर चाहते थे, पल्ला दबा देते थे। उस समय धानवपट्टी के बाबू महेशनारायण राय का भी जमाना था। कहते हैं कि एक बार उनकी तमाम जमींदारी नीलाम पर चढ़ गई। संयोग से महादेव राय कचहरी में मौजूद थे। उनसे देखा नहीं गया। घोड़ा कसकर तुरंत गाँव में आए। रुपए के तोड़े घोड़ा-गाड़ी पर लादकर कचहरी पहुँचे तो हाकिम लोगों ने दाँतों तले उँगली दबा ली। बाबू महेशनारायण की जमींदारी बच गई। इनके बहुत चाहने पर भी महादेवप्रसाद ने रुपए के बदले इनकी जमीन लेना मंजूर नहीं किया। कहते थे कि मैंने अपने एक भाई की पगड़ी बचाई है, किसी लोभवश थोड़े ही। उस समय सर्वत्र चर्चा थी कि महादेवप्रसाद के घर लक्ष्मी पैर तोड़कर बैठी हैं और वैसी ही सुबुद्धि ईश्वर ने दी है। जब तक यह सुबुद्धि रही, वैभव पर कोई आँच नहीं आई। बुद्धि बिगड़ते ही सब खाक हो गया।"

इसके बाद दमरी बाबा ने इस परिवार का बड़ा ही मार्मिक इतिहास सुनाया, जो

हमारे सामने आया तो था, परंतु इतना साफ नहीं। उन्होंने कहना शुरू किया—

महादेवप्रसाद के एक छोटे भाई गोकुल राय थे। दोनों भाइयों की प्रकृति में आसमान-जमीन का अंतर था। बड़े भाई साधु स्वभाव के अलोभी व्यक्ति थे और छोटा भाई धन-जमीन को दोनों हाथों से रात-दिन बटोरने में लीन उग्र प्रकृति का साधारण संसारी जीव। बड़प्पन तो छूकर भी नहीं था। अपने बड़े भाई को 'लुटाने वाला' कहते थे। इतने पर भी सामने सदा सिर नीचा कर लेते। बड़े भाई की किसी बात का जवाब नहीं दे सकते थे। बाबू महादेवप्रसाद उस समय निःसंतान थे और छोटे की तीन लड़कियाँ थीं। गोकुलप्रसाद के प्रयत्न से प्रत्येक वर्ष जैसे धन बढ़ता, वैसे ही जमीन भी बढ़ जाती। ऐसे मौके पर दोनों भाइयों में बड़ा विवाद होता।

"आखिर इतनी जमीन क्या होगी? कौन भोगेगा? आगे आने वाली संतान पर इतना बोझ न लादो, गोकुल!"

"आप क्या कहते हैं, भाई साहब? जमीन बोझा हो जाएगी?"

"हाँ, ऐसा बोझ कि सँभाल में नहीं आएगी।"

"हम तो समझते हैं कि यही पुरुषार्थ है। जो जमीन हमसे सटना चाहती है, उसे ठुकराना कायरता है।"

"कोई जमीन किसी से सटना नहीं चाहती, गोकुल! उसे आदमी जान-बूझकर उपाय करके सटाता है और याद रखो, इसमें उसे कुछ-न-कुछ धोखा, तिकड़म और अनुचित का सहारा लेना पड़ता है।"

"भैया, यदि हम लोग जमीन से ऐसे विरक्त हो जाएँगे, तब तो एक धूर जमीन भी शेष नहीं रह जायगी।"

"सब भगवान् की माया है, गोकुल! जमीन किसी की न हुई और न होगी।"

तब गाँव में बेहाल लोगों की तादाद अधिक थी। किसी तरह गुजर होता था। बैल की तरह लोग खाते थे और काम करते थे। जुड़ावन का बाप महला था। कभी पेट नहीं भरा। भोज-भात में लोग हाथ जोड़कर खड़े हो जाते थे। काम भी नहीं अँटता था। कटिया के लिए मजदूर नहीं लगते थे। सारा खेत अकेले काट डालता था। तब बाढ़ हर साल नहीं आती थी। तमाम ज्वार-बाजरा बच जाता था। पैदावार होती थी कि घर में रखने के लिए जगह नहीं होती थी, परंतु खाने वाले थे कि सब खा डालते थे। इतने पर भी कमी होती थी तो वटवृक्ष अथवा पीपल का 'गोदा' (बीज) था। आजकल तो न जाने क्या हो गया! उस प्रकार ये पेड़ फलते भी नहीं हैं और तब सभी लोग इसे खाते थे। खरची का यह एक आवश्यक अंग था। ताल की करमी, साग और तरह-तरह की पत्तियाँ खाकर पेट भरते थे। दोनों जून रसोई किसके घर होती थी? मोटिये का कुरता और दोहरी चादर ओढ़कर साल कट जाता था। रजाई और कंबल अबकी भाँति घर-घर

में मौजूद नहीं था। तब गाँवों में 'बाटा' और 'फ्लेक्स' कंपनी के अंग्रेजी जूते दिखाई नहीं पड़ते थे। और न ईंट के मकान। जिस दिन भोज-भात पड़ता था और यह ज्ञात हो जाता था कि चावल खाने को मिलेगा, उस दिन भाई लोग मूसर से ढोल बजाते थे और लड़के उछल-उछलकर गाते थे। आज बिहारी राय को देखते हो? मकान पक्का हो गया। दरवाजे पर पंचायत का रेडियो लग गया। पलंग, मसहरी, गद्दा, कुरसी और पूरा ठाठ-बाट है। शादी के लिए दस हजार से कम का मोल-भाव नहीं करते। इन्हीं के खानदान में उस समय एक धनुषधारी राय थे। पूरे पहाड़ की तरह अकाय जवान। उनके चार भाई और थे—सनेही, महाराज, गोवर्धन और बीरा। सब एक-से-एक पट-ऊपट। कुदारी उठाते तो सारा खेत कोड़कर रख देते।

उस समय इन लोगों का जमाना गाँव में सबसे अधिक खराब था। उपवास-पर-उपवास चलता था। कभी पेट भर भोजन नहीं मिलता। वह जो पश्चिम ओर पीपल का पेड़ देख रहे हो, चैत चढ़ते ही छेंक देते थे और महीनों तक खरची चलती थी। धनुषधारी और गोकुल में खूब पटती थी। गोकुल जैसे-जैसे इन लोगों के लिए उदार बनते गए, वैसे-वैसे ऋण का बोझ बढ़ता गया।

एक दिन गोकुलराय ने महादेवप्रसाद से कहा, "भैया, अब धनुषधारी का खेत लिखा लेना चाहिए। रुपया बढ़ता जाता है। वे भी तैयार हैं।"

"रहने दो गोकुल, ऐसे ही चलने दो। भाई है, मुसीबत में है, क्यों उसकी जमीन बिगाड़ोगे?"

"भैया, उसका वह बगियावाला पाँच बाघा खेत देख रहे हैं? वैसा नामी खेत हमारी जोत भर में नहीं है। खेत की मिट्टी है कि मखमल की गद्दी! भैया, जब उधर जाता हूँ, कलेजा उलट जाता है। वह तैयार है तो आप क्यों नाहीं कर रहे हैं।"

"तुम जैसा सोचो गोकुल, मगर परायी चीज पर आँख उठाना ठीक नहीं।"

उस साल धनुषधारी के घर लड़की की शादी थी। जहाँ खाने-पहनने का ठिकाना नहीं, वहाँ शादी के लिए पैसों का प्रबंध पहाड़ हो जाय तो क्या आश्चर्य? धनुषधारी अपने मित्र गोकुलराय के यहाँ पहुँचे। बोले, "अबकी बार उबार लीजिए।"

"हमने कब आपको निराश किया है? मगर हमारी भी तो बात रखिए?" गोकुलराय ने कहा।

"जो कहिए तैयार हूँ···मगर···।"

"देखिए, आप लगे अगर-मगर करने। यही तो बात है। आखिर सब देने के लिए तैयार है तो वह बगियावाला पाँच बीघा क्या सरग का तारा है कि आप ऐंठने लगते हैं!"

"वह हमारे परिवार का प्राण है, कलेजा है, बाबू साहब! आपके पैरों पड़ता हूँ, उसे आप न माँगें।"

"मैं नहीं कहता हूँ। मेरे बड़े भाईसाहब की राय है।"

"तो क्या करोगे?"

"हम उस पर हल चढ़ाएँगे और आएँगे तो देख लेंगे! इनकी मजाल कि इस प्रकार हमारी बेइज्जती करें! नीचे-ऊपर रुपया रखकर फूँक देंगे।"

"आग मत बोओ, गोकुल! शांत रहो।"

"इस प्रकार शांत रहोगे भैया, तो दुनिया में रह नहीं सकोगे। सिर कट रहा है और कहते हो कि शांत रहो। जब मान-मर्यादा ही खतम तो जीकर क्या किया जाएगा।"

"झगड़ा न करो। इसका फल अच्छा नहीं होता।"

"आप डर रहे हैं, भैया?"

"डरता नहीं हूँ। बलवान को नम्र होना चाहिए।"

"नम्र का माने वह नहीं कि हर कोई ऐरा-गैरा लचाता चले! मैं नहीं मान सकता।"

दमरी बाबा ने कहा, "देख रहे हो न? ऐसे ही राज चौपट होता है।" फिर क्या हुआ? जमकर लाठी चली। धनुषधारी का छोटा भाई बीरा लाठी की चोट से मर गया। खून के मुकदमे में दोनों भाई बुरी तरह फँस गए। सारी संपत्ति स्वाहा हो गई। कुसमय आता है तो अनेक रास्ते से। फागुन में घोड़ा मर गया। वैशाख में खलिहान जल गया। असाढ़ आते-आते दोनों भाई आजीवन कारावास की सजा पा गए। खेती चौपट हो गई। मुकदगे की अपीलें खारिज हो गईं। रिश्तेदारों ने सँभालना चाहा, परंतु हालत सँभली नहीं। उसी वर्ष महादेवप्रसाद की स्त्री लक्ष्मी के गर्भ से घुरबिन का जन्म हुआ। लोगों ने कहा— महा अभागा है। सचमुच अभागा था वह। जन्म पर और उत्सव तो क्या होते, जमकर थाली भी नहीं बज सकी। जहाँ मामला मुकदमा ऐसा उलझा था कि मुँह में धान डाल देने पर लावा फूट जाता था, वहाँ खुशी मनाने की किसे फुरसत थी? हाईकोर्ट से अपील खारिज होते ही गोकुलराय की स्त्री शोक में खटपर हो गई और महीने भर के अंदर ही अपनी तीन लड़कियों को छोड़कर चल बसी। अगले तीन वर्ष इस परिवार की अंतिम बेहाली के सिद्ध हुए। किसी प्रकार सूत बेच-बेचकर तीनों लड़कियों की एक साथ ही शादी हुई और अंत में सब मिला-जुलाकर शेष रही खँडहर सी होती जाती उदास हवेली, थोड़ी सी जमीन, पुराने दिनों को सोच-सोचकर रोती एक माता और एक अभागा शिशु। उसे लक्ष्मी ने जीने के लिए दो कौड़ी में सुन्नर धोबी के हाथ बेच दिया और नाम रखा घुरबीन। विपत्ति का अंत यहीं तक नहीं हुआ। गाँव में जिसका पैर उखड़ जाता है, उसका फिर ठिकाना नहीं लगता। जिस महादेवप्रसाद के सामने लोग आँख उठाकर देख नहीं सकते थे, उसी की जमीन पर गिद्ध की तरह नोच-बकोट शुरू हुई। हालत यहाँ तक बिगड़ी कि घुरबिन को लेकर लक्ष्मी घर से निकल गई। विपत्ति में अपने नैहर जाना उसने शान के खिलाफ माना। धूर-धूर जमीन साहु महाजन नामधारियों ने जोत ली।

उस समय घुरबिन राय की उम्र पाँच वर्ष की थी, परंतु गरीबी और तंगी के कारण बहुत ही हीन थे। लकड़ी की तरह सूखा शरीर और वस्त्र के नाम पर एक फटा कुरता। मरियल जैसे इस क्षीणकाय पइया बालक को देखकर सबको दया आती। जिस समय लक्ष्मी घुरबिन को लेकर जा रही थी, धनुषधारी के भाई सनेही ने व्यंग्य किया, "कहाँ सूखा हाड़ टाँगे लिये जा रही हो?"

उसी रास्ते से देवपाल पंडित के बाप जपुराम पंडित आ रहे थे। उन्हें बुरा लगा। बोले, "राम! राम! जजमान! अनाज का पइया फेंक देने लायक होता है, परंतु आदमी पइया इस प्रकार हँसने लायक नहीं होता। उसमें बहुत गुन छिपा होता है।"

सचमुच वह आदमी का पइया घुरबिन कमाल का निकला और कमाल था उसकी माता लक्ष्मी का। प्रयाग में जाकर उसने जिस परिवार की सेवा करके गुजर-बसर किया और दिन लौटा, वह एक वकील का था। नाम, लोग बताते हैं, श्री गुरुशरण चतुर्वेदी। घुरबिन वहीं 'पइया' से पुष्ट हुआ। पढ़ा-लिखा और समझदार हुआ। जब उसकी माता लक्ष्मी उसे लेकर गाँव में लौटी तो सारी हवेली ढह चुकी थी और सिर्फ एक कोठरी किसी प्रकार रहने लायक थी। गाँव में जैसे वे अजीब जीव बनकर आए थे।

जब अच्छे दिन आते हैं तो बनते देर नहीं लगती। भूमिहार का बेटा अपनी बुद्धिमानी, नम्रता और मिलनसारी से गाँव में जमने लगा। यह सुनकर माँ-बेटे दोनों बहुत दुःखी हुए कि कारावास में उनके दोनों स्वजन मर गए, परंतु इस समय तक उनकी अंत्येष्टि और खाने-पीने भर वे पैदा करने लगे थे। रिश्तेदारों ने आकर पीठ ठोंकी।

…और आज देख रहे हो? घुरबिन अपने बाप की खोई प्रतिष्ठा, संपत्ति और जमीन सबको लौटा चुका है। अब तो लोग उसकी पुरानी दीनता को भूल गए हैं और यह उसका लड़का शशिभूषण? इसे क्या पता है कि आँखों के सामने वह जो कुछ देख रहा है, वह कितनी तपस्या का फल है? किस विपत्ति का वरदान है? वह क्या जानता है कि इसी झगड़े ने उसके परिवार का विनाश कर दिया था और उसका बाप घूरे पर अनाज बीनकर खाने वाला 'घुरबिन' हो गया था? यदि वह जानता तो क्यों अपने बाप को धक्का देता! क्यों गाली देता और मारने दौड़ता?

दमरी बाबा चुप हो गए। पुनः भारी खेद उनके मुँह पर झलकने लगा। हमने पूछा, "आज क्या हुआ है, बाबा?"

उन्होंने कहा, "हुआ क्या है, ठीक वैसा ही हुआ है, धनुषधारी के खेत के लिए गोकुलराय और महादेवप्रसाद में जो हुआ था। महादेवराय के मना करते रहने पर भी गोकुल ने आग बो दी। वैसे ही घुरबिन झगड़े से बराबर बचता है और यह शशिभूषण है कि इसका जोश शरीर में अँटता ही नहीं है। सोमारू का खेत बहुत दिनों तक इनके यहाँ रेहन रहा। लेखपाल ने उसे शिकमी लिख दिया। सोमारू रुपया चुकाकर उसे छुड़ाना

चाहता है। घुरबिन चाहते हैं कि रुपया लेकर छोड़ दें। शशिभूषण कहता है कि रुपया नहीं लेंगे। वह हमारे नाम से शिकमी काश्त हो गया है। सोमारू उन पर चढ़ाई करेगा। दोनों ओर से मारपीट का भारी अंदेशा है। घुरबिन की इस जवान बेटे के आगे कुछ चलती नहीं है। वे उसे जब समझाना चाहते हैं, यह घुड़क देता है। आज जब वे पिता के अधिकार से उसे अंतिम बार इस अन्याय से पीछे हटने की सलाह दे रहे थे तो वह आपे से बाहर हो गया और धक्के देकर दरवाजे से बाहर कर दिया। यही नहीं, गालियों और मार की धमकी से देर तक उनका स्वागत करता रहा। बेचारे घुरबिन पुरानी बातें सोचकर रो रहे हैं।''

दमरी बाबा ने कहा, ''जब से मैंने सुना है, मेरा माथा ठनक रहा है। आँखें भर-भर आती हैं। मैंने घुरबिन को तब देखा, जब वह पइया था और अब देखा, जब उसका चमकता सा जमाना पुराने इतिहास को दुहराने जा रहा है।''

□

नदी-नाव संयोग

सुबह जब गुलाबी धूप अगहनी तथा भदई कही जाने वाली विभिन्न फसलों पर बिखर गई, तब पहले ऐसा लगा कि दुनिया सोने के पानी में डुबोकर निकाल ली गई है। परंतु उसी क्षण एक झटके के साथ उसका दूसरा रूप भी सामने आ गया, अर्थात् दिन चढ़ते ही धूप का यह सोना माहुर हो जाएगा।

संसार के सुनहरेपन की थपकी, बीच बरसात में खेतों से निकलते सूखे-मुलायम रास्ते का सुर, पुरवा के मधुर झोंके में लहराते हरे-भरे पौधों की मन तथा आँखों में उतरने वाली तरी, प्रसन्न प्रभात की विह्वलता, हल-बैल के साथ खेत में उतरते हुए किसान, बाजरे के लिए तैयार किए गए खेत, उगी हुई सी गहरी मोटी लकीर सी हराइयाँ, कटि-प्रदेश पर खाँचिया टिकाए मंथर गति से आती घसियारिनों की टोली और सब मिलाकर एक मौज-मस्ती की वेला! परंतु मैं कुछ दूसरी बात कहने जा रहा हूँ।

घड़ी में साढ़े सात बज गया। एक घंटा समय नदी-तट तक जाते लगेगा। वहाँ नाव से उस पार उतरने में चौदह मिनट लगेंगे। यदि उस पार नाव होगी तो अधिक-से-अधिक आधा घंटा। पुन: वहाँ से उतरकर स्कूल तक की दूरी के लिए एक घंटा—कुल ढाई घंटे और इस प्रकार स्कूल ठीक दस बजे पहुँच जाना है। यह हिसाब मैंने मन-ही-मन लगाया था।

चाल तेज हो गई। छाता खोल लिया। खेत-बगीचे और राहगीर पीछे छूटने लगे।

ठीक इसी समय वह मेरे आगे न जाने कैसे, कब और कहाँ से आ गया। आँख ऊपर उठाई तो सिर से पैर तक उसे इस प्रकार देख गया, जैसे उसे खरीदना हो। फसलों को हाथ से खड़-खड़ाकर आवाज दी, खासकर इशारा किया, छाता इधर-उधर किया और गीत की कड़ियों का स्फुट उच्चारण किया। इन सब क्रियाओं का उसके ऊपर कोई असर नहीं पड़ा और इस प्रकार मैं दोनों ओर खड़े अगहनी के लंबे-लंबे पौधों वाले पतले रास्ते के बीच में उसके पीछे-पीछे चलने के लिए मजबूर था। ऐसी बात नहीं थी कि उसकी चाल धीमी थी, बल्कि मेरी इच्छा सिर्फ इतनी ही थी कि यह आगे वाला आदमी अदब के साथ एक बगल खड़ा हो जाए और हमें आगे निकल जाने दे।

थोड़ी दूर आगे एक चौड़ा रास्ता मिला और मैं झपटकर आगे, एकदम सरककर काफी आगे! चलो, उल्लू के पट्ठे, अंधे, कायदे के साथ राह चलने की भी तमीज नहीं।

एक बार पीछे मुड़कर देखा, परंतु यह देखकर थोड़ा खेद हुआ कि मेरी इस मानसिक उथल-पुथल का उसके ऊपर कोई प्रभाव नहीं था।

वह कौन था? पता नहीं। हाँ, अब भी उसका एक चित्र सामने है।

पूरे साढ़े तीन हाथ का तना हुआ एक सत्रह-अठारह वर्षीय तरुण। रंग काला पर पानीदार। नंगे पाँव और नंगे सिर, धोती दोहरी करके पहन रखा है (इस प्रकार धोती पहनना मैं पसंद नहीं करता और यहाँ मेरे मन में वह बात अवश्य आई कि इस प्रकार यदि कोई लड़का स्कूल में आता तो फौरन क्लास से बाहर कर दिया जाता), अन्य वस्त्रों में मिल की बनी एक बंडी है, जो बदन में कसी हुई है। धोती और बंडी मैली तो नहीं पर साफ भी नहीं हैं। बाएँ हाथ में एक धोती या चादर जैसी चीज तह की हुई है और दाहिने हाथ में एक खूबसूरत नया छाता। छाता वह हाथ में लटकाए चल रहा है, मानो घाम तथा छाते का संबंध उसे ज्ञात ही नहीं है।

मुखाकृति आगे से स्पष्ट नहीं। पर लगता है कि न झल्लाहट है और न कोई चिंता। धूप का भी कोई असर नहीं। मैं छाते में जल रहा हूँ और वह सिर पर कोई वस्त्र भी नहीं रखता। शायद उसके खून की गरमी के कारण सूरज की यह धूप वाली गरमी फीकी पड़ गई है। हमारे अंग्रेजी अध्यापक शर्माजी की भाँति वह भी छाता वर्षा से बचने के लिए ही रखे हैं शायद।

वह भी एक अजीब रहस्योद्घाटन था। आठ-दस वर्ष साथ रहने के बाद उस दिन अचानक ज्ञात हुआ कि शर्माजी छाते के इतने बड़े प्रेमी क्यों हैं? बरसात के दिनों में जबकि आसमान एकदम साफ रहता है, तब भी छाता लिये टहलने जाते हैं। प्रायः कक्षा में छाता लिये जाते हैं। वर्षा के बाद शरद ऋतु के अंत तक हाथ से छाता नहीं छूटता। वास्तव में इस बारे में न किसी ने कुछ जानने की कोशिश की और न कोई प्रसंग आया कि वे बताएँ। उस दिन अचानक उनकी छतरीप्रियता की चर्चा उठ खड़ी हुई। उन्होंने कहा, ''बराबर छाता रखने की इस मेरी आदत के पीछे एक ठोस कारण है। आप लोगों से क्या छिपाऊँ, मेरा कच्चा घर इतना चूता है कि रात में भी बराबर छतरी पास में लेकर सोता हूँ।''

उस छाते वाले काले युवक से आगे निकल आने का एक लाभ यह हुआ कि मेरी चाल और तेज हो गई, ताकि वह देखकर यह जाने कि मैं बहुत तेज चलने वाला हूँ। एक विचित्र खिंचाव तथा उपेक्षा की भी सनक थी। अकसर ऐसे मौके पर न जाने कहाँ से छोटे-बड़े की एक सूक्ष्म भावना आ जाती है। क्यों उसे अपने पीछे मुझे देखकर चट रास्ता छोड़ देना चाहिए? क्यों नहीं बिना किसी तनाव के स्वाभाविक रूप से हमें उसकी बगल से निकल जाना चाहिए? उसके पीछे-पीछे चलने से हमें क्यों हेठी माननी चाहिए? इन

सबका उत्तर साफ है। इसलिए कि वह छोटा है? क्या इसलिए कि वह मेरी भाँति पूरी पोशाक में नहीं है? क्या इसलिए कि वह नीच कही जाने वाली जातियों के परिवार का एक सदस्य प्रतीत हुआ?

ऐसा नहीं कि ये सब प्रश्न उस समय मेरे मन में नहीं आए। उस समय भी मैं ऐसा सोच रहा था, पर एक न जाने कैसा व्यक्तित्व अथवा गुप्त संस्कार था, जो उसे 'छोटा' समझने के लिए विवश कर रहा था।

आगे पानी का कीचड़-भरा एक सोता था। वहाँ बचकर अगल-बगल से निकल जाने की तजबीज में क्षणभर रुका, तब तक वह धमक आया और मैं जब तक जूते सँभालता रहा तब तक वह फटर-फटर पार कर गया।

एक हाथ में जूता बरसात में व्यंग्य के समान थामे, लपककर मैं आगे बढ़ा। पास ही एक छोटा सा गाँव था। उसमें एक गली से घुसते-घुसते अब मैं पुनः उसके पीछे आ गया था। पुनः वही समस्या! मगर यहाँ खेत की डाड़-मेंड़ और फसल नहीं थी कि बगल होने में दिक्कत होती। एक मामूली प्रयास से मैं पुनः आगे हो गया और एक बार पीछे देखकर कुछ रोबीली चाल से आगे बढ़ा। जब वह एक गली से दूसरी ओर मुड़ गया तो दिल को थोड़ी तसल्ली हुई। पर आगे बढ़ते ही ऐसा लगा कि शान के नशे में मैं रास्ता भूल गया। गाँव की गलियों में रास्ता भूल जाने पर भारी परेशानी होती है। किसी तरह भूलता-भटकता निकला तो यह देखकर फिर ठेस लगी कि वह युवक आगे ठीक रास्ते से बढ़ता चला जा रहा है। अब मुझमें उससे आगे निकल जाने का उत्साह नहीं रह गया। इतने पर भी उस झटके में जो पहले चाल तेज हो गई थी, वह अब भी थी और थोड़ी दूर चलने पर मैं पुनः उसके पीछे आ गया। अबकी बार उसने मुड़कर देखा। मैंने सोचा, अब यह हमें रास्ता दे देगा। मगर मेरी यह आशा सफल नहीं हुई। वह पूर्ववत् निर्विकार चलता रहा और पुनः उसका यह व्यवहार मुझे खलने लगा।

घड़ी की ओर निगाह गई। सवा आठ बज गए। अब चौदह मिनट में मुझे नदी-तट पर पहुँच जाना चाहिए। तबीयत झल्ला उठी। यह कैसा नवाब का नाती है कि घूम-फिरकर आगे ही आ जाता है। देर हुई या नाव छूट गई तो भारी कठिनाई होगी!

स्कूल में देर से पहुँचना भारी लज्जाजनक है। तब चाल तेज की जाए? मगर यह घाम? यह तो और आफत ढाए जा रहा है। और यह आगे वाला मस्ताना! देह है कि लोहा! यह आदमी है कि जानवर! ठीक उसी समय नंगे सिर, नंगे बदन हल जोतता एक व्यक्ति दिखाई दिया। चाबुक उठाकर ताव के साथ 'आव' करता है तो मन भर जाता है। यह हल जोतना मानो उसके लिए खेल है। इसका कलेजा फौलाद का है। इसका शरीर चाम का नहीं, पत्थर का है। ठीक ऐसा ही किसी जाति का जीव यह मेरे आगे वाला है। पर मुझे इसे जानवर क्यों कहना चाहिए? अगर यह जानवर है तो कितना उपयोगी, उपकारी

तथा निर्माता और अगर मैं इनसान हूँ तो कैसा दुर्बल, दयनीय और अभागा हूँ। जरा सी घाम में मुरझा जाने वाला, बेबात की बात पर दर्प-दग्ध होकर कुलाँचने वाला, फिर इसे यह तो सोचना चाहिए कि मेरे पीछे कोई शरीफ-भला आदमी चला आ रहा है, शायद वह जरूरी काम वाला व्यक्ति है, उसके लिए रास्ता छोड़ देना चाहिए। इसको शिक्षा ही क्या मिली होगी? छोटे गाँव के छोटे लोगों के बीच रहनेवाला ठहरा शायद! आगे-आगे वह चल रहा है। पीछे-पीछे मैं चल रहा हूँ। कभी झल्लाता हूँ, कभी पैर पटकता हूँ। कभी सोचता हूँ, चलो लाट साहब के नाती, देखें कहाँ तक चलते हो? हमारा-तुम्हारा साथ क्या? वह एक अजीब क्षण था। मन की अजीब-अजीब परतें खुलने लगी थीं। साफ मालूम हुआ कि मैं एक नहीं दो हूँ। एक खीझता है, दूसरा मानता है। अपने में बहस होने लगी, तर्क किए जाने लगे—अजी इसकी देह से तो दुर्गंध निकल रही है जनाब, यह दुर्गंध नहीं पसीने की गंध है, जो शायद आपके शरीर से भी निकलती होगी। अपना ढेढ़र न निहारे आन की फुल्ली···तब भी मेरी इसकी क्या समता? ऐसे-ऐसे तो हमारे नौकर हैं। मालिकों के सामने तो बाबू कहते जबान थक जाती होगी और यहाँ हेकड़ी दिखा रहा है।···अच्छा, तो आपको अपने बड़प्पन का गर्व है? वाह रे बड़े आदमी, आईने में मुँह देख आइए! आज बड़े आदमी की परिभाषा बदल गई। अगर यह जान जाए कि आपका उसके प्रति कैसा दुर्भाव है और लौटते हुए कसकर दो हाथ जमा दे, तो सारा बड़प्पन कहाँ हवा खाने चला जाएगा? तो क्या मेरे हाथ में दही जमी रहेगी? जी हाँ, जी हाँ, आज के बड़े लोगों के हाथ में घुन लग गए हैं। शक्ति केवल हाथ में नहीं होती, आज रुपया, कलम और कचहरी की ताकत की पूछ है। मैं प्रत्येक प्रकार से इससे श्रेष्ठ हूँ। यह प्रत्येक प्रकार से आपसे महान् है। कैसे? जीवन की इस छोटी सी यात्रा में आपका और इसका साथ हुआ। इतने अल्प क्षण में आपने कैसे-कैसे कुविचारों का कीचड़ पाँक उछाला। और इसको देखो, चेहरे पर मानो कोई दौर्मनस्य नहीं! एक सरलता, एक सौम्यता, एक निश्चिंतता और एक निर्मल मग्नता विराज रही है।

मन के भीतर तर्क-वितर्क चल रहे थे कि नदी-तट आ गया। चम-चम पानी खेतों के बीच वाले चौड़े रास्ते से दिखाई पड़ा। दोनों ओर मचान पर बैठे किसान और हवा में लहराते मक्के के धाना-मोचा बहुत भले लगे। यह देखकर बुरा लगा कि तट पर नाव का पता नहीं था। मेरे आगे वाले ने एक बार इधर-उधर आँखें दौड़ाईं और दूसरे क्षण वैसे ही पीछे मेरी ओर मुड़कर देखे बिना किसी तैयारी के धोती-छाता एक हाथ में लेकर पानी में उतर गया। कुछ ही देर में वह पार हो गया। उस पार जाकर धोती बदल ली और रास्ता लिया। मैं किनारे पर खड़ा छाते की छाँव से टुकुर-टुकुर उस ओर ताकता रहा।

□□□